X先生在橋上

李秋鳳

鍾序

鍾肇政
臺灣文學知名作家

老友李秋鳳女士的作品集《X 先生在橋上》即將上梓問世，做為她的多年文友，難禁一份欣悅湧上心頭，也因此她要我為她這本新著寫幾句話，亦就欣然應命了。

——我用了「老友」這樣的字眼，對一個女士不知是否適宜，心中不無赧然之感；但轉念一想，在吾臺文壇上，我的老友著實不算少，而印象裏秋鳳其實並不算「老」。若以年數計，比真正老的老友，恐怕只有一半的樣子吧。拿起筆來，我就這麼胡亂想著。當然，何年何月與這位「老友」結識、通信，我不管如何搜索枯腸也想不起來了。所幸，年來為我整理舊信件的年輕「老友」錢鴻鈞博士，多半也是猜到我會面臨這樣的困境，居然把我與秋鳳幾十封來往信件影印給我，還是輸入電腦的，叫我的昏花老眼看得一清二楚。

連忙翻看，這一翻使我怔住了，她給我的第一封信竟然是一九六八年三月十九日，不多也不少剛好三十年整！

而我給她的第一封信則是兩天後的三月廿一日。秋鳳在我，是不折不扣的「老友」了。看了這兩封一來一往的信，我忍不住要先談一件事：我給她的信上，稱呼是「秋鳳小妹」。

三十年前我就已經這麼倚老賣老，或者老氣橫秋了嗎？不是的。那是我對「小姐」的說法「敏感」，對稱兄道弟的習氣也有所抗拒。譬如說，你明明比我年輕不少，我為什麼以兄以姐相稱？！我還認為這是中國人傳統的虛假表現，讓我實在難以苟同。編《臺灣文藝》時（也是三十好幾年前的事），已故的吳濁流社長有時會拿讀者或投稿者的來信給我看，要我幫他處理。明明比吳老年輕三十、四十歲都不止的人，竟然稱兄道弟著。這已越過虛假，成為無知或狂妄了。所以我與朋友通了那麼多信，除開開始時不得不禮貌地「虛假」一下之外，很快地便會以「老弟」相稱，秋鳳自然也就成了「小妹」了。

以上算是閒話、廢話，或許有人看了忍不住失笑，但一直存在於我內心裏的厭惡感確實使我有過這種「反常」的反應，說起來也是無可如何。

我不得不坦白說出來，這三十年間，我與秋鳳在信中或者碰面時談過、討論過什麼，我完全忘了，對她，我僅有有限的，而且模糊的印象而已。自然，那些整理出來的舊信在這方面幫了我大忙，我很高興地發現到，我與她一來一往的信件明顯呈現著，原來我們是從一開始就「進入情況」的。

她的第一封信裏寄了一篇作品的剪報，並云：「這篇鄉土味較濃的東西，用了一些臺灣話的字眼和臺灣調調，希望你給我鼓勵和指示，並且喚醒我們本省作家開創我們自己的遠景來！」

此信短到只有一百幾十個字，但不難想見當時光憑這句話，它必定是十足地打動我的心絃了！這麼乾淨俐落，這麼摒棄一些虛虛假假的書信語言，而且所謂鄉土（時在鄉土文學論戰近十年前），所謂臺灣調調，所謂自己的遠景，在白色恐怖年代，這是何等的見識！她也一開始就坦陳師事幾位當時熠熠有光的軍中作家——我在以後的信中，對這一點未表贊同，因為反共、戰鬥、歌德的文風，雖然不再橫行無忌，但它曾長時間使我反胃，吳老更留有一句名語：「拍馬屁的文學不是文學」，萬一一個年輕寫作者不自覺地沾染到那種習氣，豈不一切成空？！

說一句不怕見笑的話，接到這樣的信，我真是得其所哉了，便也在第一封給她的信中大談臺灣的人，的文物，的習慣，臺灣特色……乃至一種臺灣語式的思考、行文風格、文體等等，並鄭重其事地加一註腳云：「這當然無損於中國、中華民族的完整，相信你一定明白我的意思……」

如今想來，儘管在往後的日子裏我沒有問過她是否「明白我的意思」，但以她的識見與聰慧，應該是有所領略才是。不，她明白與否，在當時的我，恐怕並不在我思慮之內。我連連在報紙上連載長篇作品，我也連連獲大獎——當時國內的「大獎」我都拿過了。另一面我也知道監視的眼光隨時都在我身邊或明或暗閃亮著。我如果要大膽談臺灣、臺灣文學，那麼我絕不敢大意地忘卻那一些「註解」，做為保護自己的手段，不論私函抑為文發表，無一例外。

以外，也算是題外廢話，然而可得而言者，我對一個素昧平生的不管是投稿者、寫作者，都是這麼「投入」的，幾乎可以說是真情真意、誠誠懇懇全力以赴。我那麼多那麼多的舊信件（錢鴻鈞說他輸入電腦的字數，最後將可能達五百萬字）當中，在僅看過我與秋鳳的來往信函之中的開頭幾封，我就能夠相信它們可以證實這一點。

哦哦，或許也可以說，這就是我的「青春」吧，儘管那時我已是四十好幾的壯年人。

明明是要談秋鳳和她的作品的，我卻好像根本就是假廢話之名談自己，慚愧極了！我也好想抄幾段開頭幾封信裏的「精彩」段落——老實說，我自己都在讀這些幾十年前寫的東西時，忍不住為之動容——就說是騙騙稿費也不錯吧。但這裏還是免了，連多看幾封舊信的念頭也打消了，否則這篇蕪文恐怕沒完沒了。

由前面的敘述，當可明瞭在當時為了提振、發展臺灣文學而求才若渴、苦苦尋覓的我的眼光裏，秋鳳的才華與識見，無異是一顆初昇的新星。然而，在過了這麼多歲月流轉之後，她的光並沒有發出多少。這其間——我只能憑有限的記憶與印象來說說——她有過種種人生旅途上的困局，譬如留學，譬如職位、人事上的困擾，也還有升等論文的撰寫等等。說來慚愧，做為一個文學老兵、眾多同道的朋友，我多半只有「招架」之力，有信給我，我可以必覆，有作品寫來，我可以細細拜讀，提供一點意見，而主動去關心或如何如何，我力不從心。這雖然不得不然，但對秋鳳這位老友，總不免覺得虧欠於心……

或許，埋怨時代與大環境等等，也是多餘的，但仍然忍不住地說說：臺灣文學自二〇年代發軔以來，初期是日治時期，繼而是中國統治時期，一百年的外來統治者，焉有讓殖民地文學自由發展的空間之理，更毋論略盡扶掖之功了。特別是戰後這五十年，我身在其中，領略甚深，極言之，甚至一個寫作者握起筆來，首先必須考慮的是「安全問題」。臺灣人的悲哀在此，臺灣作家的悲哀，何嘗不亦在此？！

本書裏的二十幾篇作品，寫作的年代泰半在一九六〇年代後期與七〇年代前期，其後則僅見寥寥數篇，以至於近乎絕跡。那是一條艱難而冗長的路途，也因此我們可以體會出一個平平實實、認認真真、不以取媚、迎合為務的寫作者、學習者的努力，並且不用說，也為時代留下了若干刻痕。依照秋鳳自己的說法，是「為藝術而藝術」的，這就難能可貴了。

我不知秋鳳在停筆多年之後的現在，是否還有再來藝術一下的念頭，在刻板的上下班之際，在鄉居的公餘閒暇，尤其立意整理舊作準備結集出版的當口，說不定也會躍然心動吧。若然，則文學創作的生產之苦，必然不再是苦，只是給生活、給人生，再添幾筆色彩——不不，就像我這個真正老邁的老兵，依然不忘情於文學，依然雄心猶在，那是我這個她的「老友」所樂見的。

一九九八年四月十五日　鍾肇政　識

案：鍾肇政先生這篇序文確實是一九九八年寫的，當時筆者準備出版本書，但後來未竟全功，就暫時保留至今，才正式付梓。

錢序

錢鴻鈞
真理大學臺灣文學系主任

為俗世譜上一闋哀歌，也咬牙不屈

話說從頭

大約十多年前，李秋鳳打電話給我問好，說在某某慶典上沒看到我。我不知道說什麼好。而再次聯絡，且是她主動打給我，已經是 2022 年的暑假八月了。她說退休後還在，繼續碩士論文後，研究紅樓夢樂此不疲。書愈買愈多，充塞家中每一個角落，應該儘早捐贈給學校。

她意思是臺文系可以存放嗎？而她服務的大學書很多。我首先有感於二十多年來，她似乎是唯一還跟我聯絡的文壇老友。其次，我立刻去她家拜訪後發現很多名作家的簽名書，更有吳濁流給她的大型書法。

當下我就想，如何籌措運書的費用，且把上述最珍貴的書放到轎車上，親自送達臺南校區的臺灣文學資料館。如非如此互相感佩、心無芥蒂的友誼，我是不願意扯上這事情的。經費問題、叫車問題、搬運問題，還有跟捐贈者說清楚何者確實可以捐出，不必捨不得之類的糾葛。

認識她的原因，應該是 1998 年聯絡她，索取作家書簡的事情。然後她也參與了作家身影的拍攝某些片段。然後我發現她的書簡很有趣，很值得我研究、探討。作為一個本省外省作家中間，兩邊都努力培植她，而她的認同、文學觀會有什麼影響呢？因此，我們彼此也通信了有三十封都不止的信件。主要是請教她作家書簡裡頭一些細膩的意思。

那些作家通信，在文學史上的趣味，我就不重複了。而本來這本書在 1998 年預計要出版的，沒想到拖到現在。而這次的出版，當然我也略盡聯絡出版社的義務。因此，秋鳳要我在她的書上也貢獻一篇序，我當然是樂意為之了，也感到榮幸了。

獨特創作

從第一篇也是書名的〈X 先生在橋上〉，我看到表現對人類的自大又渺小無力的嘲諷，小說呈現人的機械化與權力之下的無奈，人類不得自由，拘束、憂鬱、茫然的景象令人心驚，唯有一個虛無飄渺的類似愛情的對象是僅存的寄託。

〈那條魚〉則有濃厚的倦怠感，一樣同第一篇，有救贖於不可能的希望。世上並沒有神秘的紫色的魚，可以醫治絕症的。

但是主角於童年時，記得祖父說：「世上有些東西可以追，有些好像拚了命也追不到。有人可以輕易的放棄，也有人從不肯對環境和命運屈服。」

加上另外一段描述：「只有踏在目標的路徑上，每一個陷阱，每一種困苦的磨折，都叫人不計成敗全力以赴，都使人愈嚼愈甘美。」可見作者的思想是進步的、理想的，卻又朝向某種幻夢。儘管作者又說：「那無數色澤鮮艷，生龍活虎般的小生命，在他生命的畫頁上，勾勒出那麼生動，活潑明朗的筆觸。」

可是，接下這一段話：「而最艷麗，最幸福的色彩，是畫在那個有著靈性美的女孩。像是亂世裏兩顆寂寞的心靈邂逅了，像兩片飄忽的白雲經過萬里遨遊後巧妙地凝聚在一起。是獲自內心的真摯和自然，是兩顆相互貼切契合的心靈。愛情才顯得真和貴。」

筆者認為，在李秋鳳的整個小說中，這比之前的描述更為重要。暗示著作者某部分一貫的心靈世界，那個靈性美的女孩，從何而尋？就算有這個社會與傳統，給予禁忌的愛情一抹同情與鼓勵嗎？而非打壓與無盡的歧視。

因此作者努力的說出：「幸福是深植在理想事業的根上，以愛來滋潤灌溉，生命像一株朝氣蓬勃的樹，像一首詩，一頁輕快的樂章，的確太美妙了。」但是終究全文終結於「那條魚」不僅是只存於夢中，且讓主角死於這美麗的夢幻當中。美僅存於夢與死。

也就是筆者認為李秋鳳在思想表現上，看待實際上的生命卻是：「那誠然是一種虐待。要一個人站在宇宙間同一個臨界點上，同一個焦點上，去咀嚼，去體會，自己截然不同的命運，那真是一種最殘酷的虐待。」如此的矛盾與糾葛，這也正是李秋鳳的文學之眼所在。

〈那條魚〉是 1969 年 1 月 30 日所發表的，結構奇詭，相當有創作的深刻構思。這篇小說之後李秋鳳編排了〈向日葵〉，發表於 1968 年 8 月 26 日，講述女女之戀，標題「向日葵」與「那條魚」一樣是夢幻中美麗的救贖之物。不過年輕美好當中，人性的脆弱卻抵擋不過社會壓力，女主人翁的同性愛人原要進修道院避世，卻背叛選擇回歸了亞當夏娃的「正常」世界。留下面對殘酷現實的女主人翁。

1968 年 3 月 5 日發表的〈過火〉富有濃厚的臺灣色彩，講媳婦仔的悲涼，儘管養家對待她是好的。但是失去了父兄與母愛，人生一樣是悲涼的。這篇顯示出作者善於捕捉哀愁的細膩人心，節奏掌握絕妙，將民俗的進程與回家的主線纏繞的穩當扣人心弦。

李秋鳳在 1970 左右出國，然後回國漸漸遠離創作，也斷斷續續的執筆，如十多年後於 1981 發表的〈白頭偕老〉銳氣小了，但仍極真誠的表現出不凡的同情心，對老兵與歌女的浪漫結合，最後面對的是冷漠，唯錢無他的殘酷世界，作者是歌頌一縷真情。

總說

綜觀李秋鳳的文學，她吸收自在臺灣的存在主義思想在臺灣極盛期的尾端，卻有著清晰的故事主軸，而非一味玩弄奇巧文字。而她也有社會寫實批判與歷史的小說如〈哈利之死〉、〈賭〉、〈夏天裡過海洋〉、〈河東・河西〉與〈禮物〉，但是較為一般，這類在 1970 年開始盛行的題材，並非她所專擅。可是她仍給予這個世界極大的諷刺，對金錢、愛名、權勢與自私給予批判，也仍表現出她對殘酷的現實的理解。

總是李秋鳳做為小說家，是挖掘為藝術而藝術的執筆為美麗的創作，為殘缺而哀愁的人生，獻上一首哀歌。當然仍可見作者思想實際上仍有現實面對生活周遭與環境的惡劣的打擊，這種思想也滲透到他的小說當中。

無論如何，就從上述幾篇小說來看，李秋鳳對發展臺灣文學同性戀題材、開拓商業經營的題材，是一個先知者，除了〈向日葵〉外，她在〈路過清水山莊〉等篇章，也刻畫出動人的小女孩。而在荒誕的現實世界的描述中，她更是不凡於流俗，有她特有的細膩的構思與創意。她捕捉住了細微人性的卑微，她嚮往美麗與勇於面對生命的幻夢。

本書最後，還有六分之一篇章收錄了李秋鳳的散文，直接表現了她與夫婿美麗的生活情趣、讀書心得，一樣的對醜惡、庸俗給予批判。說明了她做為文學家氣質的超脫的人生思想，以及對現實的理解，對人的脆弱有深刻的認識，而非只是吊書袋凡庸讀書人了。這部分隨筆，當可以跟她的小說互相印證，都值得閱讀與珍藏的。她真是一個真實真誠的作家，臺灣文壇當有其一席之地，不該埋沒。

自序

李秋鳳
銘傳大學　講師

我從弱冠時期便有志於文學，開始勤讀，後來勤寫。結婚以前，不必負擔家務。白天上班，晚上可以專心寫作，作品較多。後來因為工作與家庭，幾乎剝奪大部份業餘的時間。工作環境的壓力，更是經年累月箝制創作的心境，小說寫作很困難，因此作品稀少。

三十年來小說寫作共有廿一篇，約十萬字。我在學校兼任主編（民國六〇至八〇年）《銘傳校友》刊期間，為了充實篇幅，也有散文寫作九篇共約兩萬字，一併結集出版。

為什麼要寫小說？

是想在現實社會中，重新建構一座理想的、美好的海市蜃樓。是在這個紛擾雜沓、亦喜亦悲的人間世裏，用一面反光鏡去照射它，重新審視那些飛揚的塵埃，紛紛墜落以後的人與事。是在稿紙上馳騁於想像的空間，遨遊在一片渾然不可知的創作神奇世界裏，自尋快樂與煩惱。

創作的動機一如上述，這些作品呈現的是生命的軌跡。好壞是我的天賦和努力與否之事，但同時卻是內心最真誠的情感。

在我的寫作生涯裏，有三位老師，就是臺灣文學大老鍾肇政先生，文壇最馳名的大師朱西甯先生和舒暢先生。從我早期習作，他們一直熱心教導、指正，使這些作品能有更好的水準。這種師恩浩蕩，有如父母養育之恩，是我一生一世都無法回報的。謹在此由衷誌謝。

目錄

小說

散文

小說

X 先生在橋上

每天清晨，我走完僅在中央鋪有柏油的鄉間小路後，拾級步上河堤。一眼耀見，那一系列的矮山間，我們的辦公大廈堂皇地矗立著，一棟一排，隨著山勢堆砌起來。我甚至隱約可見，那棟白色圓形的建築，正向我遙遙揮手招呼，那是我的辦公室。

我加快腳步，但碎石及泥沙，也以對等的加速奔竄入我的鞋底。

空氣回復到最原始的清新純淨，鷓鴣掠過對面，咕、咕、咕，叫著，以及陣陣的花香，使我又放慢腳步，貪婪地吸取，凝神諦聽。

但這可惡的泥沙，竟又乘機溜進鞋裏。

我氣壞了，這些礙腳的東西，恨不得舉起腳板，將你們統統趕入河底。雖然我知道，如果我用力踢起，你們會逼得我這過大的鞋子，連泥帶沙一起拋出去，甚至令我人翻馬仰的跌進河裏。

我也知道，不講理的，是我這個屬於高等動物的「神祇」，假如我不去糟蹋作踐你們，你們何嘗不是笑嘻嘻地迎接著晨曦，看浮雲，流水，欣賞著冬來最早綻開的那朵水仙。

而現在，我這個叫人的高等動物，為了養活自己，成為一個獨立自主的神祇，加入這社會生產者的行列，我得上班打卡去。所謂打卡，是說打藍色的卡，而不是打出紅色的。我必須在八點一刻前趕到，萬一已經是八點十五分的最後一秒鐘，當卡片碰觸到那架統御我這神祇的薪水袋的機器，發出「咔嗒」一聲，跳出八點十六分朱紅的字眼時，那架機器，就帶著勝利的獰笑對我說：「本日，你這神祇的薪水已被扣去八分之一。換句話說，今日你的市價，已被削減了八分之一的數目，你這高等神祇呀！看你還神不神祇！」

總有一天，我要拿隻鐵錘，一出手就將這殺人的傢伙擊碎，看它囂張不？

就好比，當我戰敗了這劊子手後，垂頭喪氣的走進辦公室，赫然看見那一堆卡片，高高地疊在我的桌上，等我按著一二三四五六七的把它們分開。既無知識可得，也無樂趣，不能偷懶，也沒有人替代我。我真想點燃一根火柴，統統燒掉這些廢紙。

我當然也想到找人代打，或想辦法偷偷地撥轉哪個地方，讓分針與時針倒退，而不打出紅字等作弊之類的方法。無奈，另有一個神祇，站在旁邊監視著。人與機器共奸，活活可把我氣扁。

我也知道另有一種百無一失的方法：乾脆直接串通這個監視我們這些神祇的神祇，請他代打。糟得很，我和他自始就是「漢賊不兩立」。

因此，我得急急的走過這段碎石泥巴的道路，盡快地到達通心橋，只要到了橋，我就離辦公室近一點，並且我會看到X先生在橋上。希望他們今天萬萬不要遲到才好。

這段碎石路，不說如何地彳亍難行，光是適應它的鞋子，就夠傷人腦筋。

我以為，要嘛就來個統一落後，叫全世界都是碎石泥巴路。那末，我必可以穿上一雙長統膠鞋，從第一段泥巴路，走到第二段，第三段……從這河堤昂然地跨到通心橋上，走到辦公室。從辦公室走到西門町，走到摘星樓……沒有人恥笑它不體面，也沒有人誤以為我發了神經。

現在，我腳底這雙新型的粗跟皮鞋，雖不算頂時髦，假如不被泥巴塗滿了，尚不失現代女孩的顏面，不過它實在礙腳。我一路走，一路跑，管不了腳後跟已經起泡，也顧不得保持淑女的風範。打卡要緊哪，人命何價？尊嚴何價？何況我在此地狂奔，尚距X先生很遠，他不會看到我，我也看不到他。糟糕，我腳後根的皮肉出血了，前趾又被沙石塞滿，實在也跑不快。七點五十分啦！明知道打卡鐘不饒人的，為什麼不早點起床？今天晚上記切，不看小說，不夜遊，不聊天，睡覺以前記得轉好鬧鐘，更要緊的是轉好叫人的那個。明晨早早起床，雖然天冷被窩暖，但不得輾轉賴在床上。好了，「既往不究，來者可追。」快走快跑呀！跑到通心橋上，那是一段康莊大道。新近鋪成的水泥地，寬闊又光滑，如果穿上一隻溜冰鞋，必可以從此岸滑至彼岸。難得呀！它肅穆磅礡的氣派，車輛行人往來少。河面捲起了涼風，兇狠地刮到臉上，冷清清地醒來了。就在感到孤獨，感到寂寞的一剎那，我清晰地辨認出X先生在橋的那端出現了，他總是那樣，緩慢地，悠閒地走過來。老天看到，我們的目光曾經膠聚在一起，那是一種巧遇？還是神合？

第一次，我就是在橋上如此沒命地狂奔，一個拐腳，跌落在他的膝下。嚇！他睜大了眼睛，望著我這冒失鬼，然後彎下身子想扶起我。「唉……」我羞著臉，立即起身，沒讓他碰到手，轉身逃之夭夭。

那眼睛，先是凝聚著灰色天空般的陰鬱，然後轉射出溫暖柔和的光芒，又好像是可以掩飾著種種的靈魂。竟如此深深的扣動我的心弦。

有時候，他佇立在橋上的某一個定點，凝視著河面。羨慕河裏奔躍的魚兒？還是注視到堤邊石罅中含情脈脈的康乃馨？或是思索著某些生存死亡的道理？

否則，他怎能無視於身旁急駛過去的轎車？赤膊著上身，流汗喘氣的苦力？當然，他似乎也不知道，我每天輕輕悄悄地打從他的身邊擦過？

他是什麼人？上九點或十點班的高級神祇？除了大風大雨外，每天早上，他幾乎都在橋上。這大好時光應該拿來唷英文，背誦公式。或者坐在書桌前，擬定什麼工作計劃，業務報告。書中有美人，有黃金。為什麼平白浪費掉了。

他是不必參加生產的閒人？

他是靈魂的工程師？

他受誰的支使？或者他來支使誰？

他結婚了？

有時候，他穿著西裝，結著領帶，炯炯的目光，閃出對生命的肯定及衝力，彷彿是一個樂觀的神祇。有時候，他的頭髮淩亂，髭鬚叢生，兩眼無神，像一個挫敗的神祇。

他是神？是魔鬼？一個經常陷害我於遲到的神祇？

假使他面對河心站著，我就大膽的，自然的，向著他慢慢走過去。欣賞他修長的身段，美好的側影，從他多變的眼神去捕捉他的靈魂。

假如他正和我相向而行，我總是情不自禁地放慢腳步，一步比一步更慢的走過去，走到幾乎相會在一起，老天看到，正是有緣千里來相會。我在心底輕叫一聲：「早安，X先生。」他的嘴角，彷彿也牽動了一下，是否也在說：「早安，Y小姐。」但願是這樣的。

那時候，我必定忘了腕上的指針，一分一秒無情的跳動著，以至於聽不到麻雀在樹枝上，苦心婆婆的勸我：「快呀！再不下橋趕路，你就離卡鐘更遠，那部機械神祇，威武武的坐著等你，而你——這個有腳的動物呀！你得趕上去，你追它，不是它追你。」

事實上，在我會見X先生以後，就開始集中全部精神趕路，我更清楚的看到座落在對面山腰間的辦公室。

我的腳步飛快，精神抖擻。我的心跟著枝頭上的小鳥哼唱，我會扶起跌倒哭泣的小孩，我對著陌生人微笑。走進辦公室，我會主動的向人說:「早啊！早，今天天氣真好！」不像以前，我老是埋怨，這兩點之間，最短的距離內，沒有公車、三輪車、牛車、馬車，就是這麼死死的隔著一條迂迴的小徑。

假如我是一隻鳥：一隻鷺鷥，一隻布穀鳥，只要是能飛的動物——能飛的神祇就是了。那末，對岸山河歷歷在目，我就飛過來，便可以省去這段跋涉長途的時間，我就可以徜徉在橋上久一點，多看看X先生幾眼，多了解他一些。而不是這樣僅僅是一剎那，一眨眼，驚鴻一瞥的，不允許你看夠。

假如我是一隻鳥，除了能飛以外，是否也能看透X先生的一切？

如果光有了翅膀，能聽任自己的意思飛來飛去，但不具備心智，沒有眼光，一樣不能認識X先生，那也沒有什麼意義。那末，我寧可希望變成一個有了翅膀的人，我必能夠在邂逅X先生以後，立刻飛到對面山上去。

當然，我也不確知，假使這世界，人人都長出了翅膀，那麼這天空夠不夠飛？是否像臺北，大車，小車，縱橫交錯，水洩不通？假如真是這樣，情況也不見得好轉。那末，人該變成怎麼樣才比較妥當？就比方說，我該怎麼樣，才能知道X先生的一切？

我該走得很快，假裝冒冒失失地撞到他，這一次一定記得說聲：「對不起，X先生。」就真有了發展？我該不害臊地遞上漏夜苦思寫成的情書，向他訴說我的傾慕？

我應該不務正業，大膽的請上幾天的病假，不心疼被扣薪水，比起愛情，金錢簡直微乎其微。就像他閒人一樣地在橋上蕩來蕩去，很自然地和他攀談起來？

奇怪，今天怎麼看不到他呢？八點整了，當我面臨遲到的命運時，偶然看到載貨的機車。有時候，我會厚顏地要求車主載我一程，我告訴他，只要過了這橋的盡頭，便可以拋下我，有公車轉搭。有時候，我卻考慮到，做為一個都市的淑女，是不該那樣貿然的搭貨車，寧可遲到被機械扣錢，人與人間，這層臉皮總該保住呀！萬一有熟人看到了，一定要說：「丟人哪，又不是沒有計程車。」對我來說，與其和他議論，不如請他顯顯本領，替我向老闆請命加薪去。

我確是希望會見X先生，而提早一點出門，但這樣並沒有減少遲到的機會。因為X先生到橋上來，並沒有卡鐘等著他，他會有一兩刻鐘的伸縮性，人到底不如機械準確，我真被他害慘了。

他的遲到，或許是自由的？或許不是？假如不是，那又是為了什麼？

為了天氣？

為了情緒？

他的另一半耽誤了他？會嗎？

他曾經像我一樣，為了挑揀出好看的服飾，梳好頭髮，而耽誤了時間？

他應該發現，每次我會見他以後，就急急離去的道理。他應該為我設想。也許，在我癡癡地望著他的一剎那，我的表情，顯得格外的悠閒、寧靜，和恬美。誰知道，我竟是一個趕路的人。

一個風雨的早晨，我在橋上他經常駐足的地方，踟躕了很久，就是不見他的影子。河水高漲，混濁又急湍，海鷗在天上急飛，扶桑不堪摧殘，頹然倒地。會有什麼事情發生？他來不來？我的心隨著雨勢的大小，忽上忽下。最後，他終於在橋的最遠一端出現了，撐著一根傘，神態自如的漫步著。

我雖然放下一顆忐忑不安的心，但我真有些埋怨他，不知道我的眼神裏，是否流露出責怪他的意思來？忽然發現他破例的擠出一絲微笑，老天看到，我沒迎迓只是傻傻的看著他。他挪動了傘，天呀！我才發現原來我已被雨淋得像一隻落水的烏鴉。

又一陣羞澀，我沒命的跑掉。

太陽已經從層層的雲霧中突破出來，躍升在山巔上，X先生怎麼還不來呢？

橋，像是沉默的山，沉默的樹，和祥，寧靜，綿延不絕地向前伸展，在濃濃的霧裏，它像一個美人，離得你遠遠的，縹緲不定。

假如我不必匆匆下橋，抄近路，步上另一個旅程，不是僅僅在橋上走了這麼一個橫切面。不要趕著上班，我必能無所顧忌，勇往直前的走入他的整個世界裏。

當夜晚，這橋上兩排橘黃的燈光，貫穿小鎮的胸膛，在黝黑靜寂的宇宙裏，它是最燦爛的光，最巨大的熱量，是小鎮居民通往幸福之窗。

假如今天，我不是一定要參加老闆親自主持的，什麼〇與一的研討會，我絕對會留在橋上等他，九點，十點，反正見到他為止，他一定會來的。我真恨，為什麼早一天不開，晚一天不開？而偏偏選中今天？

老闆說，這種萬能機器，不僅可以幫助你處理那些業務，它幾乎可以替代全人類的工作，將來它會講話，會唱歌，不懂的人，簡直要被淘汰了。

那是什麼玩意？一種比打卡鐘，甚至比老闆更超級超級的神祇？

我悻悻然步下橋墩的最後一個石階，完成每日這橋上的歷程，又面對一段新的小徑，雖然沒有碎石磨腳，在雨後的泥濘中，走起來，仍然艱辛。

這天晚報上，我看到通心橋上發生了車禍，我急得想打個電話到報社去問那個採訪記者，鬧清楚被撞的是不是X先生。

假如是，我是否應該衝破藩籬，不顧一切地跑去醫院看他？但我怕醫院裏使人作嘔的藥水味道，也怕看到他裹著紗布，血跡斑斑，面目全非的慘相。

假如不是，為什麼今天他不來？為什麼？明天呢？

他會不會從此悄悄地消失了？從我的生命中消失了？

完了，這輩子我還有什麼追尋和指望的？

我顛顛倒倒的想著這些，卡片在手裏一張也排不出來。

我的老闆把我叫他的寶座前，虎視眈眈的望著我說：「你該知道，合同上的約定，一個月遲到五次以上要被勒令撤職的，我不能因為你一人，而破壞了一百多人的法紀。當心呀！再一次就不通融你了。」

為了免於被撤職的危機，我是該早早來到，我不該再貪圖橋上的風光。即使X先生不再來了，我仍可以坐在這辦公桌前，俯瞰這小鎮及橋的倩影，不管遠近，也不管白天或晚上，在我的心目中，它是永不能被替代的塑影。

還好！我的老闆——那個超級神祇，不知道該用手帕蒙住我的眼睛。有一回，他們被迫把這面向南的亮玻璃磨成毛玻璃時，卻獨獨忘掉我辦公桌前的這一塊，我真慶幸哪……

案：「神祇」一語出自傑克倫敦(Jack London, 1876-1916)的小說《白牙》(*White Fang*)中，那隻狼視人類為神祇。

——本文原刊於《中外文學》第 1 卷第 10 期，（臺灣大學外國文學系主辦，1973 年 3 月。）

那條魚

多半是在那樣的時分，吊橋上人跡絕少，白日的紛擾雜沓，一股腦地融化在薄薄的暮靄裏。

幾隻歸帆的漁舟，急急地航向停泊的地方，他們捕獲的成果，可能是纍纍滿筐，也可能十分清淡，但每個黃昏，他們都會加速地搖動著櫓槳，駛往家的方向。

水勢逆流而來，他用力擺動雙槳，槳聲和汩汩的水聲，譜成一曲輕快的雙重奏，感覺上船身漸漸沉重起來。

這算什麼？這不過剛剛啟航而已，苦頭還在後面呢。這一回衹許成功，不許失敗。他握緊槳把默許道。

很妙的規則，人向反方向坐著，槳向後划動，直等穿過了橋底，才算是面向著橋划行。

距離很短了，但在這蒼茫的暮色中，吊橋仍以極優美的姿態，靜靜地橫臥在河上，給人一種真實雄壯的美感。而這樣並不能媲美那個情景，這還不是那個情景，不是他每天在山腰的辦公室裏所眺望的景緻。

那橋，輕柔地懸掛在翠綠的山谷中，有如畫裏的筆輕淡的一抹，意境是淡遠和高雅的。夕陽中，它又彷彿是一道七彩的虹，詩意盎然地映射在雨後的天空，總覺得它將一閃即逝，總怕承擔不起一旦失落的苦楚。

滑過彎曲的河岸，他打開裝有魚餌的黑褐色小簍筐。還好，有些仍在掙扎跳躍著。活生生的餌，魚兒更喜歡吃的。

好幾次了，他重執起這根釣竿，守待在這河上。

這一次，一定能夠釣到那種魚：有著紫色斑紋的魚兒。真的，就好像有些預感一樣，他相信這一次將釣到。這一次，他絕不再失手。那末妻的病色必將好轉，康復，振作起來料理這個家。

唉！家……

歪歪倒倒的沙發，窗簾被孩子扯得又髒又破，白襯衣統統洗成灰色。牆角、桌面，到處是蜘蛛網，灰塵僕僕。

說實話，有時下班了，悠然升起一股茫然和倦怠的感覺，真不想回家。但是孩子們飢餓的臉色，妻半躺在床上，一雙歉歉然又無可奈何的目光，立刻浮現在眼底。

唉！如果真能夠釣到那魚，妻也許就能起來重整這個家，恢復以往平靜，愉快？……

愉快？

不，也不算頂愉快，那末該算是怎麼一種感受？說不上來。總覺得彷彿也不是夢寐中久久渴望的人間至深的幸福。不是，並不是的，那已經不存在了。那種幸福是否存在於人間，也好像不易確定。

但起碼不至於像現在生活秩序整個地被毀壞無餘。每天回到家裏，給妻煎藥，服藥，督促孩子吃飯，畫畫寫寫，收拾點雜亂的衣物，腦子裏一片空白和煩厭，連坐下來喘口氣，想想自己不幸的時間也沒有。

那老先生說，就在這河水深處，有一種身上有紫色斑紋，和一對亮紅的小眼睛的魚。牠的骨髓也許可以治癒妻的病，妻已經沒有太多的時間可以再拖了。

天呀！是那條魚嗎？太難了，太可怕了。他的心裏打了一個冷顫。那是一種罕見的魚，是種頑固刁滑的魚兒，好像絕不易上鈎。太難了，太可怕了。就在這條河和另一條河的匯合處，他曾經見過兩次，幾十年來也僅僅見過兩次。

小時候，這河沿岸，幾乎沒有一塊草地，他和祖父不曾坐著垂釣過。

他們經常釣滿整整一簍筐，淺藍、淡紅、土灰色的、銀白色的，和烏黑而光滑滑的黑鰻。大的、小的、厚的、癟的。

有的翻白著肚皮，吐著白沫，有的腮邊已被釣魚鉤子鉤破了，小血珠點點滴著。也有的時候，空蕩蕩的簍筐裏，始終躺著幾條洩了氣的小泥鰍。祖父全不在意。

世上有些東西可以追，有些好像拚了命也追不到。有人可以輕易的放棄，也有人從不肯對環境和命運屈服。祖父銜著煙斗淡淡地說著。

他們躺在草地上，任憑微風輕拂，太陽毒辣地照射著，仰望浮雲飄過廣大的天空，或聽流水拍打岩岸的聲音。有時祖父也教他認認北斗星，天狗星，白狼星。或屈指數一數潮漲與潮落的時間。

有一次，烈日炙炙地刺射在肌膚上燙得像要燃燒起來。他們已枯坐了一個下午仍然沒有一條魚兒上鉤。祖父正想動手收拾釣具回家，忽聽鈴聲叮噹響起，釣竿微震了一震。祖父忙站起來捲著釣線，捲了幾輪後，線不動了。

奇怪，這明明是條魚，很輕很輕的小魚，怎麼拉不上來？祖父滿臉狐疑地說。

他趕忙湊上去，想幫忙。

別急，我慢慢應付牠。

祖父又把釣線伸回去，竿子平放在地上，全神貫注的等著。一會兒，鈴聲又響了，祖父站起來，迅速捲著線。

這回好像是一條較大的。祖父緊張地說。

線又不動了。

真不信這魚兒神通廣大。祖父不服氣的用手拉著釣線。

撲通！只見一尾色彩絢爛，有紫色斑紋的魚兒，躍出水面一尺高，很快的又掉進河裏。

啊！那魚……是那條魚……祖父張大了嘴驚訝地叫喊。

釣不到也好，讓牠繁衍更多一點，那是一種珍貴的魚，人吃了可以治病。祖父空舉著釣竿悵悵地說。

就是那樣的魚。就是當年祖父那一根釣竿。

在他詩樣的年華裏，他經常揮動著釣竿，線輪嗚——嗚——地在疾風中飛響。咚！一聲，釣魚鉤子被拋入遠離視線的河面上。

這回釣黑鰻，鯽魚，下回是黃花，白象，再下去就輪到鉤鱆，當然，最後的目標是釣那類紫色花紋不肯上鉤的頑固的魚。

只有踏在目標的路徑上，每一個陷阱，每一種困苦的磨折，都叫人不計成敗全力以赴，都使人愈嚼愈甘美。

那無數色澤鮮艷，生龍活虎般的小生命，在他生命的畫頁上，勾勒出那麼生動，活潑明朗的筆觸。

而最艷麗，最幸福的色彩，是畫在那個有著靈性美的女孩。像是亂世裏兩顆寂寞的心靈邂逅了，像兩片飄忽的白雲經過萬里遨遊後巧妙地凝聚在一起。是獲自內心的真摯和自然，是兩顆相互貼切契合的心靈。愛情才顯得真和貴。

幸福是深植在理想事業的根上，以愛來滋潤灌溉，生命像一株朝氣蓬勃的樹，像一首詩，一頁輕快的樂章，的確太美妙了。

有一次，他們死心要釣起那條魚！那條紫色的魚，那女孩被捲入激流中……

幸福，生命，愛情，這些美麗的詞跟著一一墜河而死。

釣竿，那根伴隨著祖父和他渡過金色年華的釣竿，從此注定被塵封在牆角的命運。

夜晚，當妻緊偎著他，他下意識地想推開那具熟悉卻又陌生感的身體。他夢見那條紫色的魚他釣上來了。他抱著，他熱絡地擁抱著那個女孩，他每個細胞，身體裏每一個最小最小原子都深深愛她的女孩。那樣甜美，那樣幸福，他抓著，緊緊地抓住……就在甦醒的剎那，他失望地推開妻了。

天色灰暗下來，他迅速搖著木槳，快到漲潮的時候。

回頭看看水面，小舟划過處堆起層層的漣漪，遠遠地，漂浮著幾個晃動的黑影，他隱約可以辨認，一個草綠色的小點，那是賣冰棒、點心的人的綠色木箱。

先生，我本來是個很具前途的導演，我毀了我的女人，也毀了我自己。

——我忍受不了，把她和他的姦夫雙雙溺死在這河裏，好多年來，我每天在此，想祈求我們三個靈魂的安息，天曉得……那個賣冰棒的人失神地對他說過。

如果是我，我就不那樣做，愛的極致是犧牲，為愛受苦的人有福。他很驚訝自己怎麼脫口唱出那麼漂亮的口號來。

難道妳是注定被犧牲一輩子的人嗎？可憐的妻！你早就該一腳踢開我，吐著唾沫痛罵我：「下賤，該死，無能的男人。」妳是應該詛咒我，就在洞房之夜，我居然厚著臉皮窩窩囊囊地向妳招供。我的愛情已死，靈魂已死，所剩下的就是這麼一副空空的軀殼，和這種連矯飾虛情的興趣也沒有的坦白。是的，就是一副空殼子。

而妳，竟是那般仁慈的哭泣起來，那樣不該被感動而感動的哭泣起來。妳說妳什麼也不在乎，妳說婚姻的道理是建立在責任與道德上，什麼愛情，幸福，靈魂等虛幻的詞兒全都附帶地被包括進去了。

好有膽識的女人。

妳確是以一顆堅貞的愛心，來滋潤我早已冰凍的性靈，妳從來不埋怨，不後悔，妳毫無保留的犧牲了。有如在沙漠中建立綠洲勇氣和艱苦，妳蓋起一座我們家庭精神的城牆。

我雖然久已不識幸福為何物，但這世上，我再也無法找到更寧靜，更舒適的避風港。

水勢更加湍急，暮色在岸上的枝椏間加暗，加深，河面蕩漾著迷濛的水霧，很像清晨曉霧未開的情景只是天色略呈暗澹些。

水深危險。水急危險。幾個朱紅大字，濕淋淋地被鏤刻在巉岩上。

先生，再過去已經是警戒線了。前幾次，那個賣冰棒的人提醒他。

不要緊，以前曾划進去過，很熟悉的。

前幾次，他看到好多肥碩的魚兒，毫無忌憚的悠游在水面上，那銀光閃耀的小生命，觸燙得他冰冷的心微微地解凍起來。

但沒有釣到紫色的魚。

而這一次一定要釣到的。

可憐的妻！妳無法了解，那陣子我的心裏如何激烈交戰著，煎熬著。

為妳不顧一切風險捕捉那條魚，是為人丈夫義不容辭的事情，沒有任何理由可以猶豫，沒有任何道理可以辯解。

然而，那誠然是一種虐待。要一個人站在宇宙間同一個臨界點上，同一個焦點上，去咀嚼，去體會，自己截然不同的命運，那真是一種最殘酷的虐待。

你不知道，有多少次，我站在騎樓邊，伸出手臂又縮了回來，心裏怦怦跳著遲遲不敢打開那一扇破舊的門扉。唉！這一輩子，我原是不希望再去撫摸那一根傷人心魂的釣竿。它斑黃的竹身，再也煥發不出光彩來了。

我怕只要我一碰觸到它，我就會溺死在那久遠的不幸裏。我不想面對那根被塵封了的命運。

當我以赴湯蹈火般悲壯的心情，取出那根釣竿時，我狠狠的擦拭，抖落層層固結住的塵埃，我又一次，也必是最後一次的看到那個屬於靈性美的女孩，親手刻上去我的名字。我拿出小刀，很快地把它刷掉，連根帶土的挖掉。

他把釣鈎投入水裏，一條一條，很快的被釣上來，情況不壞，好些魚兒在離水面很近的河中，趕集一樣地奔游著。

那預感就要應驗了，紫色的魚兒就要上鈎的，他的信心加強。

船身有些顛簸起來。他發現水流不規矩的打轉著，捲著，捲成一個圈圈又一個圈圈，他握緊船舵和釣竿。划不動，也無需划，船有時被撞左，有時被撞到右邊，亂七八糟的動盪起來。

危險。他有點慌張。

最好是立刻棄船上岸。他想。

竿頭在動，有魚兒在吃餌。那已經不是感覺，在這種激流中，已經無法感覺那是多年來一種對魚吃餌時特有的靈敏的感應。

他著急的想把竿子提上來，但覺得有一股沉著的力量往下拉。拉！拉！他往上一拉，底下拖一把，一上一下，就好比拉鋸戰一樣。

咦？是那條魚嗎？紫色的魚！對了，是紫色的魚？

那一年，那女孩，也是在這麼一拉一拖中被拖下水的。

魚！紫色的魚，你果然要上鈎了，這一回，我再也不饒你的，也絕不會失手，如今，我孤軍奮戰著……

拉著，拉著，他用盡全部力量提攔著竹竿。

船猛烈的震盪著。

你最好快點上來，別再耍花樣了。這一回，你是輸定了。他不覺地吼著。

咚，一聲。釣竿猛然彈起，線斷了。

他憤怒地把釣竿摔到船板上，胸口疼痛，很想掩面痛哭一場。

撲通。突地，那尾口含鐵鈎紫色紋身的魚兒跳躍到船上來。

他一把抓住牠，望著那一對寶石紅船的小眼睛心裏泛起一陣喜悅而後顫慄的感覺。他趕忙把牠塞入竹簍裏。

嘩啦！激烈的漩渦捲起，船翻了。

他猛喝了幾口水，一陣昏厥，立刻又清醒過來。魚！魚！紫色的魚，我抓到！呃！不，牠自投羅網的。

他下意識地想伸手去抓住那隻竹簍筐，簍筐早已被捲得老遠。

他很快的揮動雙手游著，希望立刻衝出漩渦的圈圈，但好像是在沙河裹，游動十分困難。

不行，我一定要抓到簍筐——那魚。

他朝著竹簍筐的方向，奮力排開水流，那簍筐一會兒漂左一會兒漂右。他焦急的游著，快！快！必須馬上抓住，要不然，在兩條河口的匯流處，連人一齊都將被沖跑的。

不，不行，這一次不許失敗，妻已經不容許再拖了。一定要抓到，一定要抓到那條魚的！

他真有些累了。

那女孩的臉，妻的臉，孩子的臉，那色彩絢麗的魚，相互交疊的浮映在水面。

我如果不幸離開你們，請你再找個伴照顧，照顧你，照顧孩子們。妻很冷靜地說過。

啊！不！不……妳不能……

唉呀！他一聲慘叫。

只差半尺，半尺遠，他就要揪住那簍筐——

……

不知是經過短短的幾分鐘，還是整整一個世紀之久，那根斑黃的釣竿，在黝黑的河面上載浮載沉地漂著。

岸上燈火稀疏地亮起。

山谷間，有一縷縷的煙，在暗澹的空中，升騰，旋轉，羽化……

吊橋更加沉默了，河水變得烏黑可怕起來，但它一如往常嗚咽地流著，流著，它是無法數清楚，有多少悲哀與歡樂打從這河流過……

——本文原刊於《中國時報‧人間副刊》，1969 年 1 月 30 日。

白頭偕老

來好死在一個榻榻米大的床上，人是坐的，靠在烏心木的床架。頭垂得低低的，看不清楚她的臉，就像一個嗜睡的老人盤坐時盹著了。

「真好死喲，大概才兩天沒看見她下來！」房東把床幔子紮成一卷，扭開五度光的燈泡，不亮，命人拿手電筒。

「是餓死還是煙毒癮死的？」

「萬發走了以後，誰知道她一天吃幾餐？」

「沒見過有人這樣坐著死的，除非趴下去，真不容易看清楚她的臉。」

「看那麼清楚做什麼，你又不是她的親、她的戚。」

「會不會是坐著的時候，心臟突然停止了。」

「那只有天知道！」

「實在不自量力喲！孤零零的老倆口，沒錢又沒有子女，三餐不濟，還要吃嗎啡。」房東拿著手電筒的光，掃射在褪色的紅綾洒花的被子和兩個石青緞面的枕頭，整齊的疊在床角，像是隨時等人鋪開使用它，說什麼也不像坐在床上的人已經嚥氣了。床上方架著一塊木板，擱著一只木箱子，大概是放衣服用的，此外，再也沒有什麼東西了，真是光溜溜得清爽無比。

「那萬發也真殘忍呀！丟著她不管。」

「真可惡，幾年房租不清，悄悄溜掉，老婆賴死在這裏！」房東說。

「不要緊啦！人家說要借人死，不要借人生呢！」

「對了，誰去通知萬發，看他怎麼發落？」

「通知他做什麼？他有能力發落？還不如早去報警，早早處理掉，衛生要緊哪！」房東切熄手電筒，領著眾人下樓，一路吸著煙斗，巴唧巴唧地響。

「誰知道那老貨躲到什麼地方去替人看別墅？」

「我去找找看，前幾天我在路上碰見他，他告訴我了！」隔壁的阿義眼見情勢危急，決定應該立即行動。

「好歹也是夫妻一場，讓他們見最後一面應該的。」

「好！如果到下午那老貨還不來，我就報警察局啦！」

阿義跑到市郊的一所養老院找到萬發時，他正在餐廳吃午飯。他放下飯碗，走出餐廳，兩眼鰥鰥的望著前方，臉色發青，嘴裏喃喃的說：「真的嗎？真的嗎？」愣了好久以後才定神，沈鬱而哀傷的說：

「我辦好請假手續就去，多謝你來！」

「愈快愈好啊！不然警察來搬走後，你就看不到了！。」

萬發走入寢室，打開一隻舊的皮箱，那是他帶到此地唯一的東西，也是他六十幾年的歲月所擁有唯一的財產。他拿出白色府綢唐衫和黑巧紋的褲子，十八年前在來青閣裏就是穿著這一套衣裳認識來好的。十八年前玉青樓裏的來好，像一朵灼紅妖艷的桃花，鵝蛋形的臉上，薄施胭脂和蔻丹，黑鬖鬖的頭髮挽起一個髻，插著一根閃綠的青玉簪子，雪白的臂膀抱著琵琶彈唱「雨夜花」。那幽淒的音韻，澆沸著他的靈魂，令他在一個月裏連連捧了二十幾場，終於用身邊所剩的十兩黃金贖了她出來。然後租賃了那條窮巷裏的閣樓上一個小床位，開始了他們的生活。他早上挑著販魚擔子出去，晚上擔子底藏著幾隻鮮美的魚，一塊肉，幾把青菜，兩個人在一個榻榻米大的小天地間自得其樂的過日子。

而自從來好吃上那要命的嗎啡以後，三餐減成二餐。後來他的胃病纏繞，體力衰退，慢慢把身邊值錢的東西都典當賣盡，漸漸一貧如洗，就好像兩隻蝸牛在風雨中往峭壁上爬，日子變得艱辛無比。十八年的歲月就剩下這幾件衣裳和這根青玉簪子，一個指頭大的玉石冰沈沈的閃著綠光，那是離開她來此地的那個晚上，來好說：

「明天你就要去了，我應該高興的。如果你不趕快去，萬一你也染上了，總有一天兩個人都要餓死在這裏。」她吸著烟蒂湊成的紙煙，臘白又浮腫的臉，飄浮一絲淒涼的微笑。啊！歲月無情，一朵曾經盛開的花朵，凋零敗壞了。

「來好，我真對不起你，我這個廢物，竟連一個女人也養不起，乞丐也有白頭偕老的啊！」

「都是我拖累你了，現在你已經老弱病痛再也拖不動了，去了那裏總算解決了你一個人的生活。」

「啊！慚愧、慚愧的男人，以後我會把每月的零用錢節省下來給你，趕快替你申請。」

「是的，要死也得死在一起，如果皇天憐憫我，不再懲罰我，就讓我了結這個願望吧！」她塞給他那個紅緞洒花小荷包哭泣著說：「現在我們可用的東西，都給我變賣光了，就剩下這根玉簪子你收著吧！」

「要死也得死在一塊啊！」他緊緊的捏住那青玉簪子，油然生起玉存人亡的哀痛，趴在床上嗚嗚的哭起來：「是我害死她的，是我害死她的，我這個沒有心肝的人。」他嘶聲力竭的哭號。

「萬兄，節哀呀！趕快去吧！不要耽誤了！」有人拍拍他的身子。

他猛然覺醒過來，是的，這不是哭泣的時候，趕緊出去替她準備一套壽衣才是。他強忍住悲哀，動手換衣服。好吧！就穿這套衣衫去，順便也把這根簪子插回她的鬢髮，一切都讓它復原，復原成十八年前的樣子，就像那晚來青閣暈黃的燈光是那樣浪漫與輝煌。真的，除了這套衣衫和這根青玉簪子，幾乎就是赤裸著身子來，赤裸著身子回去，再也不沾帶任何人世的錢財和情感。他穿好了衣服，向管理員請了假，就踏上往臺北的列車，車子出了站後，與淡水河並肩齊奔著，一如往昔。河水蜿蜒地流著，滋潤著大地生生不息，山巒依舊、河川依舊、房屋依舊；而人為什麼會變，變得這樣快，這樣無情？離上次見她面，也不過是上上禮拜日，她說還在那煙舖子裏幫傭。換一口飯吃，分一點煙渣總是有的，怎麼知道會這樣快。照理說應該不是餓死，也不是煙癮死的，難道是她怕申請不出來造成我心理的負擔，那天我對她說，聽說這陣子政府經費比較困難，可能要再等一陣子，誰知道她竟熬不下去了。

每當想起她那一身黑唐衫褲，梳了一個髻的白髮，永遠是整齊油亮的。臉色一向是失血的蒼白，枯瘦的身軀，伸著長長的脖子，獨來獨往於熙熙攘攘的街巷上，真像是一雙長腳白鷺鷥，在收割的稻田裏蹣跚行走。又好像是一朵枯萎的蓮花，隨時會掉落塵土。就有如用錐子刺心的痛苦，就希望她的申請早早通過。每次回去把省下來的一塊肉、一片魚帶給她，她就說：「何必呢？已經有了那些零用錢，夠吃夠花的了」，誰知道她到底吃飽了沒有？對了，一定是我害死她的，如果我不先出來她一定不會這樣快過去的，就因為不願意兩個人賴死在那個地方丟人現眼，才狠下心來先走一步、算一步，怎麼知道她竟熬不過來了。如果當初抱養一個孩子，有個活兒可做，也許她就不會迷上那要命的煙毒，像所有的人一樣傳宗接代白頭偕老。如果十八年前，我不贖她出來，現在她會是什麼樣的結局？更好？更壞？而我呢？

河水有漲潮和落潮，樹木百歲一枯一榮，但人只會慢慢凋零，直到下一個世代接替上來，而我的世代呢？我！早年為了抗日，曾經拋頭顱灑熱血，打仗坐牢，不敢有家累，曾經用所有的積蓄，贖了來好，賭了我自己的生命，我這個鰥寡漢子，也將很快的隨著煙消雲散了。

他在雙連車站下車，往市場那個方向走過去，他努力避開熟人，十八年來，他就在這條街上討生活。電氣行、布店、麵店、理髮店，甚至沿著街兩旁的水果攤行列，他都可以閉著眼睛一家一家的細數出來。市場上依然熙熙攘攘車水馬龍，人們一如往常緊張忙碌的操活，每個人精神抖擻，生趣盎然。

「阿發兄！好久不見面了，今天怎麼穿得這樣標緻，在那裏發達了？」終於有個人捉住他的臂膀。

「我到鄉下去了？」

「做什麼事？」

「我去幫一個朋友看別墅！」

「來好怎麼還在這裏？」他很慶幸窮巷裏發生的事情，顯然尚未流傳到這市場上。

「她自己不去，我有空就回來看她。對不住，今天我出來為一個朋友辦喪事，改天再聊！」他急忙掙脫那人的手，向前衝去。

「這人八成是有一點辦法，以後不要老婆了？」他走開以後，那人對著另外的夥伴，搖頭說道。

他從口袋裏抽出手帕擦拭著眼角的淚，走進葬儀社：

「請問老闆，一件老婦人的壽衣，對襟的上衣和裙子，最粗的要多少錢？」

「最壞的一套要兩百五十元。」老闆仔細瞧了瞧他說：「你不就是賣魚的嗎？怎麼今天這樣水了，是誰過世了？」

「鄉下一個無依無靠的老婦過世了，我出來辦事，臨時想起來送她一套！」他摘下大甲帽，用手帕擦拭汗水，接著說：「對了，一百八十塊錢能不能將就將就做一套。」

「最壞的一碼黑緞子是七十塊，要三碼，工錢只有四十塊呢！」

「只要你答應立刻幫我剪裁，不夠的部分下個月我加倍補你！」

「老兄弟啊！葬儀社很少賒帳的！」

「老闆，你做做好事，下午派出房就要派人撵走，下個月起我每月補你一次不夠的錢好了。」

「萬兄你是瘋了，我做生意，又不要靠人救濟，你現在發達行善事啦！看你今天帥得像個老黑狗！」

「你是頭家，賺錢的頭家，靠人救濟的是我！」

「嘿嘿！萬兄真會講笑話了，算了，做做好事，一百八十就是啦！誰要你補，開市討個吉利哪！」

「我到麵店去吃碗點心就來拿，謝謝你囉！」他走出葬儀社，忽然老淚縱橫的流下來，天地蒼蒼，何處可以痛哭？

他急急的走入市場中心的公廁內啜泣著，直到情緒穩定下來，洗個臉後去葬儀社取回了壽衣。他用包袱包好，走進他以前住的那條窄窄長長的巷子。他低著頭，覺得每個人的眼睛都在看他，手指著他罵：「這就是丟開老妻，逃到養老院那個絕情的老貨。」他覺得他的步伐是夠快的，但始終走不到那屋子。六月的黃昏，窄狹的巷內，瀝青路面餘溫尚在，仍然裹著一層熱浪，烘得人汗流浹背，他用手帕擦拭汗水，拉低陳舊的大甲席帽沿，擋住視線。

從前走在這條路上，他朝著家門去，雖然只有一個床位可以歇腳，雖然是個窮漢子，但有來好等著他做晚飯，他是人夫。現在他從養老院來見來好最後一面，從此他成了赤裸裸的鰥夫寡漢，他知道這將是他最後一次走在這條巷子上。就連這窮巷也即將在他的生命中消失了，就好像他的生命也即將在養老院消失了一樣。養老院離火葬場一定很近、很單純，不需費什麼手續週章，一切是乾淨利落的。

最近幾個月，他送零用錢給來好時，總是約在市場的後端見面，他不敢走在這條巷子內，他覺得無臉見這些舊鄰故友。他這樣低著頭走著，差點和來人撞個滿懷，猛一抬頭他看見警察走進那屋子，踉蹌的趕上去。

「來了、來了，這老貨來了，他就是那個女人的男人！」

「就是一個人跑去別墅享福的男人，你看，他現在吃好、穿好，老婆死了還穿得這樣標緻！」鄰人爭著介紹他。

「警察大人，現在她在那裏，我能不能替她換上這衣裳？」他看見半樓上有兩個人帶著口罩在工作。

「已經搬走了，等你好久呢！現在正在消毒，天氣這麼熱，再不處理，妨害衛生的，你有什麼意見嗎？」

「我要替她換上這一套壽衣，插上這根玉簪子。」

「好，那末跟我到分局裏。」

「欠我的房租什麼時候給？」萬發跟在警察後面，即將跨出門檻時，房東抓住他的衣襟。

「以後每月初，我送一百八十元給你！」

「如果你不來，我去哪裏找？喂！財仔，他到底住在什麼地方的別墅？」房東又抓住早上去通知他的人問。

「他……他在關渡的養老院。」

「真的嗎？真的嗎？」眾人都愣住了。

「他怎麼能進去？」

「是真的，他早年參加抗日活動，又無兒無女，有優先申請權。」警察回答。

「夭壽的，免啦！免啦！誰要你那些錢！」房東悻悻地說。

眾人目送著萬發跟在警察的後面，一路走，一路掏出手帕拭淚。

——本文原刊於《中華日報》，1981 年 3 月 25 日。

過火

「阿兄，我們還能看到過火嗎？」

「快點走，說不定還沒有完，就可以看到。」

六歲的茉莉，抓住她阿兄的手，興奮的腳步，幾乎邊走邊跑了。

她小小的心靈，不停的臆測著過火的盛況。她常聽說，那是些真大真勇的好漢，赤腳抱著菩公，跑過鋪著煤炭的熊熊火焰。

因為抱著菩公，所以走過刀山，走過火海，都不會死。

兩旁看熱鬧的人，頭頂著頭，身軀緊貼著身軀，屋頂、陽臺上、窗口，凡是看得到過火的地方，全都堆滿了人，而像她這樣小的孩子，不能爬到高處去看，就要騎在大人的肩上。對了，她最羨慕騎在大人肩胛上的孩子，她不曾騎在阿伯的肩上。阿伯是個跛腳，阿伯只肯五毛、一塊的給他買零食吃。過年時，不買新衣服新鞋子給她穿，錢也不多給一點，就那麼五塊、十塊的，比平常多不了多少！她不太愛阿伯。

她不知道如果她騎在阿兄的肩上，是不是能看到？阿兄好像不夠高。

「阿兄，菩公為什麼要過火？」

「新菩公過火後，才會有神。」

有神？這當然不是她六歲的孩子所能了解的，不過，懷疑只稍稍掠過去，她沒能對這個問題再思索下去。

他們走到屠宰場，一些開門見山的板仔厝，望著馬路前前後後的立著，可以從最高的神主牌仔，看到床底下破舊的鞋子。一片嘶喊的豬叫聲，聽得最清楚的是尖細的聲音，到處是落地的豬屎，乾化成赭色的血滴，一捲捲的雜草，有一股濃濃的豬屎味。茉莉掩住鼻子，真想急急的走過去，可是她卻看到好多殺豬的，和一身煤灰的工人，在樹蔭底下，吃話梅涼水，和粿仔湯。

漸漸的，她看到路尾高入半空中，呈羽狀的樹梢，那是圓山國民學校的椰子樹，那就是大龍峒了。

只要走過圓山國民學校，差不多就可以看到保生大帝廟，過火，就在廟旁的空地上。保生大帝廟到了，阿母的家也就到了。

從過完年後，茉莉一心一意巴望著三月十四日，保生大帝的生日，快快到來。這一天，大龍峒的人，殺雞殺鴨外，還有肥豬公比賽，肥豬公在豬架上，攤著一團團的白肉，脖子上掛滿了大大小小的金牌，再也不是平常豬槽裏污抹抹的懶豬。大稻埕、艋舺、四崁仔，五路的人沿路趕來吃拜拜，沒有熟人家請去吃拜拜的人，只能去看肥豬和過火。

茉莉最高興的不是吃拜拜，不是看過火，更不是肥豬公，肥豬公實在沒什麼好看的，而是這一天，阿兄會帶她回去做客，她喜歡阿母，喜歡阿兄，喜歡阿姊，連這條回阿母家的路她也喜歡。

每逢過年，她回阿母家一次，接著就等三月十四日，這三月十四日，簡直比過年還要難等。

這一天，她盡量呆在走廊上，她可以直直的守望著巷口的小木橋，希望看到阿兄或阿姊走在木橋上，提著一簍鮮紅的橘子走過來了，要真是看到了，她就趕緊跑進厝內。

「親嬸！我阿母要我來帶小妹回去。」她聽到阿兄的聲音後才跑出來，裝著她事先不知道。

她阿媽總是一臉沒好氣的拖著她洗臉洗腳去。拿肥皂，搬一張小竹椅，提一桶水，不知怎麼會那樣慢吞吞的，常聽阿姨說：「你這二嬸，像一堆牛屎，笨車車的，踩都踩不死一隻螞蟻。」

她等得不耐煩，但不敢說出口，阿媽會說：「你那麼愛回去是不？你阿彩姊就不像妳那麼愛回去？真不見誚。」

「管她阿彩姊愛不愛回去，快給我洗好臉和腳就好了。」當然茉莉也不敢說出這句話。

「茉莉，你什麼時候回來？」阿媽總是故意當著阿兄的面問她。

「過兩天就回來嘛。」她低著頭，怕阿媽看出她臉上的喜悅。

兩天怎麼夠？每一次回阿母家，一天，兩天，三天，日子是飛的，一下子就過去了，一顆心肝跟著日子一天天的艱苦起來。

她喜歡跟著阿母，到保生大帝廟燒香，到大龍峒尾的叔叔舅舅家去玩，聽阿母向熟人說：「哪，這是我給人家的女兒。」喜歡和阿姊到雜貨店買味精、買米粉，到廟前看歌仔戲、看過火，一路買些甘蔗、餅乾吃。她不愛阿兄整天一個人往外跑，老看不到影子。

她真羨慕阿兄和阿姊，他們不必回去，不必像她一樣回到有阿媽、阿伯，和一個叫阿彩姊的家。

「茉莉，你該回去了，你老阿媽要唸死你了。」不知過了幾天，阿母就催她回去。

「不要，阿母，我不愛回去。」一提到回阿媽家，她的心悶塞起來了。

「茉莉，照實告訴阿母，你阿媽疼你嗎？」

「疼。」

「你阿伯呢？」

「疼。」

「你阿彩姊會打你嗎？」

「不會。」

鄰居們一天到晚向阿媽說：「水滿嬸，你那兩個孫子，是我們這條巷子的媳婦仔王，簡直寵上天了。」（媳婦仔王——臺語，即養女。）

大人都說她是媳婦仔王，她就認她是媳婦仔王，媳婦仔王，是比親生女兒還要受寵的意思。這個道理，茉莉懂得。

「那末你阿媽家，哪裏不好？」

她實在不知道阿媽家哪裏不好。在那裏有鳳梨吃，有龍眼吃。阿伯就是賣水果的，她吃水果，向來是挑上等貨色，但就不是在阿母家那樣，整個心肝燙燙貼貼的好舒服。

「阿母，我們把小妹討回來，不要讓她回去了。」阿兄常常嘟起嘴，和阿母說。

「憨囝仔，那怎麼行？已經給人家，就是給人家的，你小妹是她阿伯的香爐耳，人家疼得像命根一樣，我們怎麼可以那樣做？」

她常聽說，阿母是個條條直直的忠厚人，不敢向他們討回去，她真不愛阿母是個忠厚人。

真的，阿母一次也不准她不回去，就像上一次，阿母說:「茉莉，我帶你回去，和你阿媽參詳以後，再帶你回來。」

他們走到阿媽家巷口的木橋上，她哭了：

「阿母，我不要進去，進去阿媽就不會再讓我跟你回去。」

「憨囝仔，你阿媽不疼你嗎？」做母親的，始終不了解這孩子要的是什麼。

「疼我啦。」

「你乖乖回去，阿母會來帶你的。」阿母也哭了。

那個古老的小巷子，都住的是幾十年的老鄰居，死了一隻蟑螂，落了一片瓦，就像自家的事情，你說我傳的，立刻傳遍了。

「親嬸！這孩子怎麼回去就不曉得回來，真淒慘哪！」相對而泣的母女，這才看到肥嘟嘟的老阿媽和阿彩姊。

阿彩姊索性一把抱起茉莉走了。

「鍠！鍠！鍠！」一陣鑼鼓和鐃鈸聲響起，驚醒了回想中的茉莉。好高興呵，茉莉看到七爺和八爺，吐著舌頭，一對木雕的眼睛上下滾動著，向他們跌跌撞撞的走來，這一群長長的獅隊後面，跟著十幾部三輪車，每一輛車上，坐著一個抱著新菩公的和尚。

「新菩公要進廟了。」她阿兄說。

西天璀燦的霞光，映在保生大帝廟的飛簷上。

她們經過過火場時，看到煤炭已灑上了水，有些還喘著微弱的烟，人潮散向各方去……

「阿兄，以後你早一點來帶我。」

他們沿著保生大帝廟走向阿母的家去了。

——本文原刊於《中央日報・副刊》，1968年3月5日。

向日葵

大年初二，午後兩點多。

合歡山賞雪隊的車子，載滿被興奮與好奇沖擊得歡樂澎湃的青年，默默的停下來。

大禹嶺，亞熱帶的寒地，海拔兩千多公尺，有翡翠綠色的山巒環繞著。峻拔、肅穆、冷漠。有一層薄薄的雪花覆蓋在遠遠的山頂上，可望而不可即。

真出乎意料之外，這兒也有陽光。

帶刺的冷風，呼呼的吹著。背包、帽子、毛線織的，皮製的，紅色的，黃色的，圍巾，手套，照相機，望遠鏡。別忘了，忘了有錢也沒地方買，這兒——大禹嶺——亞熱帶的寒地。

尖尖的，三角形的帽子，有的兩片寬寬的帽緣，可以遮住雙頰，只露出眼睛，鼻子，和嘴巴。屁股上磨得亮白亮白的牛仔褲，他們老母親穿過的；有大格大格的，粗厚粗厚的呢大衣，高統的登山鞋，一副登山老手的模樣。

這裏，看不到黑色花紋的玻璃絲襪，看不到裹在大腿上的迷你裙。

合歡山賞雪，一群前進份子，我們來賞雪。

大年初二。

沒等吃過年夜飯，我們就急急的飛出二十幾年的老巢，沒有一把鼻涕，一把眼淚。

大年初二。

不去廟裏燒香，當然也不去做禮拜。好莫名其妙的禮拜，舊曆年要上教堂做禮拜。

我們前進份子，是的，擔當得起國家憂患的前進份子。

那個晚上，在冰冷而漆黑的嶺上，一隻油燈在冷風搖晃下，幾十個人密密的圍攏在一起。猜領袖、抄大菜，請你跟我這樣做，請你跟我這樣做。哈！哈！你犯規了，站起來，表演。說桃太郎的故事，唱「媽媽要我嫁」，看不清你我的眼睛鼻子，也相互叫不出名字。

男的，女的，老的，少的，在同樣的條件下，所有的人只有一個目標——努力向上爬。

沒有嶄新的轎車，沒有揮手即來的計程車，沒有人多長兩條腿，也沒有人能生出翅膀。我走路，你也要走路。

在這大禹嶺上，沒有人整天捧著英文，準備托福考試，也沒有人啃著書本，考什麼研究所，外交官，高考，普考。

只有一個目標，努力向上爬。

這兒，萬世昇平——最可愛的朝代。

下車了。

男男女女，男的一群，女的一群，幾個男的，加上幾個女的，那就更有趣了。當然，也有一雙雙，手臂和手臂互相纏住腰際的愛侶。你可以想像，在這樣的地方，形單影隻，就令人不忍卒睹。

我們，一對塵世間最甜蜜的伴侶，女人和女人。

自由活動開始。

「啊、這些山真好看，不像臺北，平平的，矮矮的，淺灰淺灰的顏色，一點也不生動。」

「高地的空氣，真新鮮，你是不是覺得心胸開暢得很？有人還以什麼懼高症嚇唬人，見鬼啦！」

每一個人的臉上，綻開滿足的笑紋，不必爬到合歡山頂，不必觸摸到雪，已經可以認定，那一百八十塊錢的登山費用花得真漂亮。

我們慢慢的踱著，數著步伐，數著時間，希望這是永恆——永恆的時刻、永恆的境界。我們走到一片白髮蒼蒼的蘆葦邊，蘆花迎風招展，不，是老詩人銀白的鬍鬚，隨著風浪飄動。

「風在輕吹，蘆葦在嘆息……」我想起拉馬丁的絕妙詩篇——〈湖〉中的句子。

「一切所聞所見，都在說……」她柔柔的聲音接道。

搞不清詩人所想念的愛人是負心了，還是死了，就喜歡那些悽惻纏綿的詩句。

湖啊！這剛是一週年的時日，

在波濤岸邊，她應重來會我，

你看，我如今獨自坐在這岩石，她也曾在此靜坐。

你也曾在深沉的岩石下怒號，

你也曾在山腰下粉碎碧波，

風兒也曾捲起你的浪濤，

打濕了她可愛的雙足。

……

悲劇的美，殘缺的美。誰叫你是詩人，你是文人，註定要駝負人間的悲劇，醞釀苦悶，才能嘔心瀝血的吐出不朽的詩篇？

「這是我們一生中，最後的一個晚上。」那天晚上，她躲在我的懷裏，悲泣的哭了。

「不會的，我一定會帶你出去。」我說。

「不，我們分開以後，就要永遠的分開。」

女人愛女人，男人愛男人，堂兄妹的愛——敗倫害理的叛徒，破壞傳統的叛徒。

人活著是一種傳統。

該死的罪犯，不可同情的罪犯。

女學校的悲哀，男學校的悲哀，個性的悲哀，環境的悲哀，愚蠢的感情的悲哀，藝術家想超越一切的悲哀。

不被同情的罪犯。

人活著是一種傳統。

有些不爭氣的樹，耐不住終年冰霜寒凍，在清晨柔和剔亮的曙光中，閃著它光禿禿的，黑亮的樹身。配上遠處雁狀排列，骨嶙嶙的山巒，是一副氣象磅礡的山水畫。

「咦！向日葵，這是一朵向日葵。」她興奮地叫起來。就在一顆落葉榆樹的旁邊，一莖兩三尺高的向日葵，挺著它翡翠般的綠葉，微偏向太陽。

「這兒怎麼會有向日葵？」我托起它纖細的綠葉仔細端詳。

「是啊！要是開花了，一定會有最漂亮的金黃色。」

「我們挖走它好了。」她突然想起這個主意來。「平地不是可以買到嗎？」

「這一棵當然會比平地的更強壯，更漂亮些。」

我小心翼翼的挖著，深怕戳斷了它細細的根部。

我是不輕易讓她失望的，即使她要我摘下天上那顆星星，我也會說：「讓我試試看吧！」

一座冰山橫在眼前，合歡山的頂峰，屬於生命的頂峰。

是一種晶亮，晶亮得刺眼的白色，要不是腳已經戳進一兩尺深的雪堆中，引起僵硬，麻木，僵硬，麻木的感覺，真會以為自己是在欣賞著一張雪景照片。

我摟緊她的腰，後腳踩著前腳戳過而成的窟窿，前腳緊跟著別人的腳印走。手是凍僵了，只是機械的抓住裸露出雪面上翠綠的草莖。

望著有如棉花糖堆積成的，白花花，厚厚棉棉的雪山，被戳成一個窟窿，一個腳印的痕跡，懂得鴻泥雪爪是一種什麼樣的境界。

啊！愛情，這是愛情？

從盤古開天從亞當夏娃，愛情只賜給一男一女？只賜給門當戶對？只賜給年紀相仿？只賜給不傷倫敗理的男女？

「我簡直不敢想像，你走了以後的日子該怎麼過？」她把臉埋進我的胸口。

「我會很快的接你出來。」

「我們分開以後，就是永遠的分開。」

很少人能抗拒傳統，很少人能逃出道德的大門。

紫紅，暗藍，烏黑的雲，在低低的天空翱翔，看不清是松樹，柏樹，或是榆樹，拂滿了一身厚厚的雪片。就是聖誕卡上，一簇簇雪中的樹林。

帶著朝聖者頂禮膜拜的心情，觀望著。

我從背包裏，掏出兩個便當，黑色的鹹蘿蔔乾，四分之一的滷蛋，薄薄的三層肉片，算是冰天雪地裏的山珍海味。吞到胃裏，變成一顆顆細碎的冰塊，一隻隻別離的針刺，扎進心靈的深處。

她合上眼皮就睡著了。

就是這樣一張張水柔柔的臉，就是這樣冰心玉骨的情愛，叫人為她而生，為她而死。

醒來以後，她說夢見雪地上，有一株向日葵，開了一朵金黃燦爛的花。

天，更加低了。黑色的雲慌張的跑著，一股渾渾沌沌，灰濛濛的氣流，漩渦似地急轉，昇騰。哎！雨點打下來了，豆大的。喔，不，凝聚在衣袖上的，是一撮白鹽粉……咦，溶化了。雪，是雪。

雪……下雪了。那曾經是她們睡夢中的雪景。

「喔！」汽笛一聲長鳴，割破了離別者的心，眼睜睜的看她走了。

山悲痛的抽噎著，河水在嗚咽，沒有愛人的世界，是一片孤寂的墓園。

雖然他們的心和身都已經相許。

「我們到一個深山裏去，那兒沒有人知道我們的過去，我們永遠在一起，只要和你在一起，我別無所求了。」她對我說過。

「不，你媽媽一定要你結婚的。」

「不要，無論他要我嫁誰，我都說不要，我只要永遠和你在一起。」

「望著你的背影遠去，我多想喊住你，向你說一聲珍重再見。但是，我知道，我不能，只要我一開口，便會號啕大哭的……拿起荔枝吃不下，拿起煮蛋吃不下，滿腦子全是你的影子，啊，心情就是這樣一回事情，直到現在，我才知道，原來我愛你這麼深，這麼切……」

午夜捧著一封血淋淋的情書，恨不能化做一隻鳥，立刻飛到愛人的身旁，永遠廝守在一起。什麼世俗，什麼傳統，不管，不管快不快樂，也不管是一種什麼罪惡。

我們發誓過的，我們終究要在一起，世俗與傳統無法將我們分開。不快樂是做人的愚昧。

沒有時間搶時間，三天也好，兩天也好。兩個月不能見面，四個月見也好。沒有錢，省錢，坐慢車去，坐夜車也可以去。

總要有一點目標，為愛人奮鬥的目標，為事業奮鬥的目標。有目標，生活就有了方向。

相聚時緊緊抱在一起，痛苦是有代價的。

那一棵移植的向日葵，擠在搶盡一春艷麗的杜鵑花圃中，腰身漸粗，葉片肥碩，青青翠翠的發育起來了。

啊，秋天，我們一心巴望的秋天，那個向日葵花開的季節。秋天，計劃中，我們將重圓的季節，永遠也不再分開的季節。

而相思，是一隻魔鬼的精靈，從不放過一分一秒，啃嚙著他的心，他的肉，只有那一封封血淚寫成的書信，是整個生命的食糧。不能見面時，除了書信以外你還能抓到什麼？

「悲哀，想念，痛苦，我不喜歡你的信上老是寫著這些字眼。」

「……我曾仔細的考慮過我們的事情，算了吧，忘掉那些吧！我們只不過是自討苦吃而已。」

「……我不喜歡你在日記本的扉頁上寫的那兩句話，我希望那兩句話留著送給你將來的男朋友……如果你說你愛我，那就是不正常，不正常就應該改過來……」

「你將來的男朋友，」她怎麼想得出這些字眼？奇怪，一封信比一封信變了，她變了？變得理智，變得正常，變得聰明。真的，她變了。

「你如果真的愛我，你就不應該來這裏。你不來時，我努力的忘掉你，忘掉過去的那些。像現在你來了，明天你又要走了，你走了我會很傷心，所以，答應我，永遠不要再來這裏。」淒然的淚光，在她的眼眶裏閃亮著。

「我來看你，真的帶給你痛苦，那麼以後，再苦我也要忍耐，但是你叫我怎麼辦？」

「我最近才知道，在雪地上向日葵是不會開花的，或者根本就不會有向日葵存在。」她凝望著窗外的鳳凰木喃喃地說。

「有的，你夢見一朵金黃燦爛的花在雪地上。」

信札，照片，日記本，以前送她的東西，全都退回來了，這人怎麼搞的，不在一起時，就是那麼清清醒醒？

音信全無。限時，掛號，包裹，就希望她回信，那怕是三句話，兩句話。不理就是不理，任憑我怎麼寫。

「你不必驚訝，也不要衝動。早在認識你以前我就告訴過你，我很想進修道院，尋求這塵海中的樂園。我知道這幾年來，你為我犧牲，受苦，很可憐，那些都沒有代價。聖誕節我決定受洗，並且已經談好，明年夏天就到那個教會學校教書，一面準備，然後正式入修道院當初習生，完全皈依我主，願主能洗脫我一切的罪惡。所以我懇求你，不要再來打擾我的寧靜，我不願意見到你，請你幫助我和我合作吧！」

我一面拭著淚水，一面整理小旅行袋，踏上火車走了，我要趕上明晚聖誕夜的大彌撒，去看看她受洗禮。上帝再了不起也得讓我心甘情願的把她一手交給祂，也得讓我親眼看見神父把披紗往她頭上戴上去。啊！主，你真能賜給她寧靜？你真能葬送我的感情？她的青春？我的青春？

我猛然推開她宿舍那扇竹籬門。

「你……」她眼睛睜得大大的，有如在夢境。

「誰叫你來？我說過不能來就不能來。」

「出去，出去，為什麼你又來了？」她的臉色發青，嘴唇顫抖。

那張暴怒的臉，扭曲得幾乎變形，冰冷又兇猛的言詞，彷彿我殺死了她的愛人或雙親。

「我來參加你的受洗禮。」我無力的說著。

「沒有人要你來參加什麼受洗禮，走，我送你去坐車子，你來得不是時候，不受歡迎。」

我踏上返北的慢車，不敢坐快車，慢車到達臺北是午夜十二點，我不希望十二點以前回到那個喧囂的城市，聽到滿街滿巷平安夜，聖誕夜的歌聲。我不要想到去年的聖誕夜我們如何如何，也不要想到此時此刻，他在教堂裹如何如何的受洗。

有時候雙手抑制不了傾瀉而下的淚水，有時候捏著拳頭真想倒回去狠狠的揍她一頓。

殘忍又善變的人，理智的人，可憐的人。

你並不快樂的，也不會寧靜的，你只是想逃避，你只是沒有勇氣反抗。你——可憐的弱者。

我看到紅艷欲滴的鳳凰花，開滿了整個南臺灣的秋天。秋天過去，冬天也過去了。那一株向日葵，躲在院牆角，沒有開花，沒有結果，綠色的葉片，漸漸枯萎。

偶然碰到的朋友，聽說有一次路過她住的地方去看她時，發現有個男同事和她打得火熱。我苦笑起來，你，大傻瓜一個，知道些什麼，她從來也不曾對男孩子感興趣過。我們不能在一起，她要當修女去囉。不能講的，這種話向你說也沒有用，沒有人能改變她，沒有人能幫助我們……

我沒有改變計劃，在東部的小鎮上，已經找好一份工作，一間小小屋子，依山傍水。早上，我們將從那一扇竹籬窗子，迎著朝陽而起，攜手漫步田野間，禮讚美好的世界。傍晚，我們會坐在潺潺而流的小溪旁，目送著落日由火紅，渾圓，半圓，到剩下一線殷紅的霞光，慢慢的消逝在遠遠的天際。啊！多美好的時光，幸福的人生。什麼前途，什麼功名富貴，世俗，傳統。不要，不要！

現在，時機已經成熟，我有能力讓你平平靜靜的過日子，讓你看不到親友卑視的目光。我答應過你，這一生一世有這麼一天，永遠也不再離開你的。

也許她會答應，就這樣我們一起隱居在遙遠的小鎮上，沒有我，你是不快樂的。

假如她不肯，就算是我最後一次看到她了，她說過，只是一到暑假，進入教會學校以後，就不想和外界接觸了。

啊！這可愛的小鎮，這曾印滿她足跡斑斑的小鎮，再見啦！

找尋著以前的捷徑，想穿越一片芭蕉園圍起的籬笆，一面猜測著突然出現在她面前的情況，她會生氣？像上一次一樣暴怒？也許她正想念我得好苦很高興看到我，就是上次，我發現她的抽屜裏還留著我寄去的剪報。不必掩飾，沒有我，你並不快樂的。我拐了個彎，視線裏在一顆高大的鳳凰木下，有一對男女「手臂與手臂交纏在腰際裏。」好熟悉的背影，咦！那件淡藍色背面繡有兩隻狗的襯衫，不就她的嗎？我揉揉眼皮，努力睜大眸子，可真不相信這眼睛，我想我一定是旅途勞累而暈了頭。「我們什麼時候去？——這麼遠，人家才不要！」這世界上，只有她才會發出那樣美妙的聲音。

從亞當夏娃就開始的，天經地義的道理，正正常常的愛情，美好的愛情。

我倒退了幾步，差一點倒栽在地上，我的心好像焚化了，一時什麼知覺也沒有。

「好狠心的人，理智的人，聰明的人，你是聰明的人——」在回程的車上，我就那樣不斷反覆著那幾句片段的話語。

我發現那一顆原有翡翠綠葉的向日葵，垂著頭，彎腰弓背，幾乎整個身子仆倒在地上……

——本文原刊於《徵信報・人間副刊》，1968年7月26日。

路過清水山莊

上篇

祈望的風，久久不來。

汗濕漉了衣裳，口乾舌燥的，真希望能找到溪水。

我拐進一條陰森的小岔道，果然聽到水聲琮琮，循聲漸進，只見一泓清溪脈脈的流著，小魚在水中悠游。我急忙甩開背包，脫掉衣裳，把頭埋入溪中咕嚕咕嚕的喝著。啊！甘泉！甜美芳沁的甘泉。

起身找塊鵝卵石坐下，把雙腳泡在水中，彷彿聽見一陣輕細悅耳的聲音，咚咚、叮叮、咚咚、叮叮。起初以為那是鳥聲，可是又不像；再細聽，倒像是銅製的風鈴。我站到高處瞭望、荒山一片沉寂。難道這是溪澗特有的一種天籟？

那聲音，又響了，此時聽來像古箏，時遠時近，似有若無。我循聲而去，走了十幾公尺，那聲音愈來愈近。原來真有一個戴草帽的少女，靠在柳樹幹上，手拿著釣竿，很怡然自得的樣子。我對著她的背影走去，望著垂在她肩上的那兩條辮子，猜想她有一張稚氣又美麗的臉，一襲小圓領的白衣，和蝴蝶花色的長裙，裙裾垂覆在地上。她動也不動的坐著，好像完全陶醉於垂釣的樂趣裏。

她一直是那樣低著頭，專注的握著那把釣竿，壓根就不知道有人走過來。天底下，真有這樣專心垂釣的人？我甚至懷疑如果魚上鈎了，她知不知道。

更奇怪的是，一靠近她，怎麼剛才那叮叮噹噹的聲音反而沒有了？那聲音明明是從她這邊發出來的。

我走到她的面前，欠著身子說：

「打擾了！你一個人釣魚？」

「你趕跑了我的魚。」她抬起頭一口咬定我這項罪名。

「上帝！我踮著腳走過來，我怎麼會趕跑魚？」

她一雙水汪汪的大眼睛從帽沿下，掃了我一眼，然後起身收拾魚竿。我清清楚楚看到那釣鈎是一個八卦形的水鈴，正中盛著香餌，周圍繫著幾支銀絲鍵。她手微微一動，鈴子就叮叮噹噹的響起來。

「怪怪，這是釣鈎，這怎麼釣魚？那聲音不正好趕跑了魚？」

「你才趕跑了我的魚！」她仍舊怒氣沖沖的。

「天地良心，我剛才走路的聲音絕不會比你這鈴子響。」

「當然是你，你打水，你亂叫，還跑來這裏嘰哩咕嚕的，我的魚都嚇跑了。」

「該死！該死！早知道我就不該打擾，不過是想請問你，從這裏去夢湖還要多久？」

「夢湖？你去夢湖？」她一手轉著釣絲，很不以為然的口氣。

「我不能去嗎？什麼時候變成禁區了？」昨天才有同事向我提起。

「能，能。每個人都能去，每個人都去污染它。」這口氣真像夢湖是她家的。或者她是管理員。

「從這裏去有路嗎？」

「兩個小時可以到，但是岔口很多。」

「岔口多容易迷失？」

「嗯！不迷失的話，也很容易走錯路。」闊大的帽沿遮住她半個臉，很擾人視線。

「怎樣避免走錯路？」她已經收拾好釣具。

「你自己碰運氣了，好！祝你一路迷失。」她揹起釣竿轉身就走。長長的辮子在背後一甩一甩，像隻飛躍的小鹿。

好了，她走了，現在這片天地就是我的了，溪流、鵝卵石、小魚都屬於我一個人，無牽無掛，悠然自得。躺在岩石上，一隻白色鷺鷥翩然停在隔岸的枝頭，與我痴痴相對。

人生怎麼可能在這麼短的時間遭遇到如此截然不同的境遇？從驚濤駭浪中被救起，來到這高山區，參加伐木作業，不只是半個月光景。人生的際遇，原非我們所能預知。就像五年前，銀花在一夜間頭痛死去，而我，從此就變成一個鰥夫，無牽無掛的一個人。

噗噗，一隻鳥在空中盤旋了幾圈，又展翅高飛。我也該上路了！順著來時的小徑走回，只見一片開滿黃花的相思樹，幾叢修竹迎風搖曳。

如果真的迷失在森林裹，那一定像掉到海中一樣可怕。報紙上不是經常提到山難的消息嗎？怎麼愈往前走，愈不對勁了呢？

咦！對了。印象最深刻的那幾株木棉樹那裹去了？還有那一片羊蹄甲，記得明明就在剛拐進來的路口，現在怎麼不見了。難道真是走錯了路？

水聲仍然琤琮，視野所見卻更為陌生了，心慌得四處張望，連額頭也開始冒汗。這時，我發現濃密的杉樹林裏，有一幢紅色磚瓦屋子。剛才來時不曾見過這座屋子，可見我確是走錯路了。好在有房屋就有人，有嘴巴就可以問路，迷失不了的。

我快步的朝著那飛簷紅瓦走過去，四合院的建築，古色古香，十分雅緻。迎面正門上，寫著「山中居」三個篆字。

曾經聽說這山中有一戶人家，在此耕讀已經三代，莫非就是這裏。

走到門籬前，我看見正廳有個少女坐在籐椅上看書，正想開口問話，看見她的白上衣和蝴蝶花的裙子，猛然想起這不就是剛才溪邊垂釣的少女嗎？我真是耳根發燒了。脫下笠帽搧著，惶惶然從背包取出同事畫給我的指示圖，一本正經的瞧著，然後才開口問她：

「小姐！請問這是什麼地方？地圖上的名稱叫什麼？」

「這是『山中居』，地圖上叫清水山莊。」她手指著門楣的匾額，眼睛瞄著我手上的指示圖，態度比在溪邊和藹。

「奇怪！我這地圖怎麼找不到？」我繼續瞧著指示圖。

「『清水山莊』當然不會出現在每個地圖上。」

「噢！我是說……說，去夢湖應不應該經過這裏，從這裏去還要多久？」

「三小時。」她伸出三個指頭。

「三小時？」見鬼了！原來我倒走了一段冤枉路。

「是要三小時。」我發現她的額頭很美，那一對烏黑閃亮的大眼睛，幸災樂禍的笑著。雖然她是努力壓低嗓子，保持風度。

「能不能告訴我走哪一條路最近？」

「很難用嘴巴說清楚，除非有人帶路。」

「幾天前，我被龍捲風吹到海裏，被救上來後暫時留在這林場，所以希望盡快去看夢湖……」

「被龍捲風吹到海裏，你吹牛！」她提高了嗓子，興致轉高。

「噢！不！不騙你，我是在海上參觀捕魚，一陣龍捲風把我們捲進海浪中。我被林場的貨輪救起，留在這林場工作，是為了充實我的寫作素材。」

「你是作家？」她的眼睛一亮，上下盯住我，希望很快從我的臉上證實我的身分，然後滿臉狐疑的說：「就是那種寫在副刊上或雜誌上的作家，叫什麼筆名？」

「我寫的東西大部份尚未發表。」

「為什麼？」

「懂得欣賞的人不多。」

「那一定是你寫不好，還好意思損人。」

「啊！不！只要有一天，遇到知音，一定會洛陽紙貴。」

「真的嗎？」

「古今中外不就是太多這樣的例子嗎？你看卡夫卡、喬哀思、曹雪芹，他們不都是死後才成熱門作家，大家爭相研究。」

「哦！未來的大作家。」

「現在能不能請妳帶我到比較好走的路，免得一開始就誤入歧途。」

「好！我去告訴爺爺一聲就來。」她原先的矜持與刁鑽，在「崇拜作家」的心理下全不見了。謝天謝地！

我站在遍是野菊花的竹籬前面，再次瀏覽著檜木匾額上「山中居」那三個篆字，發現它朝夕相對的，是屋前的青山翠谷。

她走出正廳，抱起在地上啄食的白鴿撫弄。「芝芝早！芝芝早！」有個沙啞的鳥聲叫著，她回過頭在九重葛中找到那隻紅頭綠身的鸚鵡，拍拍牠的頭說：「小鸚鵡，我上山去很快回來，再見！」「芝芝再見！芝芝再見！」當我們走遠之後，還聽到那鸚鵡的叫聲。

看她一身登山的裝束，長褲、登山鞋、背著背包、手裏拿著一把長柄鐵鋤子。我心裏打了一個冷顫，預想到這將是艱難的行程。

「怎麼沒看見你爺爺？」

「他在午睡。」

「你們就是世居這山中的杜家？」

「你知道啦！」

「一上山來就聽到你爺爺的大名。對了！常不常下山到城裏玩？」

「小時候比較喜歡，現在感覺一到城裏空氣髒得難受，街道擁擠得好像連立足之地都沒有。」

「你在上大學或是高中？山裏那所學校離這裏好遠，恐怕要走一兩小時吧？」

「我在家裏唸書。」

「有家庭教師？」

「爺爺教我古今圖書集成，母親教我大英百科全書。」

「真有這樣的事！」

「難道騙你不成。」

「現在唸到哪裏？」

「古今圖書集成已經讀完我喜愛的山川、家範、閨媛、藝術、禽獸、草木、文學、等十二典。大英百科全書是隨意選讀，讀過後就在上面加個紅圈，現在紅圈琳琅滿目了。」

「真難得聽到這麼新鮮的教材和教學法。」

「另外還有一種教材，你猜是什麼？」

「你這兩套書幾乎包羅天下的學問，還要什麼教材？」

「山！如果是這山中有的動物、生物、植物、那就實地觀察，幾乎可以不用課本。」

「妙！妙極了！家裏有幾個兄妹？」

「就我一個。」

「我一直想不通，你的釣鈎為什麼裝鈴子！難道你是在玩魚？」我感到有些氣喘，討厭未老先衰的毛病又來了。而她幾乎是跳躍著走在前面。

「不耕作不唸書的時候我就跑去溪邊和魚玩。帶著釣竿，魚兒一邊吃餌一邊聽音樂，但是絕不能有旁人打擾我。」

「會怎麼樣？」

「整個氣氛破壞了。」

遠處傳來低沉但足以震撼山谷的嗥聲，我向幽谷裏望去，看到一頭像牛卻兩角上彎的動物，她說：

「那是野牛，以前在路上就可以看到這些野牛、鹿、小山羚。最近幾年常有獵人上山，嚇得牠們躲起來了。」

「噓！壞松鼠，不怕人。」一隻有條紋的松鼠從我身旁跳過。

正午的陽光慢慢移到我們的頭上來，空氣裏水份漸失，乾燥沉悶。我口含仁丹，擦著綠油精，肩上的手提收音機播送輕快的音樂。這一切，絲毫未減輕我沉重吃力的感覺。

常聽人說，傻瓜才去爬山。放著好好的清福不享，偏要翻山越嶺，換來口乾舌燥，一身疲累，何苦呢？

苦刑似的翻過一座山，實在渴熱不已。突然，一陣風從騷動的樹浪間傳遞過來，先是輕柔地捲著山間小徑的枯葉，慢慢的，蒼勁的針葉林跟著搖撼起來……

「歇一會吧！」她卸下背包和草帽席地坐下來。我心想，感謝這陣及時風，妳總算知道需要休息一下了！

中篇

「你看，那是不是檸檬樹？」她指著對面一片乳白色光禿禿的樹林，葉子脫落，剩下一株株修長的樹幹，在白花花的陽光下立著。

「是檸檬樹，可以抽煉香油的上等好樹。」

「沒有人考你植物學，我爺爺說，從這檸檬樹走上去就是大雲山。」

「有路可走？」

「路！是人走出來的，走，我們直接穿過山腰，不要走稜線，一個小時就可以趕到。」她拾起我地上的背包，掛在我的肩上，狂喜的奔跑過去。

我雖然也感染了她那股「發現」的喜悅和衝勁，但是望著檸檬桉樹叢中，那些崢嶸的奇岩怪石，使人膽寒。

平常孤家寡人慣了，很少去注意自己年齡或健康的問題。現在爬山，氣喘難行，想起年輕時不也像這小妞一樣。

「我們來背古詩好不好？」

「你得讓我一點兒，作家。」

「不敢說有把握，你受私塾式的教育，一個學生有兩個老師，而我唸得沒那麼規矩。好！你先起頭好了。」

「空山不見人，但聞人語響。」這不就是剛才溪邊的寫照嗎？王維這首絕句，膾炙人口。

「返影入深林，復照青苔上。」

「人閑桂花落，夜靜春山空。」

「月出驚山鳥，時鳴春澗中。」

「爺爺要我背完王摩詰全集，說他的詩最有神韻。」

「他是陶淵明以後最有名的田園詩人，和他同時期同派別的還有斐迪、賈島、劉長卿。」

「我也喜歡斐迪那首送崔九的絕句。」

「是不是『歸山深淺去，須盡丘壑美』……」

「是！是！這兩句詩，文字、意象、音韻太美了。」

我們開始攀登小雲山稜線下的斜坡，乾枯的枝葉在腳趾間瑟瑟作響，荊棘雜草割著臉龐和脖子，卻擋不了她橫衝直闖。不久，來到一堵陡峭的崖壁前。

「越過這岩石，就是大雪山頂。」她說。

「怎麼上去，插翅而飛？」我問她。

「難道就為了這堵小小峭壁，繞得多走一小時的路？」

「『小小峭壁』？少說也有十尺高。好吧，你飛上去吧，老夫奉陪了！」

她先攀到一棵老樹，然後兩腳飛躍跨上了峭壁，嘿！真不錯，中國功夫。

「來，換你了。你也先爬上那棵樹，我在這裏接你。」

爬樹倒是簡單，只是那樹與峭壁間正有一道數丈深壑，一不小心掉下去，那不就埋骨深淵了？埋骨深淵或死沉大海其實都是一樣的，只是，千萬不能栽倒在這妞兒面前。我慢慢爬上去，爬樹這玩意根本不算什麼，小孩子哪個沒爬過樹，不過當你看著別人爬，總覺得輕而易舉，自己爬就不是這麼回事了！我邊爬邊想著，以前孔老夫子不知道爬過樹沒有？呆會兒考考她，這個一半時間唸中文，一半唸英文的女孩，不知能不能答出來。要不然就問她什麼亞里斯多德、歌德、耶穌，爬過樹沒有？噗通！怎麼人倒栽在地。

「哈、哈、哈，笑死人。四腳朝天，作家，一棵樹都爬不上來，作家。」她開懷大笑起來，真氣人！

「別笑！我是在想孔夫子或耶穌，到底有沒有爬過樹，為什麼去夢湖要爬這樹？」我胡扯些不著邊際的話來掩飾窘態。

「如果孔老夫子或耶穌現在處在這地方，他們一定也會爬上這棵樹，越過這峭壁。」

是！這次可不要出洋相了，眼觀鼻、鼻觀心，精神集中爬上去，不爬上去就要多走一小時。好了！終於安全上樹。

她用那根長柄鐵鋤鋪在樹幹和岩壁間，我腳踩著那鐵鋤，她拉著我的手。那柔軟細綿的手握著我的，我簡直像是觸了電一樣。

當大雲山頂清晰的矗立在眼前，虬結盤繞的松樹已不如遠看時，酷似獅子的頭。

「諾！夢幻湖就在那兒。」她指著前頭的山頂。

「據說有些達官顯貴要退隱在那裏，也有人殉情湖底，也有人去挖寶。」我愈說愈興奮。

「挖什麼寶，我倒沒聽過。」

「林場的同事說，以前有一富人，攜帶很多財寶隱居在那裏，他死後就開始有人去尋寶。」

「提起寶藏我想起爺爺說的故事。」

「什麼有趣的故事？」

「從前的人相信埋在地下的金銀財寶，時間久了，會有靈性，在傍晚或半夜後，變成白鳥或白馬。有一天傍晚，一個農夫趕著牛車回去。突然，一群白鷺鷥低空飛過牛車，農夫順手揮出牛鞭，正好打落一隻，結果那隻鷺鷥突然變成一塊白花花的銀子，農夫很高興的收藏起來。又有一天，一群白鳥突然飛到他家的桌上，化成一塊塊的白銀，圍繞成一個大圈圈，但是很明顯的有一個缺角，農夫靈機一動，猜到這缺角就是他收藏的那一塊銀子，於是找出那塊銀子補上去。沒想到這些銀子立刻變回白鳥，噗一聲飛到窗外去了。」

「很美的童話，想想看，白鷺鷥變成白銀子，排在桌子多漂亮，有機會看到已經夠幸運啦。」

「如果那一塊一塊的白銀子自己送上門來給你，你要做什麼？」很想知道他的抱負。

「我要把牠們擺在桌子上，注意看著牠們怎樣在一剎那間變化成白鷺鷥。」真出乎我意料，我以為她會說要用那些銀子買下整個雲山山系來。

「如果有了一筆錢，我要把橋鄉建立成一個整齊乾淨的林蔭花城，就像在這森林裏。甚至讓每家有花園和果樹，坐在室內就可賞花觀樹。」

「你是在做夢？」

「不，不是夢，我常建議鄉長應該興建一座天然動物園，像你家的白鴿隨意在地上行走，海豚在水中伸著懶腰，野雉、松鼠，自在的跳著，就像在這森林裏。」

「最近幾年來這山上的珍禽、異獸越來越少，對！我要告訴爺爺何不建議把這森林劃入禁獵區。」

「這個主意很好。噢！如果連在山中也看不到這些飛禽走獸、花草樹木的話，那麼人活著多乏味。」

噯！噯！不知怎麼一腳踏空，天旋地轉的只聽見自己一聲慘叫。幾個翻滾後，人往下跌，然後被一棵樹幹梗住了。

「看看什麼地方割破了？」

「大概沒有，腿麻麻的，頭很昏。」我用手摸摸身體。

「休息一下，再看看能不能上來。」

「能不能上來？」她問我。

「這岩壁的下半段，十來尺的地方，光禿禿的不長半根草木。」

「我垂下這繩子，你打一個活結套住身體，手抓住繩子的上端，盡可能使人直立向上，我來拉拉看。」

「你怎麼拉？不會勒死？」

「只好試試看，爭取時間，天快黑了。」

我撕開襯衫包著臉，以免被岩石劃破。

下篇

「哇！真糟糕！傷痕累累的。」她歉疚的說，然後她扶著一拐一顛的我歇在一片比較平坦的地方，拿出背包裏面的紗布、酒精、碘酒替我包紮。

「難為你了！」我不知道有什麼更適當的話來表達心中的謝意。

夕陽跌落在大雲山的背後，天空佈滿了琥珀色霞光，雲層在山巔奔逐，或築起一座城堡，或堆積萬丈雲山。

「我想你還是一個人先下山，明天早上我自己去夢湖。」

「如果你不受傷，我一定掉頭下山。現在只能陪你，深山裏的晚上不比平地，你沒有經驗又沒有體力。」

「可是我怎麼好連累妳？」我想起「山中居」的匾額在陽光中耀眼的亮著。

「我們杜家人絕不拋棄受傷的人。爺爺常說：『我們生活在這山裏，與山林合為一體，我們是坦蕩蕩的山中人』。」

「你去過幾次夢幻湖，聽說那湖的顏色經常變化，真有這回事？」

「我們經常帶人上去，那湖的顏色經常變化，我媽媽說：這是因為陽光照射在湖面所引起的一種暈光反射現象。」

「你見過紅色的湖嗎？聽說紅色是代表好運。」

「我還沒有見過，不過我們向來不迷信。」

天色逐漸暗淡下來，俯視左側，滔滔河水奔流而去。她說：「那就是大龍溪，就是縱貫整個雲山山系的一條大溪。」

「橘鄉也有一條河，可惜河面污染，看不見魚。有一次我對鄉長建議：應該建一座海底公園，讓鄉民坐在潛水艇裏看珍珠瑪瑙掛在珊瑚礁上，熱帶魚在水裏悠遊……或者是讓鄉鎮的中央有一條河，從城頭到城尾的人都濱河而居，日出而作，日落而息，也許還可以減少暴力和兇殺。」

「鄉長怎麼說？」

「鄉長說：『那是開發國家的水準，你知道我們的水溝沒有建好，自來水還不普遍。』」

「你的理想好像總比你們鄉長快八拍。」

「不錯，我的理想比實際遠一點，但是如果人沒有理想，還有什麼活頭，難道你沒有理想，從來都不做夢？」

「我曾經夢見升上天，也曾經夢見蘋果和梨子一個一個掉到我的手中，不必人去摘它很方便。」

「天啊！這是你的夢，而我……」看樣子還是長住山中舒服。

幾顆寒星高高掛在大龍溪畔的巔，群山如一隻巨蟹盤踞在這大地上。一陣鳥鳴聲由遠而近，飛過我們的頭頂。

深夜以後，不時聽嘩笑和起哄的聲音。

想到夢幻湖就在不遠，興奮的幾乎忘卻白天跌落山谷的窘況，整個晚上都難以入眠。

當我被一陣尖尾鴨鳥驚醒過來時，同時也聞到一股香味，原來她已經自架爐灶烹煮起來了。

「你起得真早。」我試著站起來，發現自己的體力差不多恢復了。

「我一直在守夜，天亮後，已經在四周走了一圈。不錯，沒有什麼可疑的陷阱，我們可以放心上去。」

吃過早餐以後，我們立刻上路。

「這是什麼大荷花？怎麼從沒看見？」沼澤邊，亭亭如蓋的荷葉，比普通荷葉大三四倍，還開著桃紅色的花，清香無比。

「作家，這叫大王蓮，其葉平浮水面，徑二公尺許，可負重一百五十至兩百磅重，原產亞馬遜河。」

「嘿！你是在背書，百科全書上寫的？」

「喜歡它自然就記得清楚。」

「你說它可以負重二百磅，如果你我各乘一葉溯溪而上，就免得這樣走得半死，多好！」

「小時候，爺爺常讓我坐在那上面玩，就像坐在一艘小艇上，遊來遊去真好玩。現在，你不該偷懶，告訴你，作家，快到了！別盡想些怪主意。」

赫然瞥見一片綠色的湖面，「湖，啊！夢湖！」我驚喜的奔過去，猶如一個長途賽跑者最後的衝刺。

只見湖面恍如一潭亘古不變的綠水，靜靜映出湖邊檜樹的倒影。

忽然，山谷裏開始瀰漫著紫色的雲霧，陣陣山嵐，從四面八方向湖畔翻滾聚攏。頃刻間，雲霧朦朧，天地互變，就這麼一剎那，那湖不見了！湖畔的紅檜及松樹，頓時也落入這無涯的雲霧中了無痕跡。

我真是愕住了，在這片混沌的天地間，眼睜睜的目送這景物逝去，真無法釋然。人也跟著迷糊起來，甚至懷疑這二千公尺的高峰上，是否曾經有過夢幻湖？而剛才所見的這一切景象，到底是真是幻？

「玉芝！這是怎麼一回事情？轉眼間怎麼湖不見了，這會不會是另一個岔口，就像你們家附近那個岔口？」

「不！這是湖！是夢湖！」

正當我失望、迷惘、喟嘆時，覆蓋著湖的面紗，又悄悄地，一片片，一絲被揭開了。那紅檜逐漸清晰明亮，而湖面仍如一個深沉、含蓄、又神秘的美人，冷冷的睥睨著一切。

「噫！紅色！紅色的！玉芝！你看見這湖水怎麼慢慢變紅？」

「嗯！很接近桃紅色！」

「有人告訴我，如果男女同時看見夢鳥，又看見紅色的湖水，就表示有緣。」說完這話後，我卻臉紅了。

「天知道，我說我們不迷信。」她別過臉去，我看見她的耳根發紅，臉上有些忸怩靦腆。

「能不能告訴我傳說中那對苦命鴛鴦的故事？」我們索性坐在檜樹下痴痴的對著湖面。

「據說那兩個人，雙雙投湖後，他們的家人來到這裏祭拜。突然間兩隻白鳥在他們的頭上飛來飛去，還不斷啼叫：苦命啊！苦命啊！音調淒慘，使人落淚。」

「這傳說使夢湖添上一層浪漫色彩，更加迷人。」

「像你這位作家，才會這樣費了九虎二牛之力跑來看它。」

「如果不是妳帶路，這輩子大概也沒有機會見到了。咦！對！打擾你這麼久，真是過意不去。你爺爺一定急死了！你還是趕快下山回家吧！回去以後順便轉告工作站一聲。你說：『那個不入流的作家，暫時要留在夢幻湖，尋找靈感，也許過幾天就下來，請不必擔心』。這一切真謝謝妳了。謝謝妳！」

我看著她飛奔下山，兩條辮子在肩上甩呀甩的，終於在樹叢中隱沒。真像一隻白色的沙鷗在大海上翺翔，向遠方的地平線飛去。

——上篇原刊於《臺灣時報》，1979 年 9 月 10 日。中篇原刊於《臺灣時報》，1979 年 9 月 11 日。下篇原刊於《臺灣時報》，1979 年 9 月 12 日。

黃石公園的冬雪

一

這時候，美國蒙他納州的人們，該是緊裹在雙層的毛毯裏，享受夜裏最後一次沈睡中的香酣好夢。

自然，是一床普通毛毯蓋在電毯上，以免光蓋著電毯時，那虛虛空撲上來的暖氣流，雖然舐擦著你的肌膚，還是感到肚皮挨凍了。就不如在老家厚棉被窩裏，實實在在的溫暖。也許，裸露在毯子外的手腳，正有意識地伸著，縮著，迷迷糊糊想躲進毯子內最溫暖的被端裏頭。

剛剛負笈東渡而來的子弟，也許正在夢魂裏，神遊故國，想見終於沒見到他親愛的人兒。夢醒了，才知道，原來各居地球的兩半。

已經安定下來，多年有成的學人們，可能夢見了在回臺相親期間，屬於太空時代三、五天完成的婚姻（嫁的對象是美國，先結婚，後談戀愛。）他那年輕貌美的妻子，正在整理皮箱，預備團聚而來了，從此不再是：「無言獨上西樓，月如鉤，寂寞梧桐……」也許他們是夢見了論文通過，高薪聘請的合約開來了，銀行存款突破一萬美元大關。十比一，開心的笑醒。

至於美國佬們，可能做的是丈夫升職，換了新車，買了遊艇，新屋內有了游泳池，或是和情夫情婦們偷偷地幽會去了。天知道？

至於我們倆，一對看來該屬於熱戀中的男女。昨夜，不，就是剛才，比現在稍稍早些的夜裏。在比蒙州還要陌生的旅社裏，黃石公園搭雪車的驛站附近，我們都曾經做過了什麼夢？

對的，就是在這樣的時刻，人在無色的夢裏（據科學新知說，夢是無色透明的）。而大地，如果不是因為這路上，山巒，樹林，都積滿了亮亮的雪光以外，它一定是在一團更加漆黑和渾噩的夢裏昏睡不醒。我們終於踏上雪車，向黃石公園出發了。

二

裝著履帶車輪的雪車，放肆地奔跑了。就是平日所見的坦克車輪子，因此很有一種感覺；執干戈、駕長車，直搗入敵人陣地裏，那樣威武振奮的血液在沸騰著。

夜，終於慢慢脫落層層的墨黑，轉變少許清晨的曙白，映射到雪花徑裏的樹梢上。車子像一頭鬪志高昂的駿馬，赫赫不可一世地在森林裏奔馳。

那雪花，是一粉粒細微輕盈的白沙，被車輪輾過後，一陣浪花似地沖起，又像狂風捲得沙塵漫天飛揚。

銀幕上，是來自亞熱帶地區的人們，不辭千辛萬苦，終於面對著寒極新奇的視野，他們戰戰兢兢地吞噬宇宙間的神奇奧秘。內心卻被這種求知的饑渴，和憂國思親的情緒激盪著。

他想道：在海的那邊，我們原也有這一片廣闊的平原和沙漠。

簡直想不到，鏡頭裏的人物，就是你自己。

三

早在入學那年的秋季，大夥就有了黃石公園的旅行計劃，每一次，不是你有空，他沒空，就是興緻不高，以至一拖再拖。

上個星期，夏莉從紐約西飛回來了，她在信上說：補修了兩三年等於別人唸兩個碩士位的學士終於拿到了，一些心煩的事情也都過去了，很想看看這時的黃石雪景。這回，無論如何都要去成，就是沒有別人參加，我們兩個人單獨去也罷。她又說，這趟旅行對於她今後何去何從的思考，可能會有幫助的。

前一陣我們的關係正陷入低潮，她會在此刻回到蒙州來，想必是和那姓黃小子一刀兩斷了。我有些驚喜，也有些激動，真金不怕火煉呀！

確是住膩了這經年在零度以下的日子。

陳舊的木板蓋成的宿舍，當你還在好夢正甜時，就被樓上拖鞋的旋律吵醒。那部老爺暖氣爐的調整器，永遠失靈。不是熱得幾乎把全室內空氣中的水份吸走，叫人打從心脾發出燥渴；就是直縮在它的身旁烤呀，烘呀，還顫抖不已。

遍地冰雪的馬路，真不是雙腳可以走的，像一片天然的滑冰場。假如你穿一隻普通鞋子，就像一個不識溜冰術的人穿著溜冰鞋走路，隨時有滑倒摔跤的威脅。

風，是那把銳利的刀刃，往臉上刮著，刺著，鼻涕凍住了，手腳僵硬得彷脫離了軀體，有時又感覺如亂針刺扎似的麻痺疼痛。

「你這笨瓜，這種人不能走，狗不敢爬的地方，不買車子已經夠虐待自己了，連最起碼的一雙靴子也捨不得買，寧可眾人前像個不倒翁似在雪地上東滑西跌，留著錢，就怕夏莉不夠花？除了獎學金以外，再加上你家裏源源的後盾，我們說，你買得起新車，能租最好的宿舍，就是買一百雙靴子也不成問題，你這是何苦？」

在臺灣，夏莉可算得上是個出色的人兒。

這批怕見人好的傢伙，八成是忌妬，我理直氣壯的說：「只要夏莉快樂，我就快樂。」每當給她買了她喜歡的東西，她那逗人的酒窩裏，就會盈滿甜甜的笑靨，直甜到我心底。

「不錯，所以你省吃儉用，供給她學費，高級化妝品，剛出廠的時裝、電視、唱機、錄音機，老實說，我們真擔心你的錢是白白花了。」

「你們少胡說了，別忘了，我們是從臺灣——那個孵養愛情的暖室裏成長的感情，不會動搖的。」

「可是老張不是早就告訴你，在紐約，她可活躍了，並非情獨鍾於你。請恕我們直言，夏莉那隻瘦削帶鈎的鼻子，恐怕不是你應付得了的。」

我氣急敗壞的把他們狠狠的捧打一頓後，也感到十分沮喪。恨我自己，為什麼不早點結束此地的課程，到他身邊照料？

一個女孩單槍匹馬在這裏，有時，你不得不開啟尊口，請男同學搬搬行李，搭他一個便車，送你到飛機場上接朋友，你是高傲孤絕不起來的。閒言閒語自然多了。假如當他們是惡意中傷，也未嘗不可。

前一陣子，確實發現她比以前更冷漠，更喜歡無理取鬧。我極力耐住性子，避免傷了和氣，只希望這幾個月趕快過去，只要我能坐陣到她的身旁，還怕會讓敵人攻陷？此外，我有足夠的信心，不要說這幾年來我待她的情份，就看在那一身衣物上，她硬得下心腸？

謠言又傳來，全美華人圈最惹人討厭的黃姓傢伙惹上她了，據說那小子，就憑他老父官大錢多，周遊了全美大學，幾乎每到必剔，七、八年下來，什麼也沒摸到，對女人倒相當有一手。

這朵鮮花插到……算了，急什麼，她回信說，只是偶然的場合中見過他一面而已。

可是夏莉一下飛機的表情就不對，她緊鎖著雙眉，不言不笑。

「姓黃的還去找你？」我的學位就到手了，膽子也大了起來。

「你這算是老實人嗎？你以為我一直在東沾西染？」

「難道還有什麼不愉快的？」

「沒什麼，只是有些心煩。」

我覺得自己未免太蠢了，怎麼一見面，就把氣氛弄得這麼糟。

「想去黃石？」

「是——也許在那裏，我會開心起來。」

四

車子奔向那一片遼闊無垠的白色沙漠，想像中的撒哈拉，戈壁大沙漠，就是這般浩瀚千里，氣勢磅礡吧。又像是一片遙遠無盡白皚皚的廣大平原，原本是那麼寧靜，荒寒、孤零零地伸展在地球的這一端。

是它被人間遺忘，還是它不屑於攪雜在塵世裏，打破它亙古的深思，或是不想被市廛干擾它神聖不可侵犯的靜謐。使人十分懾服於造物主，塑造這一片白雪高潔的境地。

那麼又為什麼創造了這一片齷齪的世界？

而你我的悲歡離合又是什麼？

當我們這批朝山的香客，滿足了對雪膜拜的虔誠與狂熱後，履帶輪子確實毫不留情地在茸茸的雪地上，一個溝紋，一個溝紋深深地刻劃過去。但在另一次新雪的下降後，立刻會被淹沒無遺，一切復歸為原始。

又當你在朋儕間，大事誇耀曾經多了不起的遠征黃石公園的光彩事蹟，這片白雪是不屑去譏諷你的內涵有多淺，見識有多短。

你自然也不必在意，那些屬於「小我」的兒女私情。

我彷彿一下子頓悟了，為什麼她要做這次旅行。

昨天早上四點鐘，在冰冷的午夜裏，我足足發動了十五分鐘的馬達，車子才駛離地面，飛出蒙州波城。

漆黑的公路，除了剷雪車的巡邏外，幾乎只有我們這盞車燈燃照著發光的雪地。

洛磯山頹喪地佇立在黑夜裏，向行人哭訴著她耐不住拂滿一身濕黏黏的雪，漏夜戍守的苦楚。

冷氣緊緊的纏在大衣內裏的長毛，涼冰冰地刺著。

絨毛大衣的帽子，裹著她梨白的蛋形臉龐，顯得嬌貴無比，雪光映著她淚光閃閃的眸子，愈發逗人憐愛，我一手拿起毛毯蓋在她的膝上。

這是我多年的夢。

在黑暗中，一條廣闊的道路上，周遭孤零零的，沒有任何人，只有她陪伴我。為了理想，為了目標，我們攜手勇往直前的奔赴在生之旅程上。

我感覺幸福跟著我，我不算白白活過。

突然，她冰冷的指尖，從我的掌心中撐脫開。

「別太放肆了。」

我先是責備自己的冒失，接著就感覺她那鐵般冰涼的指尖，倒像是戳進了我滾燙的內心，一陣深沉的悲哀和挫敗感悠然升起，我不能原諒她地慍怒起來。

我們相識多年，卻一直沒有過親暱的經驗，她說過：

「自從父親遺棄了母親以後，我看不慣街面上，電影裏的一切肉麻鏡頭，我為母親叫屈，我恨男人。」

這冰霜的女人，昂著頭走過那些追逐者的行列，而我大概是靠了祖上的陰德，輕而易舉地釣上了。是福？是禍？

唉！別操之過急，結婚以後，該會把她的嬌氣磨損一點，逼她服貼一些，談戀愛時，從來男人都是居下風的。

現在，面對著這片沙漠，我恍惚又浸沉在黑夜開車幸福感的幻景裏。人生有幾回能帶著心愛的人親歷這片白雪的奇觀？

「總算來成了，真不容易呀！」她悠悠地說道。

「只要你想做的事，我都希望做到。」

「現在我想要做一件事，你辦得到嗎？」

「說說看吧！」

「我說從今起，我要離開你了，行嗎？」

「你！你開玩笑吧！」我注視著她的側臉，想分辨她的真意。

在陰影裏，這側影，浮雕著頂尖的鼻端，微彎的唇角，和隱約可見的帶淚的眼神，曾是我心中最美的塑像。呵！不，不，我不能失去。我在心裏狂喊起來。

「我是說真話！你難道不曾懷疑我對你的感情？」

「不，不，請你快不要這樣說了，我們不是正要討論婚事嗎？」

「這麼多年來，你難道不知道，我在欺騙你？為了金錢，欺騙你？」

「別說下去了，錢算什麼？只要你答應嫁給我，做我合法的妻子，其他的，我全不在乎。」

「唉，你怎麼單純得如此可愛？」

「難道你預備和姓黃的結婚不成？」

「上個星期，他把婚事全安排好了，帖子也發了。我愈想愈不甘心，我不能嫁給這個壞蛋，於是我逃了出來。」

「你！你這蛇蠍女人，你居然是逃婚來的。」我全身不寒而顫。

「你可以欺騙他，欺騙任何一個人，但你絕對不能辜負我。」

「不必激動了，堅強起來，我是對不住了，在美國婚姻可以束縛人嗎？說實話，對婚姻，我沒有信心。嫁給你，只有加深你我的痛苦，我想我得再找些惡棍去周旋，才夠刺激。我不能和你生活在一起，日夜踐踏著自己卑賤的影子。」

「為什麼你要拖到現在？」

「我畢業了，夠本錢混一碗較輕鬆的飯吃。」

只覺得天旋地轉，恨怒充滿了我的每個細胞。

車子停在一個叫「老信泉」的地方，只見地面冒著水氣，慢慢地漸冒漸多，形成溫泉般的上升，據說此老信泉每隔四十五分鐘，即滙成一股大溫泉噴入空中，那滾燙鼎沸的煙霧真會駭掉你的魂魄。

有一對老夫老妻正背著徐徐冒升的泉水，相擁拍照。大部份年青人則迫不急待的背對（老信泉）那個漆黃的木牌子輪流拍照著。時間是寶貴的，這次噴上去後，還要等待四十五分鐘，你能預知下四十五分後，這天地人事嗎？每個人的臉上，洋溢著愛與被愛的幸福。而我是被上帝遺忘的人。

二十幾年來，父母當寶貝照顧著我，要錢有錢，不愁升學出國等等，當你握滿了金錢財寶，學位虛名後，沒有人來分享這一切，有什麼意義？

正當那股濃濃的煙霧熊熊地向上噴升，我想開步往前跑去，卻被她一腳絆倒了。

「得了，二十世紀的男子漢，在美國演殉情，醒醒吧！為我死不值得，留著生命去愛你該愛的。」

五

不知道，是怎麼回到蒙州波城的。

曾想到，從雪車裏躍身一跳，跌入噴氣坑底，硫磺泉裏，摔到冰涸的黃石河上，被灼死了，凍死了……像是早期探險開發公園的英雄們，壯志未酬身先死。

妳的生命仍握在我的手裏，我可以閉著眼睛，把車子闖入落磯山谷底，讓嵯峨的老樹，為我們讚嘆與哀悼：多麼偉大的今世羅密歐與朱麗葉呀！生命比起愛情多麼渺小，多麼不幸呀！他們正當英年哪！

只記得，有一陣子，我彷彿變成那個駕著雪車的司機，在那一片白色的大沙漠裏飛奔著，飛奔著，看見這橫跨三州的公園裏，有無數堅韌的生命，犀牛、黑熊、花鹿、水鴨、白鵝、小鼠們，在冰雪中堅苦茁長著。那兒有永遠開發不盡的寶藏，等待勇敢的好漢們去開採。

雖然氣溫終年在零度左右，假如你不設法取暖求生，只好被凍死，此外，別無他途——

——本文原刊於《中國時報・副刊》，1971 年 1 月 26 日。

哈利之死

第一眼看見哈利，就覺得牠不是一隻品種優良的狗。

「弟弟！哪來這隻狗？」

「隔壁巷子王媽媽給我的。」

「要這種醜兮兮的狗做什麼？」

牠不像拳獅狗那樣彷彿人類圓形的頭顱，披滿一臉絲絲細細的長毛，是一個不善梳理的女孩。散亂的頭髮，遮去了眉眼，只露出鼻尖來。也沒有哈巴狗橢圓形的耳朵那樣，兩瓣垂落下來的梧桐葉片，飄飄搖搖的真可愛。

哈利那長長的嘴巴，豎立的耳朵，和長腿，看來是屬於狼狗之類的。但牠黃褐色的短毛，交雜些斑白，我真不喜歡。

要不是玩賞的狗，就應該養來看家用的。我們家開門就是客廳，兩排房子門對門，相差僅只十來尺，養一隻狗做什麼？

從我有記憶起，我們家就不曾養什麼狗呀貓的。只記得小時候，誰撿來一隻黃綠交雜的鸚哥。我每天為牠換水，添小米，清理鳥糞，然後癡癡的站在鳥籠前，欣賞牠邊吃邊嗑小米殼的聲音。有一天換水的時候，忘了關門，鳥飛出去了，害得我跺著腳傷心的哭起來。現在想起來真可笑，那樣一隻不識抬舉的賤鳥，有什麼好留戀的？

「送還他們！」我說。

「人家喜歡嘛！」弟弟揪住哈利脖子上的皮帶，使勁的想拖住牠。

「送回去！」我大聲吼著。

弟弟眼圈紅了。

「他喜歡就讓他養吧，王媽媽說，弟弟常到他們家去逗小狗，他有個玩伴也好。」父親說。

整個下午，哈利在後門外，吼著，跳著，前後左右掙扎撞動，腐朽的木板，被牠啃得齒痕深烙。

班上有個同學，他們家養了五六條狗，那些狗，先後產下二十幾條小狗。他每天一早起來，必須餵完小狗的牛奶以後才能出門，搞得每天早上遲到，挨罵，真叫活受罪了。

只有兩天的工夫，除了外人，哈利已不再亂吼亂叫，有時我故意踢牠，踩牠，牠都不做聲。可是我仍然討厭牠在夜晚細細的哀鳴。

我很愛看弟弟牽著哈利的神情，他經常帶著幾聲喝叱：

「哈利來！哈利下去！沙發不能坐……」好像突然掙脫了平日的稚氣，變成一個大孩子了。

弟弟愛吃零嘴，三餐對他是件苦差事，他永遠不曉得餓一樣，當然更想不到哈利必須吃飯。

暑假過後，弟弟上學去了，他像一隻貪睡的懶豬，每天早上，在父親三催四喚下還不肯起床，弄得幾乎連洗臉刷牙的時間都沒有。我是倒楣定了，落榜以後，在家閒著，餵狗的事情，很自然的落在我的身上。

端起哈利的飯盤子，盤緣老被乾涸的飯粒和塵垢堆積著，撿些骨頭，或者弟弟便當盒裏留剩下來發酸的飯菜，我沒好氣的推向哈利，但牠仍然跟前跟後的搖著短小的尾巴，好像當初就是我要養牠的。

每當我從巷口轉進來時，哈利總是興奮的拔腿飛躍過來，圍著我跳著，轉著，直到我拍拍牠的頭，或抱起牠為止。

我坐在沙發上，牠老喜歡爬在我的身上，舐我的手臂，手指，身體，甚至湊到耳根或面頰上嗅嗅，我感到牠那強烈的眷戀和愛意。我撫摸著牠的頭額，注視牠那黑亮亮通人性的眼睛，這總是一份高尚的情操，毫不計較的獻給人類這樣深摯的感情，誰能不動心？

突然，我覺得有一顆熱呼呼的，急遽跳動的心，正貼在我的膝上卜卜跳著，我嚇得連忙甩開牠。哈利總被我這突如其來的冷漠納悶著，可是怎麼向牠解釋？「我是害怕！不是無緣無故甩開你。」

很奇怪，為什麼好多人把狗揉在胸前，或者讓牠搭在肩上好久而不害怕？

天氣燠熱時，我用溫水替哈利洗澡，發現用冷水洗時，牠冷得顫抖，沒想到狗也這麼怕冷。記得在螢幕上，常看到狗涉水泅過的鏡頭。洗後就把牠帶到後門水泥地上曬太陽。我不喜歡牠有很重的腥味或臭味，像一條沒主的野狗。

有時我和弟弟把球扔得遠遠的，讓哈利撿回來。以前有個人每天早上在操場上訓練一隻高大的狼狗，也就常用一隻皮球和一些口令。那隻狼狗很爭氣，牠可以跳過很高的藩籬，跑得快，好像是每一種操練，都能做得令主人滿意。訓練完後，牠就跟著主人上街買菜，主人把籃子掛在牠的脖子上自己輕輕鬆鬆的走著，引得路人皆投以羨慕的目光。據說那隻狗還可以用嘴巴咬住鈔票，獨自到市場上買肉回來。

我不敢奢望哈利有一天也會能幹到那樣的地步，但我確實希望牠能學會幾樣把戲，在人面前炫耀。

可是我發現牠並不能接受我所有的訓練，譬如球丟得太遠了，牠就不想去追。牠跳不高，也不敢往下跳，更不能涉水簡直像一隻軟腳蝦。失望極了，用了那麼多的苦心，牠始終不能成器，我想一隻好狗，絕對不是這樣的。

把希望轉移方向：起碼牠必需長得肥大一點，不要這樣瘦骨嶙嶙。肥肥壯壯的狼狗，即使沒有漂亮的毛色，至少也氣派些。

每次當短腳的狐狸狗，不知是肉？還是毛？看起來臃臃腫腫的搖著一身潔白的毛色，和扇形開花的尾巴，打從哈利的身邊經過，我總是感到哈利那一身乾燥，枯黃的毛色，實在太窩囊了。

有人告訴我狗如果營養夠時毛會發光。我到市場買菜時，省幾塊錢，特地走到牛肉攤上買點牛筋。我把牛筋熬了整整一個下午，和著薑片香噴噴的。我想像哈利狼吞虎嚥的情形，然後一天一天的長胖起來，全身的毛色閃閃發亮著。

洩氣得很，哈利幾次吃過牛筋後，都有嘔吐的現象，還真奇怪了。

父親說，牠也許該去看醫生。哪來那麼多錢？我們如果不到不得已，也捨不得去看醫生的。

早在哈利進門的時候，我就看出我們家根本沒有牠歇腳的地方，甬道和客廳是水泥地，萬一牠拉屎了怎麼辦？廚房裏濕氣太重，也不行，只好讓牠睡在我們兄妹的大雜院裏，這兒，除了床舖以外，還有一些空間。然而，我常被哈利一種空嘔的聲音，或者是帶著一種類似呻吟的呼嘯吵醒。我當牠是胃腸有點毛病，到藥房裏買些西藥讓牠吃，並不見效。聽說狗在野外的草叢裏，懂得尋覓自己該吃的藥草治療，特地帶牠出去好幾次，看在牠在草堆裏，啃啃嚙嚙，真希望牠確能找到牠所要的。

但是乾嘔的毛病依舊，有時候，父親起來摸摸牠的脖子，撫揉著牠的胃部，牠稍稍靜下來。我用棉被蒙住頭，希望一覺睡到天亮，不一會還是聽到牠的叫囂。我爬起來，憤憤的把牠拖到門外，牠嘔得更響了。

真不了解，什麼毛病使哈利那樣差勁了，我們已經盡了全部的力量，再這樣夜夜被吵下去，我實在受不了。

「把哈利送給別人好嗎？」我向父親建議。

「送給誰？你不要的，人家也不會要。」

「送給鄉下的姑媽好了，鄉下場地大，空氣也好，牠的毛病也許會好起來。」

「這麼大的狗，很不容易換地方的。」父親說。

「我們試試看好啦！」

表哥來了，臨走時我和哈利送他到車站。他上車時，我抱起哈利推向表哥的胸懷，哈利差一點咬斷表哥的手指。

有一次，騎著腳踏車把牠帶到很遠的地方，哈利緊跟著車子跑，我幾乎沒有任何機會逃脫掉。在一個交叉路口，一隻小狼狗，豎起黑色的耳朵，像隻鐵公雞一樣兇猛的撲向哈利，哈利不肯認輸，直把那條小狗追入另一條巷子裏，我趁機轉入旁邊的小路，一面回頭看，正慶幸哈利沒有跟上來。但我到家五分鐘後，哈利一身又濕又髒的跑回來了。

實在討厭透頂了，這樣一隻一無是處的東西，死死的纏住我們怎麼辦？

「爸爸！我帶哈利去坐火車，如果看到一片空地或草地，就把牠推下去，這樣牠一定不認得路回來。」

「這麼殘忍，萬一牠反跳過來，被火車輾到了怎麼辦？養下去算了，也不礙什麼事。」

「你們不礙事，我可礙事了，反正我一定想辦法放掉牠就是！」我在心裏嘀咕著。

有一個下午，父親和弟弟都在午睡中，我坐在沙發上，汗珠沉沉的墜下來，打開兩扇門，連紗窗也打開然後用繩繫住。沒有一絲風進來，高大的榕樹文風不動。一種令人窒息的悶熱，壓得人一身肝火氣焰冒然升起。

哈利臥在磨石地上伸出舌頭冒氣，不知怎麼突然想起來帶牠出去。

哈利跟在車後跑，以前，傍晚時候，我也常和弟弟騎著車子帶牠出去逛逛。牠有時候跑在前面，有時候跑在後面，很快活的搖著那條棕褐色的短小尾巴，那時候，我對牠滿懷愛心和信心，我固執的相信，牠是我和弟弟的忠實伴侶。

就在這條寬敞整潔的道路上，我們不知道走過多少遍了。兩旁柏樹參差入空，此時彷彿都沉落在午寐的夢中。柏油路晒得發軟發亮，看得清楚汽車輾過的溝痕。

我越過馬路，想倒回走，準備再換另一條路，如果我還一直走在這條路上，即使有機會逃脫掉，哈利也認得路回家，這一次我不希望失敗，我應該找一條最陌生的路走，讓哈利永遠也找不到回來的路。

我停下來，發現哈利跑在前面一直沒有注意我已經跳過馬路了。於是我大聲的喊牠：

「哈利，哈利，過來！」

哈利立刻停下來，看到是我喊牠，就準備越過來。

突然，有一輛嶄新的轎車飛奔過來，哈利發出一陣刺耳的慘叫，連同汽車剎車的聲音，就像一把利劍插入我的心裏，我眼睜睜的看到哈利扭動著頭掙扎、翻滾了幾步，蹲下去，還偏著頭望我。

開車的洋人，帶著歉然的目光，從閃亮的車窗裏看我，等待我去問罪吧。

圍著熱鬧的路人，十幾隻眼睛射過來，他們習慣性的等待目睹一場哀號傷慟。

天可憐見！我轉過頭，連再看哈利一眼的勇氣也沒有，不知怎麼手牽著車子回到家。

「爸爸！哈利被車子……」

「在哪裏？你怎麼搞的？」父親兇狠的叫起來。

弟弟哇的一聲哭出來，我愣愣的坐在沙發上。

「走！我帶你燒冥紙，為什麼好端端的害死一條命？」

「我不敢去，我不敢再看到牠。」

燒幾堆冥紙，哭一潭眼淚，能夠洗刷我永不能超度的罪惡嗎？

我們家是再也不敢去碰貓呀狗的。

那種人與獸之間，深沉，默契，而高超的感情，實在不是我這種凡夫俗子的人培養得來的。

好多年了，我經常被遍體鱗傷的哈利從惡夢中追醒出來，流了一身冷汗。

每當我看到車子差一點壓到一隻狗的時候，我常不由自主的發出一聲尖叫，惹得路人驚奇的看我。

啊，哈利，原諒我吧！

——本文原刊於《中國時報·副刊》，1978 年 7 月 9 日。

禮物

影

車子死路一邊的緊挨著斷崖懸壁走，翻過一個山嶺以後，就進入更高的山，路的一邊是海。回首看看，笠尖形的大荒山頂，被拋得老遠了。

這山巖上，忽高忽低，上上下下，狹窄得兩部車子必須禮讓一番，才能相錯而過，使人擔心靠海走的那輛，稍為疏忽就會跌入海裏。

山崖上，有時候暴出一隻光禿禿的枝幹，孤芳自賞地接枝在半空中，那樣突然也插入眼簾，來不及分辨是松樹或柏樹，車子便飛奔過去了。有時候，是一團團墨綠色的黑森林，比在平地所見的，更加濃密，更加原始和野蠻。

曲折帶皺的海岸線，在山的陰影內，海洋深邃晦暗得叫人不敢俯視它，當我不經意的瞥見它時，「溺水」「死亡」

立刻在腦中呈現，很快的，我以「生命」「嬉水」迎擊掉那幾個不祥的字眼。

阿彌陀佛，保佑杰，保佑我們不死才好。我們現在在一起，我們不能死，杰也不能，我們正朝著千里海濱，去渡結婚五週年紀念日。

我不由得偷瞄了一眼杰。他穿上剛才我去接他時帶去的臺灣衫，真像以前居家的樣子，除了短短的三分頭稍顯得怪異些外，幾乎和平常人沒有兩樣。

這就是我夢寐思念的另一半，除了生存必須費去的思想和行動以外，幾乎每一分一秒都在想念他的人。

分離一年了，如今我們一同坐在這名日本少尉軍官押送的吉普車上，我們手掌捏著手掌，肌膚觸著肌膚，這是事實，而不是做夢。今天，就在他被判無期徒刑，然後即將送到外島去感化時，竟然死裏逃生一樣，意外獲准來渡假。

「在山上，最想念什麼？」就和平常一樣，都是我起的話頭。

「想念家裏滿櫥子的書，自選集，和朋友們親筆簽名贈送的。」

我不想問他：「是不是經常檢討那場起義？」他既然不提，至少代表他想念的是創作生活，而非政治生涯，時間久了，可能發現藝術才是崇高無上的。

「不想我嗎？」我壓低嗓子，自然有些靦腆害臊，瞅一下少尉，希望他聽不到，也不懂。

「想妳的時候，只好看佛經。」

「假如有一天，他們解除對我作品的禁令，你把那些東西，全交給同仁社出版。」杰很嚴肅的說。

「你不是最喜歡『現代』嗎？他們比較權威性？」

「只要你有東西，哪裏出版都不會被埋沒的，我由『同仁』出身，榮譽也應該歸於『同仁』。」

我們當然避免去談什麼刑期，避免去想過了今天以後，該又是怎樣的分開。

「以前，我們出外郊遊時，你喜歡沿途觀察地形山勢，辨別群山脈絡，是為了運兵還是寫作？」

「都有。」

旅行的時候，我坐在一旁，想到什麼說什麼。想想未來，憧憬愉快而美麗的遠景，痴人作夢一般興奮著。遇到特別需要他聽進去的時候，就搖動他的臂膀：「杰，聽到沒？」

今天這樣少許，珍貴如鑽石般的光陰裏，我們一直努力著撵走心中的陰影，儘可能想到陽光普照的千里海濱。

有時候，我們不慎談到獄中的事情，也都很快的把話題分開，就像先前等待宣判時，抱著若有若無的希望，而不是絕望。

當我們靜默無語的時候，少尉偶然回過頭來，他是懷疑我們坐失時間消逝？或體會無聲勝有聲？他也曾如此活生生的被迫和所愛的人分離過？

當然，人總要死的，不被判無期徒刑。老了，病了，山崩地裂，煞車失靈，也會很自然的死去，很無可奈何的分開。沒有哪一對夫妻，有權要求同時攜手斷氣，再恩愛的也不能。即使我佛特別恩賜，讓我們如此幸福的一起死去，那末，不必是現在，等渡完這個假再說吧，幫助我們一同死去，哦！對了！或幫助我們逃亡。阿彌陀佛！

逃到深山？逃到荒島？殺死少尉？你不死，該我們死。我看到他夾帶上的手槍。杰是個君子，他常說；我這一生活得心安理得，不曾虧欠任何人。他的處世哲學是厚待於人。

感謝當局深通人情，感謝杰，在處心憂慮中，沒有忘掉這個日子。

「請停一下。」杰對少尉說。

「看，這字跡還很清楚——」我們存細端看著這棵老楓樹幹，『一九四〇，七月二十日。』被刻字的痕紋，仍然清楚。是去年的今天，杰破例攜著我悄悄地離開了親友，在這深山的溫泉勝景，沒有親友贈送的禮物，沒有祝福，我們寂靜而專情的渡過了四週年的紀念日子。

那一天，他很認真的希望創造一個小生命，他一向迷戀盛名不朽，而不在乎這樣一個延續的肉體。

我是萬萬沒有想到，幾個星期後，他起義被捕了。

假如死亡是無可避免的，最好是一無牽掛。除非是孑然一身，怎能一無牽掛？

「假如婚前，我料得到有一天會直接參與革命，我就不會結婚，老實說，做一個藝術家已幾乎喪失結婚的權利，何況是搞革命？」杰撫摸著樹軒上的字跡，背著臉說。

「不管你是寫文章，或者抗日革命，我都引以為榮，沒有其他的選擇。」

然而現實是一把利刃，杰入獄，生活的擔子套在我自己的肩上，毀掉了我整個精神堡壘。六親七戚斷了，昔日那些吃你的，捧你的，個個躲得遠遠的，恨不得從來就不認得你于家才好。

我們受日本軍閥摧殘虐待，慘無人道，只有推翻他們，重回祖國的懷抱，才得重見天日，起義失敗了殺掉幾條日本鬼子，炸毀幾棟建築也叫人甘心。但是杰被捕了，留下我一個人，我真是寧願他以筆代劍，而不要以劍試法。

或者說，要死就死得問心無愧。那也很難，人非神賢，誰能無過？更恰當地說，應該感覺自己不算白白的走一趟。

結婚以後，偶然想起「死亡」這個名詞，就希望它離開我們遠遠的，如果真要來，也讓我們一起面對它，就像平常我們面對日常生活，一起哭，一起笑，不敢想像，失去對方以後，該如何過日子。

阿彌陀佛！怎麼我老圍繞得死亡的圈圈轉？不要去想它呀！

車子衝過這一系山巔以後，呈現出來的是一個遼闊的洋面，眼睛四面八方地增廣開來，水天一色，好大的世界。看到光亮，就有了慰藉。

「以服務的觀點說，藝術和政治的價值，實在無法分上下高低，壞在人只能選擇一條路走，更壞的是現在我對不起妳。」

「如果要服大務，盡大責，最好是選擇能發揮最高潛能的那條。」我說。

「對的，我事先一直瞞著妳，是不希望太早就叫妳精神受到威脅，希望妳原諒。」

「你應該讓我心裡有所準備，而不要來得這麼突然，假如早知道如此，我會更加珍惜一分一秒，不無理取鬧，不惹你生氣！」

真的，早知有今天，我以前就不該愚蠢到老為些小見解，小習俗，和他爭辯。雖然爭辯由我開始，收拾場面投降求和的也是我，人生苦短，何必浪費那五分鐘不愉快？我的本事是在爭吵過後，有勇氣立即把氣臉翻成笑臉；不要生氣了，都是我不好！而他的美是，雖然面帶餘怒，也能和緩的說：誰和妳小孩子生氣。然後誰也忘掉那五分鐘的不愉快。我們也很自覺地為這麼美好的姻緣滿意著，慶幸著。

「那是真實的生活！真實裏就有欠缺！」杰說。

多半的時間，我常為身為杰這樣的名作家的太太，感到驕傲和滿足，不僅是為了崇高的文名，而是為他那種仁厚博愛，近乎宗教家的人格感到驕傲。

杰因為不肯侍奉日本鬼子，辭掉各種高薪俸祿，寧可在窮鄉僻壤的老家，白日耕作，晚上寫稿，把辛苦種出的稻子，拿去搞同仁出版社，和文友們交換寫作心得。沒有想到，竟積極的訓練起民兵。

平常居家，粗茶淡飯可以吃飽，但最苦熱的炎夏，恨不得這木屋改建成新式洋房，有大窗子，有電風扇吹，颱風大雨，不漏水。乾旱了，稻田枯死，苦死了這靠天吃飯的耕作。

但人是為目標而活著，金錢有限，慾望無窮，在三百六十五天裏頭，大風大雨，畢竟短暫，只要杰能寫出好的作品就行，他只有一個目標「藝術不朽」。

「你不是常說，一個藝術家對於政治，應該僅止於關心，就像寫小說一樣，僅止於提出問題，而不是解決問題，為什麼突然介入行動？」這一年來，我一個人獨自思索，就想不通這個問題。

「他們發動太平洋戰爭，可見他們征服世界的野心，突然耐不住氣，希望更迫切，更具體的開創同胞的命運。」

車子戛然而止，是海濱的一家旅舍，少尉燃起了一根烟，打開房門，面對著我們的門，悠然坐著。

光

我奮起一臂，勇猛的想捷足先登的搶住面前的那隻漂浮的板球時，洶湧的浪濤，後浪推著前浪，排山倒海的席捲過來。我先是被騰空架起，翻了一個筋斗，嗆進幾口海水，那點游泳術全不發生作用，正要倒栽入海，卻被杰一手撈住。他一邊拍手叫好。

「我說游泳你是輸定了，還不如租艘小汽艇規規矩矩的坐著算了！」杰說。

「坐汽艇沒意思！」

「至少不會叫你輸得這麼沒面子！」

「少得意了，再來一回，包準我先搶到板球，只要你稍稍讓步！」

剛剛到達海濱的時候，我也曾想到租一艘小艇坐，乘風破浪的遨遊，這樣，我們可以溫文而冷靜的說點什麼，想點什麼，控制時間從錶上的分針和秒滑走。但我知道，此刻我們不適合有太多的靜默，我們需要的是狂歡作樂，多麼愉快的假日時！這結婚五週年紀念日！我不是寂寞的守著空房，淚垂天明，把那滿注相思，寄語蒼天，我是在這千里海濱上嬉水作樂！

人生能有幾回這種奇妙的嬉戲、遊樂，而能什麼都不想，什麼都不做，沒有未來，沒有明天⋯⋯

太陽毫不客氣的直射在每個赤裸的肌膚上，這一刻，只要你享受這嬉水的歡樂，就只能穿著泳裝，不必害羞，也沒有抵擋，不必要汽車的蓬蓋，也沒有冷氣，每個人都裸露的泡在水裏。穿上泳衣以後，沒有人知道，你原來是打著什麼商標，做什麼買賣，所謂眾生平等，只此一刻。就好像沒有人知道杰是從大荒山來的，這場海水浴後，就得回大荒山去，而我得……

少尉總是和我們保持約二十公尺的距離，他借來一條綠色的泳褲，臉朝著我們的方向，載浮載沉，每次和我們相視而望時，他時而帶著微笑。他的結婚週年也在海濱渡過？假如是在冬天，是去阿里山看雪？或是在富士山麓溜冰？

第一週年，我曾默禱，有一天杰寫的東西光靠版稅就可以過日子，而不必花太多勞力去耕作，以致妨礙了寫作。

第二年，我希望，腐朽的木屋，修蓋成一座水泥房，經得起風吹雨打。

第三年，我希望有一輛小機車，出城入鄉可以節省時間，而不要浪費許多時間在旅程上。

而現在！我希望這次的晤面，當局送給我們最珍貴的五週年紀念禮物。將如願以償，帶給我們一個小生命，我們靈與肉的結晶。

「杰，你說，假如有了小生命，你希望他將來做什麼？」

「假如他能夠成為一個作家，培養他對人對物的愛心，高深的學校教育在其次，假如他有志願政治，除了愛心以外，學校教育就比較重要。」

「假如他兩者都不感興趣，傾向自然科學？」

「那麼教導他認識精神文明的價值。」

「假如可以選擇，你說我們是應該逃掉，或者應該一起死亡？」坐在河灘上，我問杰。

「都不可能，殺死一個陪著我們玩樂的人，人道上說不過去的。況且，世事也不是一成不變的！」

「明年的今天，我們還會晤面？」

「明年？」

「不好了！不好了，有人溺水了！快救呀！」突然傳來一陣急促的呼叫聲，我們看到海面上，人們都圍在一處，而少尉不見了。

「怎麼可能？」我驚奇的看著杰。

「是那個穿綠色泳褲的人嗎？」跑到呼叫者的旁邊，杰冷靜的問。

「是！好像就是穿綠色的！」

「是你們的朋友？」

「嗯！」

「我們穿上衣服離開此地？」我暗示杰，這不正是逃脫的好機會？

「他人溺水，如己溺水！孔夫子說的！」杰通知救生人員立即尋撈施救以後，拿起了電話要打回大荒山。

「萬一被誤成他殺的，怎麼辦？」我抓住他的手。

「車上有無線電裝置，在海中溺水的情形，有此地的見證人。」離我們結束海灘嬉水的時間尚有半小時，假如我們逃跑，可能逃到哪裏了？

兩個穿著制服的軍官在河灘上出現時，巡邏艇開始出動搜找，軍官把目擊者和我們帶到貴賓室，又到吉普車上取下錄音帶，暫時避開了迷惑不解的人群。有人拼命發問：「怎麼沉了一個人，來了這兩個軍官，到底是怎麼回事呀？」

「原田少尉，剛死了太太，但也不至於如此自殺呀！」

「這怎麼可能？剛才他用無線電通話時，還在開玩笑呢？」他們兩人神色黯然，彷彿不見到少尉的遺體，就不肯相信這回事。

「于太太，很抱歉，原田少尉護送你們，是希望給你們有一個愉快的假日，想不到卻打擾你們了。更感謝于先生的合作，我想于先生這種人格，正是當局特別釋假的原因。」

杰和那名軍官，坐在載有原田少尉遺體的大型軍車上，先開走了一步，另一名軍官，就用吉普車送我回家。

猛回頭，遙遠的天際，金紅色的晚霞堆積氾濫著，又彷彿是烽火燒得它通紅剔亮。

我這結婚五週年的禮物呀！

少尉離奇的自殺，可能沖淡了我別離的哀愁，可是它卻好像沖昏了我的頭一樣。

一路上，我的腦袋就如漂浮在千里海面上，和杰嬉水弄潮，我看到二十公尺的少尉，和他淡淡的微笑，突然間，海水像一陣洪水猛獸，吞沒了杰，吞沒了我，吞沒了杰所有的作品，以及我肚子內的小生命……

啊！不，死的是少尉，而不是杰，而我肚中的小生命，他將陪伴我渡過他父親的無期徒刑？他也將被判無期徒刑？

——本文原刊於《臺灣文藝》第38期，1973年1月。

賭

白先生一早起床，走到客廳，掀起茶几上的經濟日報，甩開上面那張，看到第七版的股票行情表：

南亞：最高 139.20，最低 132.30，收盤——132.30，跌 6.90。

「跌停板！」他搖頭失聲嘆道，然後又看到旁邊的股票分析欄內幾個大字：

跌勢之猛，七年罕見。

股票市價減卅二億。

證管會今商對策。

你說什麼？又跌停板了？這還不是一連四五個跌停板嗎？證管會是幹什麼的？不趕快停收交易稅。白太太從浴室踉踉蹌蹌地衝出來從白先生的手中搶過了報紙。

三十九元兩毛？會不會是看錯了？上檔的臺塑最高的時候也不止這個價錢，她以嘹亮的嗓門叫著。綺黃色的尼龍長睡衣，輕柔地飄在足踝上，飄在藏青色的地毯上。她走到餐桌，拿出抽屜內的米達尺，把尺峰壓在南亞那排數字。

發什麼神經用尺壓？又不是一千度近視眼。白先生望著太太說。

是啊！天下就有這種神經股票，跌得無法無天的。

看上去一時是漲不了，怎麼辦？明天廿萬元支票哪裏付？白先生像一團麵粉，軟軟地攤在厚厚的海棉沙發裏。

不像話，不像話，將近兩百塊買進來的東西，現在跌了三分之一。你呀！你這個阿西，我當時就勸你，不該買，要不然嘛，買也不能買那麼多。你就是不聽，就聽黑胖那幫人的話，誰知道他們是存什麼心肝？也許是他們空頭耍花樣。

好了，住嘴，煩死人啦，妳懂什麼？

我不懂，你懂，你會做，為什麼落到這般地步？

廢話，我不會做，你吃喝什麼？

哈！哈！我可沒吃到你的股票錢，把那幾十萬，規規矩矩的擺在銀行裏生利，錢雖少，領起來心裏愉快，或者就投資到印刷事業上，不賺錢，也留個推展文化的好聲名。

妳這是幾世紀的腦筋了，現代人有誰把幾十萬存在銀行裏不動？再說印刷生意滿足得了妳的鑽石慾望？汽車、別墅欲望嗎？

但千千萬萬行業，我就是受不了這股票業，只有傻瓜才會專心一意投身股票買賣，等於是慢性自殺！

我不要聽這些，妳懂了沒有？告訴我，明天的支票怎麼應付，從什麼地方週轉？

我看呀！乾脆就把那幾千股賣掉吧！不夠三兩萬，我去錢太太那裏喏，輸的錢，就算你上酒家玩掉了。

妳們女人就是這般無知，只見贏不見輸，妳知道，最近的跌風，是受國際政治因素影響的。事實上，這半年來，廠商本身，明明是較上年同期增加百分之二十的盈利，股利高過銀行利息。像南亞這種優良股票，再怎麼樣風險都不大的，等這陣風浪過後，就會止跌回漲。

算了，人家說：「跌如下山容易，漲如上山難」，你哪一次不是說得頭頭是道？

如果每次都做對了，那不早成了富翁？我說你不懂股票就少發議論。股票這麼簡單的話，阿貓阿狗都可以買。

有什麼辦法？好好的市場，受人為因素的操縱，大家常識不夠，高的時候搶著買，低了就爭著賣出，毫無理論根據，暴漲暴跌，自跳火坑。

所以我說嘛，賣掉它算了，洗手不幹，討個清閒，你看，此地有哪個股票東家學者，敢做股票生意的？

專家不做，是他的事，人無膽量，怎麼會暴富？所以他們只好一輩子拿著講義，過吃粉筆灰的日子。

我說，你這個人糊塗，死不肯認錯。如今已輸掉幾卡拉的鑽戒，還不知道回頭。最近局勢動盪到這種地步，你還執迷不悟，多少人拋棄房產、股票，捲著黃金美鈔到國外逍遙去了，你還在做股票上升的美夢。

就是那批敗類，造謠生非，胡亂拋棄股票，要不，這股跌風又怎麼來的？既沒有常識，沒有眼光，又缺乏國家責任感，跑到國外去就一定保持得住財產生命？一生總要死一次的，沒有國家，生命財產也保不住呀！

好了，好了，少發你那套愛國的高論吧！我只是懷疑，你這個傻瓜，到底是要錢，還是要股票？該賣的時候，而不肯賣出去？

喜歡股票又怎麼樣？

白大中，「喜歡股票」這句話，輪不到你說呀！你不是那個李老先生，膝下孝子孝孫一大堆的輪流供養他，他抓著那七百萬臺泥股，管它跌到什麼價錢，不想賣就不賣，他可以「喜歡」股票。你呢？天一亮，幾張嘴巴等著吃麵包，喝牛奶，你想研究股票，這還不是時候。

好了，妳吵死我，罵死我，也沒有用了，頭洗了能不剃嗎？趕緊吃早點，出去想辦法。

他們坐在餐桌上，下女阿花端來熱粥飯、煎蛋、油條、肉鬆、花生米。白先生夾了幾筷子的肉鬆，灑在粥內，唏唏呼呼地喝著，白太太把煎蛋夾在他的碗裏，他吃了半個，皺著眉頭說：一早吃煎蛋，太膩了。

白太太嚼著油條，斜眼望著他，有時候，她真是恨死了這樣的日子，成天神經就跟著股票行情七上八下的，苦死人啦。真想念剛結婚時，那一段公務員的日子，那時候，一早起來，做早餐，蛋泡牛奶、蛋煎餅、火腿三明治，再配幾片柳橙、饅頭、稀飯、粉絲湯、綠豆湯，每天變花樣，生怕他吃膩了。晚上，滿桌擺著也是他愛吃的菜，數著時間等他回來。遲到了十分鐘，會急得跑出巷口，眼盯著公車站，仔細辨認每個下車的人。當然，那時候，吃喝要經過嚴格的預算控制，中餐吃魚，晚上才吃肉，在不得已的情形下，也限於短程才坐計程車。薪水發的百位數字很難巴望它增高，但是可以看看二流電影院，吃自助餐，苦苦的搭乘半個鐘頭一班的公車，長途跋涉去看朋友，苦歸苦，但時間上全由自己掌握住，也彷彿就掌握了先生的一喜一怒。

她記得剛開始經營印刷廠，白先生的眼睛，整天離不開帳簿，腦筋想的是如何推廣，經營業務。吃飯，成為一種很麻煩的義務，白天太累了，一上床就呼呼大睡，往日枕邊細語的情調沒了，真有些不堪回首。但他說，乘年輕力壯時多跑跑、拚拚，等洋房、汽車，都有了，還怕沒有生活情趣。

在他不眠不休的經營下，生意日益有起色，家庭經濟，漸漸不為柴米油鹽仔細量計，但他的應酬漸多，三餐難得在家吃一頓，有一陣子，印刷生意的淡季，而股票行情波動的幅度很大，他無意間做了一筆，賺了不少錢。後來興趣漸濃，慢慢投資下去，愈賭愈大。他說，這玩意，快得很，只要行情看準，買進賣出，錢就像滾雪球一樣，愈滾愈多，風險雖大，卻夠刺激。從此人忙心更忙，整天思漲思跌的，簡直是吃睡不安。印刷生意是合夥的，妳不好插足過問，為了分擔他的辛勞，她偶然也跑跑證券公司，探探當日行情，總比隔天看報紙，來得快些，又直接了當多了。並可乘此機會往外面跑跑，看看世面，觀念、思想，才不至於和他差距日大。再說有機會跟著他進進出出，必可以減少風流韻事。

白太太喝了最後一口粥，起身回房打扮，穿哪件衣服好呢？出入證券公司的婦女，不說多半是老板娘的身份。就憑他們每天買進買出，一個判斷正確時，幾千幾萬滾滾而來，不穿好，吃好，為什麼來的？雖然沒有貪婪無理的上司，希望從你鮮豔的服飾上，求得視覺上的享受，但他們的衣著，舶來品以外，本地的質料也大都是高級的。倒不是個個真懂得打扮，但邋裏邋塌的少有。證券開市後，男人的眼睛瞪住黑板上的數字，耳朵注意聽報價聲，心底盤算著，該不該買，該不該賣，門外天塌地裂不會知道，後頭誰來誰往，沒人曉得。收盤以後，有些遠地的人，以公司為家，要錢不要老婆的光棍，吃過飯後，就又鑽進公司裏，避避風雨，享受冷暖氣。即使睏過了，精神轉好了，多半是翻翻指數表，互相討論分析，早上的行情，他們沒有閒情去注意女人的衣著服飾，但這並不就是說愛情艷遇的故事完全在此絕踪了，那個富翁陳查某的三姨太太，就是跟著萬豐證券的經理跑了，據說她轉移目標的理由是：與其跟一個捏有幾百萬死死的股票，不懂週轉變通的老朽，還不如跟一個能在市場興風作浪，呼風喚雨的經紀商來得刺激些，雖然一樣是過著黑市的婚姻生活。

好了，不允許再挑三揀四了，已經九點一刻，就穿這套寶藍色的算了，管它有沒有人欣賞，洋人說，穿得好看些，自己高興，對別人是一種禮貌。她從衣架上取下衣服，急忙地套上去，淡妝輕描的畫畫臉，穿上鞋子，帶上房門，又看看手錶，先到哪裏呢？還是到萬豐去觀望觀望吧！如果再跌了，乾脆就背著他，狠下心來賣出去，那個做了四十多年股票生意的老師說，賣出應該像是一個頂尖朝下的三角形，在三分之二的兩腰下，下定決心賣出去，這樣還不至於輸得精光，最近美國人寫的那本書上也說：「當你剛買進來的股票，你以為會漲，但它卻不斷地往下跌，跌到某種程度時，你一定要下決心賣出去。」聽說這條定律很靈。好了，萬一行情上升，就先向錢太太想想辦法，高利貸也得付哪，有什麼辦法。

阿花！我出去了，中午小冰回來時，要他睡一回，喝杯牛奶加蛋，再去補習，唉！可憐，小小的一點人，被功課累得皮包骨，左補習，右補習，何時了？她交待過佣人後，在巷口上了計程車，想起連日的跌價，幾乎輸掉了一部小轎車的錢，不輸去該有多好？買部車子，接接孩子上下學，免受風吹雨打，小小的人，跟著擠沙丁魚罐的公車，真怕哪天被擠癟了。不！如果不損失那些錢，還是應該先解決住的問題，應該賣掉現在住的這棟房子，添上那些，到天母另買一棟，享受夏涼冬暖，空氣新鮮的大房子，免得一輩子擠在這透不過氣的閣樓裏，什麼高級公寓，簡直是鳥籠嘛！也不！真是不輸掉那些錢，真捨得買汽車，新房嗎？買汽車，請一個司機，薪水兩三千，管吃，管住，付汽油，稅金，保養費，加起來，比坐計程車還貴，派頭很足就是。大中一定堅持再多買幾百股，或者轉投資到別的生意上，汽車，新房，慢慢來。他常說，小本生意是人賺錢，大生意就是錢賺錢給人。

想想真是可惜，多買了幾千南亞股的時候，正趕上發放股息，行情日漸高漲，黑胖他們說：要買就快買，總有一天會衝過兩百元大關的，何況日日看好？這種優良股票，有他永遠不敗的性能，諸如產品多元化，而且很多東西是別的國家不會製造的，外銷上就占了優勢。董監事不參加買賣，股息分配多，等等，這種股票不買，買什麼呢？真是料想不到，有一天會跌到這樣價位。

想起剛剛學買那一陣子，行情幾乎天天在漲，口袋的錢，平白的增加，真是樂死人啦，天下有這種不勞而獲的賺錢方式，真過癮。據說賭博就疼憨仔，剛開始學，道理還沒弄懂時，最容易贏了。

想著想著，車子已經來到證券公司，計程錶上是 12 元。她打開皮包掏出一張十元及五元塞給司機後，人就鑽出來。

推開玻璃門，被一股冷氣涮了一下，壁上的鐘指著九點半，報價的節奏，還不頂快，但總脫不了狗被熱水燙了，呦呦不清的音調。

「今天這麼早。」錢太太笑著臉，壓低聲音說。

「沒事就出來了，怎麼樣，南亞有無起色？」她找到錢太太後面的位子坐下來。

「有人以昨天收盤價格出賣五百股。」

「要死了，一大早就盤在那裏。」

「南亞還算強，其他的又跌了。」

「這是怎麼回事，價位已經跌到投資價值以下了，還不打住。」

「談什麼投資，根本是投機取巧，混水摸魚。」錢太太從皮包內抓出兩片口香糖，遞了一片給她。

「昨天報上說，美國參議院已通過一個什麼案，這一來，情況更不能樂觀。」

「不過報上明明說，還有《中美共同防禦條約》，沒有關係的。」

「對了，紡織品設限，談判不成，中纖應該更糟了，你要不要快脫手一點？」白太太熱腸滾滾地開口，一面也嚼起口香糖。

「一個月前，得到消息時，就脫了。」

「一個月前你就有消息了？」白太太目瞪口呆地，猛然想起前一陣子，錢太太不斷鼓吹新戶買中纖。

南亞，三十九元五毛，買進五百！忽然，他們聽到黑胖粗大的嗓門叫道，經紀商緊跟著用對話筒吼了三次。

果然是多頭殺空，這缺德鬼，暫時忍住這口氣，等明天支票過了關再說吧！他買五百，我賣五百！等有機會反咬他一口，唉！三十九元五毛，低得慘，但總比昨天扳回兩毛呢，再看看情形吧！可能的話，乾脆八毛全部賣出，這就比昨天每股多了六毛，六毛乘兩千，淨得一千兩百元，也比三十萬一天三百元的高利，優厚四倍了。算了，就這個價錢全部賣出吧！其他的，有機會也讓它們出去，就此洗手不幹，安安穩穩地過日子，以後生意做得更好，想買時，再買它幾千股，捧回家裏，等發息時才去公司領回來，一家大小痛痛快快的吃一頓燒冷，什麼心也不用操，管它行情漲跌。白太太雙手合掌捏緊，閉閉眼睛，定了定神，然後以她高人半個音階，不慌不忙的音調出口喊：

「南亞，三十九元八毛賣二千股。」她開始安靜地等待，報價小姐仍然像機關槍掃射；臺塑X元X毛，臺泥X元X毛，大同X元X毛，上氣勉強接著下氣，但總會特別注意把尾音「X毛」兩個關鍵字上咬清楚。音調一如往常有如被剪掉了半個舌頭似的快捷、短促、混淆，偶然間夾雜著報出：「南亞，三十九元八毛賣出X百股。」白太太彷彿是自己養的肥豬，被顧客以廉價任意割宰、搶購，有些心痛、憐惜，她眼睛潤濕，拿起手拍擦拭，抬眼間突然看到門楣的上端，高掛的鋼質匾額，「創造資本，分享利潤」八個大字。一陣風似的門被人推開了，竟是白先生來勢急急：

不用賣了，已經請姊夫打電話和存款部經理招呼過了，他們答應先墊付五天，三天後，我們自己那一張就兌現了。

算了，我全部賣出了，三十九元八毛，比昨天多了六毛！過一段日子再說嘛，半年以後再買，只要有錢，機會天天有的啊！

你！你這個女人……白先生氣唬唬的瞪著她，如果不是在這大庭廣眾下，他真會摑她一個耳光。

他們推開證券公司的門，上了計程車，車子很快地淹沒在喧囂的八德路上……

——本文原刊於《中華日報》，1972 年 1 月 19 日。

夏天裏過海洋

「夏天裡過海洋……洋……洋……」郭老師略微顫抖而帶磁性的尾音，在風琴的伴奏裡托得長長的。

「預備……唱。」

「夏天裡過海洋。」

「胸懷中……」像一堆翠竹同時被炸裂開，劈劈啪啪的在空寂的長廊裡，一齊迸發出驚天動地的回響。

「……正歡暢。」

「結緣……」

「停，」郭老師剛飛揚起的雙手，突然在空中交叉一下的煞住了，那原該是另起新拍的手勢。

「低音部有人唱錯了。」他扳著臉，向右邊看了看。

「注意，只要有一個人唱錯了一個音符，我們就得重來。在合唱裡頭，別看人數多，只要有一個人唱錯了，還是聽得出來的。你們再仔細聽一次風琴吧。」

「噗……噗……噗……」

「噗……噗……噗……」

調子是輕快的，但從那架脫了漆的琴鍵中，流瀉出來的卻是笨濁又低沉的三拍音符，沒有鋼琴清脆悅耳。

「特別注意這個『暢』字。」郭老師側著一隻耳朵，凝神聽著。

「暢……暢……暢……。」林老師兩腳緊踩著風琴的踏板，C 調「鐸」音蠻橫而冗長的吼著，她恨不能把這音響印到每個學生的心版上。

笨學生，愛出風頭的老師。我們以前練唱，幾天就會了，哪兒要這麼久？對了，這還是小學生呢？她想起初中時的合唱團。

那個音樂老師——胖陶，也是個熱心人物，他總是一邊揮動著指揮棒，一邊幫助「弱小民族」咿咿哦哦的唱著。有時上半句唱第一部，下半句就唱第三部了。

那一年，我們在臺中參加全省音樂比賽，丟了蟬連幾次的冠軍，把胖陶從臺中哭到臺北來，現在想起來的覺得歉歉於懷。記得當時練習時大家也是很認真的，運氣欠佳，遇到勁敵，拚不過人家，有什麼辦法？那是自由參加的合唱團，不感興趣的可以免，效果自然好些。

在小學，智力高的學生樣樣有他的份，唱歌畫圖，演劇老師們最先物色的對象就是他們。

噹，噹，鐘響了。十二點。趕緊下課吃飯去，好接陳的電話。

「再來一遍，預備……」郭老師踮起腳跟揮手，等待她的伴奏。「唱……」

「……」

「停！」這一次他眨了眨眼睛，雙唇緊閉，兩手做了更大弧度的交叉。

白飯裡頭撿沙粒。她在心裡叫。

「還是有人唱錯了，怎麼搞的？你們耳朵帶來了沒有？」郭老師激厲的叫著，兩腮漲紅了。

「有。」孩子們緊張又迅速答道。

「那怎麼老唱不好？」

是誰唱錯了？你？他？我自己嗎？小小的臉孔相互不安的搜索著，很想知道是誰這麼差勁，又怕唱錯的是自己。

「注意，專心一意的唱，除了歌詞和音符外，腦筋裡再也不能有別的，知道嗎？」

「知道。」孩子們大聲喊道。

今天是怎麼回事？哪些人在搗鬼？昨天唱到這裡三次就 Pass 過去了，而這已經是第五次了。郭老師真有些納悶。

算了，這麼熱騰的天氣快烤死人，就為了這半個音階，已經下課了，還值得逼死孩子。林老師低頭看看錶，真糟糕，她急了。

昨天陳說；十二點半打給妳，別亂跑，最好坐在電話機等，免得接電話的老爺推說休息時間沒地方找人。

這樣一個大學校，一隻電話光總務處接手都不夠，外頭想打進來都不是簡單的事。

賺錢就知道往自己的腰包塞。當然囉，古今「為富不仁。」假如有一天我發財了，也會這樣把錢當命根看嗎？

不，不會的，錢，錢算什麼？錢……很有手的，女作家季季說：「買棺材要錢，付接生費也要錢。」

所以一邊罵，一手心不甘、情不願的拿他薪水，好比眼前這個人物，著迷般的賣勁，下課了還不肯罷休。

專心一意的唱，腦筋裡不能有別的，除了……女孩子們在心裡警惕著自己。

不可以唱錯，不能錯。

但郭老師高又直的鼻子，卻在眼前幌動著，那隻挺得像上美術課時畫石膏像的鼻子，美術老師說，那就是希臘人的鼻子，沒有一點兒彎曲弧度，好比一隻巍巍矗立的山峰，在你沒看過前，你是絕不肯相信中國人會有人那麼高又挺的鼻子。

課間操時，他站在司令臺上，只見他伸、彎、扭轉，各種靈活矯捷的動作，配著音樂和他自己的哨聲，一起一落，別的老師就沒有人做得比他更標準了。但隊伍排得太開，距離又遠，看不清他的臉。

偶然，會砰的一聲，從司令臺上跳下來，矯正同學的動作，不等你看他個仔細，他已一個飛步跑過去，跨到臺上，那姿態真美。

好像他生來就該是一年四季穿著球鞋和卡其褲的人，想像不出穿西裝時他是什麼樣子的，他一定不如穿卡其褲這樣帥的。

有時候，他會跳上司令臺說：大家注意，我們重來唱一次國歌。你們剛才太小聲了，太沒有精神了，這樣不是復興國家的主人翁，尤其是在「一心一德」的地方，應該大聲宏亮的唱上去。以後，大約有一個星期的時間，同學們就記得莊嚴有力的唱國歌。

歷史上唸過很多民族英雄，岳飛，文天祥等，郭老師大概就像這些人物吧。

真的，我們常希望級任老師生病了，請班長去向學年主任說，我們喜歡郭老師來代課。他會講故事，說笑話，上音樂和體育課，不像我們級任老師，要等督學來了，才按照課表上課。

只有這個時候，我們能定定的看著他，從眉毛，眼睛，再就是鼻子，那隻愈看愈覺得漂亮的鼻子，而不必為了偷看他一眼，故意繞大圈子，往他們教室那個樓梯走。

「結隊伍奏音樂」

「把歌兒……」

郭老師已抬高手了。

「……高唱。」

「好，暫時停下來吧！你們也許累了，這個『唱』字，就跟前面那個『暢』字一樣，等一下我們再繼續好好練一次吧……唱不好，中午就不解散。」

「咦！今天這些孩子怎麼搞的？」

「我們不是還有二十多天嗎？」林老師壓著滿胸的急躁看看錶說。

「不行！我們總得有把握的，再重頭練一次吧！」

你本人上臺獨唱也不見得絕對有把握。她很想頂他，終於忍住，新來的人，忍讓幾分。但要緊的是時間，十七分了，還不下課怎麼辦？等一下直接衝到電話機旁，先別吃飯去。其實，菜也早就光了，白飯倒是隨時有。

其實，這種公眾場所也講不出什麼情話來。每次，對方的聲音，就被旁邊總務老爺聲色嚴厲的叫囂掩蓋了。這年頭，有點小利給人牟，說話就可以大聲響亮，好像人家做不了你這筆生意，就快餓死老婆和妻子。也難怪，人生有多少大好光陰好作威作福？

假如想細聲細氣的裝些溫柔，撒撒嬌，對方也聽不清楚，講大聲嘛，破壞氣氛。又怕不管閒事過不了日子的人聽了笑話。據說男人就怕女人的溫柔攻勢。

但打得進來，總比不能打好，不能打，如果有了突發的消息怎麼聯絡？有的吃，總比餓死強。這個世界太愛面子出不了人頭地。陳，就是屬於這類的，他說：我實在不喜歡打到學校給你。不打到學校，還有什麼地方可打？他……太……

郭老師，我希望這個合唱團，將來能經常為學校爭光，哈！哈！這個責任就交給你了。那天校長拍拍他的肩說。直到現在，他還能感覺到，校長那隻肥碩的手掌，用多少的重量，拍落在他的肩膀上。

好像球賽過來好幾天，觀眾的掌聲仍在耳鼓裡響著。

王牌，我是這裡的王牌，多才多藝的老師，學生們的偶像。在「我的老師」的作文中，他們告訴我。

他彷彿看到音樂比賽那天，他站在臺上指揮，來賓席上，坐滿了教育界的達官顯要，音樂專家，都報以熱烈的掌聲，隔天報紙的文教欄裡，以頭條新聞登載著，就好像紅葉棒球隊打敗日本隊時，教練如何在一夜間被捧著，被歌頌著。以後，各種優待、捐助、和獎勵金，慷慨投擲過來。

也許那時候，校長會答應把他寶貝女兒嫁給我。真的，只要多來幾個音樂會，運動會，這顯然不是做夢。能娶到那個漂亮女孩，真是一件賞心樂事。眼前這位小姐，琴藝倒不壞，可惜五官長相差了些，不喜歡奉承，力爭上游之類的，不理想。

「不行，今天起碼要他們唱對每一個字。」他狠狠的喝完學生倒來的茶說。

「好吧！只要他們認真唱就行。」人不是鐵打的，經濟學上說，邊際反效用了，明天再練吧！但她不敢說出，對這種馬屁精，逞強好功的，少惹為妙。

想起來就有氣，為什麼不找別人，每次就找我伴奏，新來的好欺負？

炎夏的熱氣，透過那堵厚厚的水泥牆，蒸發過來，樓梯口偶而有一絲風，但吹不乾孩子們額頭的汗珠。

男孩子用衣角或汗衫擦拭，女孩們的手帕，早已抹得濕淋淋的，可以擠出一大沱水來。

蹲在牆角的男孩，正在爭辯，到底是「哈哈笑」的花生冰棒好吃；還是「咪咪笑」門前的楊桃冰解渴？辯不出勝負，索性動起手腳。

有人說，現在最渴望呱、呱、呱的喝幾口水，有人說肚子實在餓了，水和飯都是迫切需要的。

乾脆就坐在地上的人嚷著：「睏死了，最好能睡個大覺。」打從上個月遠足回來後，就從沒有一天睡夠。那好像是什麼古怪的分界線，自從那天以後，早自習，晚上補課，參考書一本多一本，永遠考不完的模擬試題，真睏死人。

老師說：你們不用功，就考不上學校，只能去當女工，學徒，一輩子沒出息。

當然，像現在一次又一次的練唱也實在苦，但唱歌總比唸書好。真奇怪，為什麼會有那麼多書好唸？幾十個朝代，記不清的割讓，賠款，無數的山河海洋和省會。假如沒有了這些，假如天下人都不唸書，將是怎麼樣的？

女學生們在猜：郭老師一定是在愛林老師的，有人昨天看到他們一起出校門，有說有笑。要不然，為什麼伴奏都找林老師呢？

「我在想，最好能設計一套衣服，讓孩子們演唱時穿，這樣一眼就給人突出的感覺。」郭老師興奮的說。

「有些家長也許負擔不起。」

「希望不會吧！」

「吡！吡！吡！」郭老師猛力的吹著哨子，尖亮的笛聲，幾乎震破了孩子的耳膜。

「注意！在沒有開始前，我再提醒你們，唱歌的時候，除了音符唱準，字咬對，還不算，應該把感情也唱進去，也就是說，當你們唱這首歌的時候，一面想像：在一個美麗的夏天，一大群同學，坐在一隻船上。大船，或一艘軍艦，甚至一條小船。有人說故事，有人唱歌，做遊戲，大家高高興興的乘著風浪駛向一個陌生而美麗的小島。也許是澎湖、小琉球，或是前線金門、馬祖，總之，一個海上仙島。所以大家的表情要很輕鬆愉快，面帶笑容。

你們看過世界上最有名的維也納合唱團，表演的時候，每個人的神態多麼自然，大方，可愛。

天老爺，幻想力蠻豐富的，寫文章時可以多發揮，現在，現在已經二十二分了，嘮嘮叨叨的像個老太婆，她急得手心發汗，恨不得掩著琴蓋就跑。

「老師，我沒看過維也納合唱團。」

「以後再來的時候，想辦法叫爸爸媽媽帶你們去看。」

有些人家，三餐都沒能吃飽呢。她想。

「老師，我沒有坐過船，我媽媽說坐船危險。」一個女孩膽怯的說。

「不會的，坐大船並不危險，譬如汽船、輪船、軍艦等都很安全，如果坐小船，跟著大人不要隨便搖動也沒有關係的。」

坐小船確實有味，每次我和陳去碧潭划船，回來後向媽媽說是去仙公廟。她想來好笑。

「老師，我沒看過海。」一個袖管，屁股都補了大洞的孩子說。

「哈！哈！笑死人囉。」孩子們爆笑起來。

「這真妙，好吧，假如你們贏到冠軍後，哪個禮拜天老師帶你們去基隆看大船和海。對啦，那時候也請林老師一起去玩吧！」他得意的笑著，突然十分渴望有小姐陪著看海去，老站在這兒練歌真乏味。

「嘻！嘻！我們猜對了，郭老師和林老師相愛，沒有錯。」女孩們高興的拍手跺腳。

「遠足的時候不就可以去嗎？」

「太久了，這是先用來慰勞孩子們和你。」

你自己去吧！熱烈的去辦你的慶功宴，關我什麼事？她急了，胸中好像要裂開，這怎麼辦？十二點二十五分。

「夏天裡過海洋。」

「胸懷中正歡暢。」

「好！好！唱對了。」郭老師使勁的揮舞著雙手，身體也在歌聲裡陶醉的擺動著，嘴角掛著得意的笑紋。

「結隊伍……

「把歌兒高唱。」

突然，有一個人站到他的旁邊，喔！原來是校長，校長真關心呀！

「大家樂融融，

「四處……

「燦爛的光輝，照耀四方。」

「好，好，好極了，你們終於唱對了，今天真辛苦。」

「校長，有什麼指教嗎？」

「哦！剛才接到教育廳的公函說，這次兒童遊藝比賽，暫時取消歌唱節目，專以話劇為主，等下學期單獨舉行歌唱比賽，這表示當局更加重視學童遊藝技能。」

「下學期？」好像撿到一件貴重的東西，好幾天了，又被失主追回去，郭老師真想氣又氣不得。

「嗯！」

校長走後，林老師一個箭步的奔到辦公室去，電話機旁睡眼惺忪的同事說，剛才有她的電話，派人找不到她後切斷了。

就在這個月底，教育部正式頒布了免試升學令，孩子們彷彿是被判刑的犯者，重獲自由一樣。

但他們始終沒有再練唱過那首歌。也許是唱上癮了，經常有人會不自主的哼起：

「夏天裡過海洋。」

「……」

有人還會學著郭老師的口吻說：

「特別注意這個『暢』字。」

——本文原刊於《臺灣文藝》第 28 期，（1970 年 7 月）。

河東・河西

一　河東，河西

從沈沈的瞌睡中，被一種習慣性的，自我克制的催醒過來後，太陽突然露出笑臉，滿天滿地的照射著。如果不是身穿厚重的大衣和膠鞋，並且看見晶瑩的水珠逗留在樹葉上，真令人無法相信，在這之前，曾經是一陣濕冷的天氣。

不自覺地挺起胸膛，伸長脖子，去迎接這溫暖的陽光，幾乎忘記剛才午睡中轉醒來的艱辛，也不再詛咒：「該死的機器，虐待人類。」只是疼惜虛擲這樣美好的光陰去排長龍，打這一天裡的第三次卡，中午的上班卡。在那部機器上「咔嚓」一聲地浪費了俯視街景的大好時光。

「今天天氣真好！」

「是啊！真好！」

「好久沒見到太陽了，天氣真好！」

「是！好久不見……」

「偷溜下去看電影多棒！」可惜趕不回來打下班卡。小戲院裸體的廣告，在陽光下招手。

「去洗頭也好，省得晚上趕不過來。」

同事們在草坪上徜徉，遙望對面河西的街景重覆這些話語。

遠山是觀音的額頭、鼻子，和下巴。罩上面紗一樣地朦朧。淡水河一路夾著兩岸的田野和房舍，彎彎轉轉地流了過來，是紛雜的景物中，一泓清涼的止渴劑。

河西最近的景致，是一棟三層樓的後窗，塑膠搭蓋成的涼臺、櫥房。有一根煙囪插進午寐的天空裡。

在風中飄揚的迷你裙和喇叭褲，沒能掩住散落在屋脊的碎瓦。

這棟建築物，被一條小小的胡同切成兩半，一大半和一小半，一半是七、八間，另一半是三、四間。胡同口就如走馬燈，不停地變幻大卡車、轎車、民營巴士，抱著書本的長頭髮女孩。

這才想起，我必須下山到城裡買一本《現代人事管理學》。但實在受不了上山下山的辛苦，假如是夏天，爬了兩百多個石階，全身像被火燒了，滾熱地流著汗水，逼得人要往河裡跳。即使在這樣暖和的冬天，可以不流汗，也制止不了氣喘。況且主任就快到班了，怎麼去？今天早上主任說：「你的研究報告好了沒？不要再拖了，難道你要幹一輩子的雇員？少拿薪水不說，面子上也不好過，別人還以為我這個主管不照顧你們。」一想到研究報告，真叫人火大。

來了七、八年，就因為少了一張文憑，一直無法報升正式職員，其實這生產課，哪一張文稿，哪一宗計劃，不是出自我的手筆？現在卻要提出「人事管理」的論文報缺，還得靠你坐領乾薪的草包主管提升？不升就不升吧！誰希罕那個職位。「不升一個月少了一千多塊，等於少了一套西裝，老兄，何苦放棄呢？」同事們常常舉這些實例來提醒我。

晚上這山上沒有燈，出門不方便，那末現在溜下去？沒有把握在主任到班之前趕回來，除了打卡鐘的紀錄，每年年底，主任要提一份考核表，有人發現考核半天的結果，不全是根據打卡鐘的資料，也不依據各單位主管的考核報告，而是和董事長直接對你的印象最有關，但董事長室這輩子還輪不到我進去。

一隻畫眉從樹上摔下來，掉了半根羽毛，不知是否摔傷了腿，卻不再飛走，只顧啄著地上的食物。

對面河西的陽臺上，陸續出現手拉手，興沖沖跑上來追逐嬉戲的女店員。

他們手指著這兒，彷彿是在說：「真好！這太陽好久沒見到了。希望每天都能有這麼點時間，不用看老板的臉色，不去猜測他帶刺的話語！看啊！河東山上那個機關多麼堂皇，那片山林，杜鵑花，上帝呀！哪一輩子我們也能在那兒享享福！」

二　到書城去

飛快下了山坡，從河東的山腰上，好像是被斜坡順水而下的推到河西的巴士站。他們說，紅色、灰色、綠色的車子都可以搭，反正都到書城去。

遠方，果然有紅色的車身，在那一隊車群中，閃露、閃露。有時候看到車頭，有時候是車身，真高興這麼快車子就來了，竟然連半分鐘也無需等待。多麼可愛的城市呀！

黑壓壓的人堆，塞滿了車內所有的空隙，趕忙舉起手來向司機揮了兩下。停車呀！要不然書城的門快關了。車子卻從我的身旁昂然地飛駛過去。好在，後頭紅色的，綠色的又緊跟著而來，甚至連公營的灰色老爺車也來了。運氣還好，有幾輛看來鬆些。我照樣向司機舉手，放下，舉手，放下，但幾乎全是一聲「叭」的過去，瞧都不瞧你一眼。不知前後共溜走了多少班車子，才被後頭人潮簇擁上了車。被夾在人堆裡頭，差點呼吸不得，車子急速地到了下一站，等車的人群中，又有人舉起手來示意，這車子照樣瞎了眼睛一樣飛過去，任由那些舉起的手，頹然放下，造成一種荒謬的手勢。真的，現在我也感覺到：「煩死人啦，一個一個載，要到哪輩子才到終點呢？誰耐煩你們這些可憐蟲。」假如我是司機老爺，我也會這麼想的。

衣絲龍、琉克肝、西門地板蠟、羅蜜歐與茱麗葉，各類巨幅的廣告，遙遠遙遠的就在招呼你，有如爭取入圍的美女。企圖以各色鮮艷的服飾、身段、語言、動作等等，設法博得評選者的青睞。

這鬧區的男女老幼，彷彿一下子變成守法的公民，徹徹底底的穿起官定的喇叭褲和條紋襯衫。而拍賣商人還嫌實行得不夠徹底，他們看出，尚有少數不法頑民，竟然不長眼睛，沒有感覺，不知響應。他們站在椅子上，高高地舉起紅條紋襯衫，橘紅色的大褲管叫：「一百塊、一百塊，買到就像撿到了福氣。來！這位先生，要不要，你看這件襯衫穿在你身上最好看了，最襯得出你的白皮膚。」隨著這叫賣者的手指方向，好幾十隻眼睛隻中到我臉上。我看到鏡子裡頭自己發黃的襯衫，袖口破了，領子是皺的，那件橘紅襯衫披在身上，確實變得我耳目一新。我的臉發燒到耳根來。「好，包起來，我要買。」我脫口而出。如果我提出論文，薪水調整了，這一百塊算什麼？我手插入口袋，摸到只有一張薄薄的百元大鈔。「啊！不，我是要去書城買書的，改天再來買你的衣服，請問書城在哪裡？」

「神經病！這是衣服拍賣市場，沒有書城。」拍賣商氣呼呼的擲下已包好的襯衫。

我趕忙避開群眾睥睨的視線，擠出人縫，有人就從我走出的洞洞鑽進去。

此起彼落的叫喊聲，唱片行湯姆瓊斯貓叫狗叫的吼著，簡直無處可耽。

「請問書城在哪裡？」我問穿制服的學生。

「對不起，我們不知道這兒有書城。」

彷彿全市的人同時趕到這裡採辦年貨，過年到了，不快搶就沒有穿的、吃的一樣。滿街的人頭人影，空氣稀薄得叫人發悶。我急急的走著，頭昏眼花地尋找書城的方位，突然，一陣天旋地轉，終於……

「送臺大醫院急診處，這人心臟有毛病。」迷糊中聽到有人說。

「不！不要去臺大，我不是正式職員，沒有公保，也不夠錢看醫生，是水土不服，請送我回河東就行，我是從河西來的。」我懇求他們。

「水土不服？哪來這種毛病？聽都沒聽過，我看他八成是神經病！」眾人說。

三　黑河老家

「媽！看這片稻田，那座山，我真想住下來不再走了。」

「是啊！孩子，你是在這兒長大的，你當然喜歡這裡，你不適合河東那環境。」

「不，媽，我正要告訴你，我們河東的機關已經遷到叫賣市場。」

「為什麼？」

「老板說，河東太僻靜，交通不方便，有礙營業，職員老愛在上班時間觀賞風景，盜用時間。」

「你是說C城那個叫賣市場？」

「是！就是那兒！」

「不，孩子，你無法適應那個地方。」

「媽！適應力並不是一生下來就有的。」

「孩子，你絕對呆不了，與其在那裡工作，不如回家，家裡不愁吃喝。」

「媽，我這麼年輕，不能老死在家鄉。這裡看不到衛星轉播，沒有報紙，沒有英文補習班，沒有電腦，連自來水、抽水馬桶都沒有，我呆不了。況且我的研究論文已經提交上去了。」

「孩子，你不回來改造，誰來改造？」

「總有一天，鄉公所會解決的。」

「孩子，我實在忍受不了。你一年到頭在外面，我們每年只見到兩次面。」

「媽！等到有一天，我在C城買了一棟大房子，不就可以接你一起住嗎？」

「孩子，這家園是你的，你的根，你的土。」

「媽！人家都上太空了，還談什麼根，什麼土，那裡有更大的土地。」

四　小資本額貸款

「媽！除了國家銀行那筆小資本額貸款外，再欠幾萬塊，我們是否賣掉幾分地？」

「兒呀！你怎麼想起來做生意？你不是做生意的料，你不是說論文已經提出，就要升做正式職員？」

「別提什麼論文了，早就被駁回來重寫。我不要什麼職員身份，我要自己創一番事業，難道要我一輩子為別人跑腿出力？」

「生意不好做的，要奸，要詐！你不行！」

「媽！那是落伍的觀念，最壞的方式，我要正正當當的，轟轟烈烈的幹一番。」

「兒！既然你喜歡，就讓你試試看吧！反正到現在也阻止不了你，那些田終歸是你的，隨你怎麼用它，家裡留兩分夠吃就是了。」

五　再回黑河

車子進入郊區以後，就是無邊無際的綠野。甘蔗園過去，再是柑橘樹、芒果，和香蕉。

蒼黃的稻穗，在風中知足的微笑著，一條一條的小水溝，劃分成一塊一塊的田畝。那淙淙而流的水溝，四通八達，日夜汩汩地輸送養分，編織成一副碧綠的錦繡大地。

我從未發現過，這廣闊的平原，竟是如此富饒、肥沃，如此暗暗孕育著千萬人貧血的心園。

「兒啊！我已聽說你們在報上登過破產廣告，算了吧！回到黑河，這是你的根，你的土。」

「不，媽？讓我休息一陣再說吧！也許我仍得繼續重寫那篇被駁回的論文呢……」

——本文原刊於《臺灣文藝》第 38 期，1972 年 3 月。

也是相親

看清楚車尾上黑底白字的 12 的時候，車子已經拐了個彎停下來。我奔過去，一腳跨上車門後，車掌小姐沒等撕我的票，就先關門按鈴。

拿出手帕拭汗，猛然想起臉上薄薄的面霜和香氣是否被擦掉了？藉著車窗照照，嘴唇上，模模糊糊還可以看出水紅亮光的唇膏，這是第三、四次擦口紅？這麼大的人啦。

還好，頭髮沒有散亂開，做時特別吩咐多灑些膠水，免得前面的瀏海老是遮頭遮臉的，叫人看起來煩厭。

扯一扯圍巾，鮮紅的配上黑大衣，本來沒有錯，只是這件黑大衣，寬寬的肩膀，闊葉大領子，被磨蝕了的短毛，真顯出舊和老。剛才慧瑛問我：

「要不要穿我的去？」

「難道以後我每一次約會都要來借你的大衣穿？」

「起碼也得把絲襪穿上去。」她趕忙從衣櫃裏抓出來。

「算了，我又不知道搞什麼吊襪帶，萬一鬆了襪子掉下來了怎麼辦？他是喜歡文學的人，我想可以不那樣拘束。」

「你不懂男人，男人就愛看女人打扮得漂漂亮亮的。」

「當然有些例外，或者成分上也有不同。」如果我也整天坐在梳妝臺前，畫眉毛，眼圈，擦指甲，或者捧著時裝書，研究做這，做那，哪來時間寫？張水波當然不會欣賞那樣的女孩子。

「要不要我陪你去？」

「不用了，這又不是平常的相親，一大堆人去做什麼？」

想起這件事來真覺得好玩。前些日子，雪雁突然寫了一封信，說常和她的同事談起我，想介紹一個筆友，並且命令我一定要回第一封信。

「你說雪雁是不是最會自做主張了，交什麼筆友，那是小孩子的玩意。其實要在信上，認真的談什麼小說，詩歌，未免太麻煩了。」我告訴慧瑛。

幾天以後，張水波真的來信了。

「——聽說黃小姐擅長寫作，文學造詣很深，以後希望能做您忠實的讀者，更希望有機會讓我們來串演你小說之中的主角。」

「串演你小說之中的主角。」真正的內行人大概不會這樣講，我想可能是第一封信不知道應該寫些什麼好。也怪好玩的！

我簡單的回他一封信，表示不敢擔當他的恭維，並附了幾張我的作品剪報。

「怎麼你第一次和他通信就寄剪報給他？」慧瑛問我。

「他口口聲聲說什麼作品不作品的，乾脆寄點給他看。這樣以後會有話談，也比較容易看出他的程度，免得天天寫些『聽說你造詣很深』那一類籠統的話。」

兩天以後，我又接到他的信。

「拜讀大作，真是清新難得的文章。我想我們的思想，看法，都很接近，很希望我們能見見面，談談。你如果方便的話，請在星期天下午五點半，我在日航公司的走廊等你，我手裏拿著一張報紙……」

「你看，這人性子怎麼這樣急？不是說好做筆友的，話還沒談幾句，就要見面了，你說怎麼辦？」

「才不要！哪有那麼便宜的事？只通了兩封信就想看到人。告訴你，盡量把時間拉長，最好是拖到在紙上的感情已經建立得很深的時候，才讓他看到人。到那時候一定萬事ＯＫ，什麼美醜都顧不得了。」

「如果愛情需要使手段的話，那格調未免也太低了。」我說。

「那末見見面也好，免得信一封一封的寫下去，還不知道對方是圓是癟。」

「老實說，如果我真要筆友，我希望是能夠挑出我的毛病來，而不是這樣說幾句普普通通討好我的話。我想這人要不是修養很深，覺得我的東西太幼稚了，不好隨便批評我，就是他對於小說實在不算內行。」

「算了，能夠欣賞就行了，也不必兩個人天天面對面，趴在桌子上寫來寫去。」

「有人下車嗎？」車掌小姐突然吼了一聲，我看看車牌子：圓環站。

雪雁說，這人對於新詩有研究，研究到什麼程度？現在我和新詩幾乎完全隔離。好久以前，報名文藝函校時，以為新詩短短的，比較好學，後來才知道，詩更不是小孩子搞得來的。不過總算得到一點基本認識，不知能不能應付？我們將談些什麼？我還是希望他談小說。

他也和我一樣的差勁，唸了四年的大學，又在臺北工作，到處是女孩子，還用得著朋友介紹？有緣千里來相會，就是這樣吧！他會是什麼樣子？很高？不，不能太高，我不能和那種竹竿似的高人站在一起，像七爺八爺一樣。很矮？當然也不好。很瘦？太薄相了，大概不會很胖，唸書人胖子比較少。長相怎麼樣？不必很好看，漂亮的人大概都不寫文章的，當然也不要其醜無比。想這麼多幹嘛？看了再說吧！

我曾和雪雁三年吃睡在一起，我不開口說話，她也知道我肚子裏想的是什麼！他們大概是認為這人脾氣，個性，和我合得來。

通常詩是訴諸感情和靈感，小說比較具理性，詩人的感情是最豐富的。我不知道我們是不是真的合得來。我在心裏尋找這些東西，真有些莫名其妙。

慌慌張張的下了車，心裏砰砰的跳起來，攏攏頭髮，放眼看到日航公司的走廊，還不算頂清楚：自用的三輪車，小包車，一大堆人站著，等交通回家吧，老紳士，創業的中年人。有了，一個人手上拿著一張報紙，多像小說之中常寫的，筆友第一次見面的情形。人生似舞臺，舞臺就是人生。吓！吓！交通警察哨子一吹，手指向我。紅燈！好險喔！

那人背向我站著，好像正和一個人在講話。咦！奇怪，怎麼是兩個人？沒說好還找別人來嚜！早知道，我就該讓慧瑛來，壯壯膽也好。

再倒回去？都已經快逼近他了，而且回去再來，就要遲到半個鐘頭，當然不行。張水波穿一套鼠色西裝，頭髮梳得整整齊齊的，商場上的人，衣著總要有個樣子，不是很高，也不矮。另外那個人，膚色很黑，穿著風衣，下巴短短的，長相有些古怪，我希望他只是暫時陪他等我的。

就這樣停下來，自我介紹？但不停下來認他，他怎麼知道？

我看到前面有個打扮得很摩登的女孩子走過時，他們兩人一直注視著她。

如果他們看到我時將是什麼樣的表情？會不會很失望？

「你……」我走到他們的面前，望著張水波說，頭立刻低下來。

「你——是黃小姐。」他們兩人怔了怔，張水波先開口。

「噢，很守時間嘛，正好五點半。」穿風衣的人說，語氣很輕鬆自然，音量結實，給人一種短小精幹的感覺。

「我們到哪裏坐？」張水波望著我說，他看來柔一點，看不出有那麼急的性子。

我說：隨便。好像沒說出聲音來。我用眼睛責問他，怎麼你帶別人來？

「那末到對面好吧？」穿風衣的人指著美而廉說。

我點點頭。沒頭沒腦的跟他們走著，總覺得有種受騙的感覺，但是心裏在說：鎮靜點，不要緊張失常。

我坐下來，穿風衣的就拖出對面的椅子也隨著坐下來，張水波坐在旁側。

「黃小姐喜歡吃什麼？」張水波把餐單推到我的面前，他不像他的朋友，神態那樣輕鬆和時露出笑容。

我看半天，根本不知道點什麼好，緊張得連熱狗，土司，是什麼形狀都想不出來。

「隨便好啦！」我把餐單推還他。

「咖啡還是可可呢！」

我很想說：咖啡，又怕他們疑心這人常泡咖啡館。我和我的文友或女同伴確實很愛跑咖啡館的。

「咖啡好了，寫文章的人多半愛喝咖啡。」他朋友說。

我撫弄著項鍊，想掩飾緊張的情緒。今早起來，真有些慌張，穿哪一件好？我知道該穿粉紅色的那一套，質料好，式樣新。但我對於粉紅色向來不感興趣，當時買那一套時，慧瑛在旁慫恿；這套顏色鮮，好看，你別老穿那種烏七八黑的衣服。可是平常穿它時，覺得窄窄的，裹住身體，那樣淡紅的淺顏色，好像皮膚淺淺的，人就顯得輕浮了一樣，我不喜歡。我選了米色的毛衣，和深紅的毛絨裙子，毛衣是素面的，配上這一串木質的項鍊，茶褐色的圈圈，裏面有一小串紅艷欲滴的果實，和兩片綠葉，光彩粼粼，頂活潑別緻的。我無法猜測，他會不會覺得這樣的妝扮太寒酸？太隨便了？

「黃小姐，我們都在說你寫得真好，你寫多久了？作品都在哪兒發表？」他的朋友做了開場白。

接著就一連串的問了一些：

「你寫小說是不是都寫你自己的故事？」

「主角是不是都很漂亮？」

「現在哪些雜誌比較好？」

「喂，怎麼我們都不知道最近有那幾本新的雜誌？」

「誰寫得最好？」

這麼陌生？我大吃一驚。

「你寫詩嗎？」雖然我明白那一定是不可能的事，但我仍然希望他是比較熟悉詩的。

「沒寫過什麼新詩，在學校時，亂寫些不成體統的文章。畢業以後，工作忙，性質又不同，連副刊也懶得看了。」張水波說。

我不敢再問了，老談這些他們不懂的東西多尷尬。

我捧著瓷杯啜著，避開他們的眼光，看看四周的浮雕塑像，光線很柔和，氣氛幽雅，適合談情的地方。

我幻想著，如果我們合得來，（我想到慧瑛說的寫的）我們大概會是這裡的常客，我們可以撿些便宜的東西吃，一杯咖啡就可以磨上一個晚上。這種地方，花錢是買情調的，蛋糕，土司，有什麼好吃的？

然後他的朋友開始把話題轉到我們學校，他們學校，目前的工作環境，出國，留學等。

很少冷了場面，氣氛好像也很融洽的，不過說話的都是他的朋友，張水波很少自動的問我什麼。我時常利用機會瞟他一眼，眼睛略嫌小點，我偷看他的時候，發現他不是很集中注意力，眼光散漫，通常是插上一句，補充一句，到後來，幾乎是勉勉強強的附合一兩聲。

他也許天性沈默一點，木訥一點。我想起朋友常說，相親時要找一個比自己醜一點的來襯托，讓別人講話，然後自己才有機會觀察對方。但是我們今天的情況，和相親並不全是同一回事情，我們本來是希望面對面直接談點東西的。早知道，我就該讓慧瑛來，這些話他大可以談。

穿風衣的朋友，一眼看得出是一個精明的生意人。如果有機會，休說能創出一番事業，也可以得意於官場。

張水波說他在公司裏做會計。倒是很適合，他溫溫細細的個性，既不灑脫，又不十分老實，說不出來什麼味道。

我還是喜歡爽直又老實的人。

「晚上七點，總經理要我再到公司一趟。」張水波微帶歉意的向我說。

他又向他的朋友解釋道，他說什麼我沒有聽懂。

「那末我們走吧！」我說。

我們走出門口。

「有時間請你再來玩。」張水波彎了個腰，向我點點頭，尷尬的擠出一個笑紋。

我的心冰凍了一下。

「如何？」我回到慧瑛家後她問。

「哪裏是談什麼文學，他們根本隔得好遠，他還找了一個人去！」

「你看，你這個傻瓜，我想陪你去你說不要，好啦！你覺得他對你的印象怎麼樣？」

「他很少講話，如果光談文學，我想我沒讓他失望。」

「有沒有約你下次見面的時間？」

「沒有，我想他會寫信給我，剪報還沒還我呢！說什麼傳給別人看了。」

星期一、二、三、四，日子一天天的過去，奇怪？這人不是頂性急的，這回怎麼搞的，星期六就要到了，總該有個交待呀！

星期六的中午，信和剪報果然到了，屬於第六感罷！我一面拆信，就猜到凶多吉少。

我彷彿平平白白的給人捏了一把，受欺負了的感覺，我狠狠的把那張信紙撕得爛碎。

「有消息嗎？」慧瑛問我。

「他只是向我道謝赴了他的約會。」

「雪雁他們也實在太粗心了，怎麼沒弄清楚對方就亂七八糟的介紹。像這樣的人，起碼也該先讓他看看照片。」

我覺得我實在夠可笑的，為什麼見面那一天，我還在幻想著以後和他約會要撿便宜的東西吃？為什麼這幾天，我竟然還苦苦的等著他的信？

「那麼問題對他很簡單，他可以多參加各種舞會，多逛逛電影街、百貨店，可以找到他喜歡的女孩子，或者請他家鄉的父親物色一個，再不然，再請他的朋友介紹，但是必須把『喜歡文學』的條件刷掉。」慧瑛憤憤的說。

「雪雁他們，怎麼無緣無故的讓我演了這一齣戲？」我真有點抱怨起她們來了。

——本文原刊於《徵信新聞報・人間副刊》，1968 年 8 月 31 日。

金色年華

一　世外桃源

推開那扇虛遮的小門，一片紅黃紫白的花朵，眉開眼笑地競放著。不知道是花太多了，還是我認得的太少，除了玫瑰和菊花外，我就叫不出其它的名字。

四周修剪得平平整整的樹木，草坪，水池裡幾隻金光閃躍的魚兒，深藏在幽深曲徑裡的小木橋。這深山裡的別墅，寂靜得嗅不出一丁點兒人間煙火味，只聽得見鳥兒的鳴叫聲了。以至於那座落地長窗的小白屋，看來就像是一項精巧別緻的點綴品，仙氣十足的不屬於人居住的場所。

「看，這就是別墅。」洪智惠說。

我雖然聽過「別墅」這個名詞，卻一直不曾見到過。後來我們唸過〈桃花源記〉以後，總算找到了一個最恰當的詞彙，就改稱它為「世外桃源」了。

「洪智惠，除了新公園以外，你曾見過這麼多的花嗎？」我問。

「我比你多認得幾樣。我家種過牡丹、茉莉、和仙人掌，也有一些在花店裡看過的，但不知道名字。至於韓國草旁那株石榴，實在太稀罕了。」

上小學的時候，通往學校的路上，偶爾從籬笆蔓延出來幾朵牽牛花。隨手摘它一朵，在手上捏捏玩玩也就碎了，不曾帶回家裡用小瓶子裝起來。

過年了，媽買來幾枝大紅大紅的玫瑰，插在神龕前的花瓶裡，和蠟燭臺、香火爐、炮竹，五個疊起五個疊起的橘子併擺著。過年，就這樣熱鬧起來了。

我懂得欣賞花，還是在小學畢業那年，老師規定兩人一組，輪流買一束花，插在教室的花瓶裡。抹擦得乾乾淨淨的講桌上，供著一瓶鮮艷的花朵，看起來，心裡確實舒服。

這以前，在國慶日或光復節，我愛跟著哥哥姊姊到城內看熱鬧。在一片人海裡，隨著人的浪潮，被推過來，擠過去，什麼也看不見，氣幾乎透不過來，自己的腳全然做不了主，只曉得死命的抓緊哥姊的手。

就在被擠得昏頭昏腦時，人聲鼓聲突然沸騰起來，有人跳著，吼著蔣總統出來了。大家興奮得不知所以。

哥哥趕忙抱起我，舉得高高的，但我只看見一個黑點，他們說，那就是總統。

我們不管三七二十一的往前擠，想擠到前面看個清楚，人潮更加洶湧的亂成一堆。最後，我們發現已經來到一片較空曠的地方，哥哥說：「奇怪？這是新公園呀！」

很多的花和樹木，綠色的草地，寬闊極了。真希望我們家就在這裡，我們便可以很舒服的捉迷藏，畫房子，跳繩等做種種遊戲。

我們家那條巷裡的房子，是幾十年前蓋起的。兩排走廊啣接在一起，這確實很方便。走廊裡，可以聊天，晒衣服，畫房子，玩玻璃彈珠，誰家娶新娘或人死了，也可以在走廊上，一個桌子接連一個的擺長桌請客，但沒有地方種花。

洪智惠閃著她漂亮的眼睛，望著樹上纍纍成串的龍眼，和低垂在枝椏間青黃青黃的柚子說：

「你看，這龍眼和柚子更可愛了，我簡直不相信它們是真的。」

「最好偷採它一個，看看是不是。」我也不太相信。

管家的出來了，她很和善的說：

「小女孩，你們想吃柚子，我去裡面拿好了，如果你們來摘花採果的，以後就不讓你們來玩囉。」

我們伸長了舌頭，趕忙說道：

「不必要了，只要知道它確實是真的龍眼和柚子就好，我們希望以後常常來玩呢。」

我們家那一帶，舊名叫大稻埕。別提我住的那條連花都沒有的小巷有沒有菓樹，即使是熱鬧的太平町一帶，雖然有許多店舖，但也不見什麼花草樹木。倒是往學校去的那條荒蕪的路上，和它附近一帶，記憶裡，確是有些稻田和菜圃，不過我好像連一棵木瓜樹都沒見過。

洪智惠住七條通，是新式的花園洋樓，他們家前種了花。她可能也沒見過菓樹吧。

真叫人興奮極了，這兒有花，有菓樹，我們從來不知道山上有這麼多好處呢！

第四節下課的號聲一響，我簡直等不及老師再嚕哩叭嗦的做個結論，急急的把煩人的代數課本扔進抽屜裡。這該死的代數，兩次月考不及格了，明明是上課聽了，就是不懂。

現在下課了，就該吃便當。考及格要吃飯，不及格也要吃，空著肚子唸書，並不見得有效。吃過飯後就可以到世外桃源去享受一番。我和洪智惠都認為花園裡的任何一個地方，要比教室裡的課桌椅好睡覺。

我幾乎不再懊悔，為了零點幾分之差，沒有考上第二志願，而被分發到這山上學校來。假如當初考上第二志願，或者更有辦法的考上綠衣學校，成為第一流的優秀學生，那一定更加光彩。

現在，我們擁有這片「世外桃源」和友誼，我們真的已不再懊悔。

二　火車

有一次過年，好不容易央求媽的同意，跟著表姊和她的女同伴們坐火車到北投。我和表弟樂的一路跑，一路跳，到了北投的公園，我們站在噴水池邊淋水，在草地上打滾，放鞭炮。沒有大人在，真是痛快極了，用不著擔心萬一說了什麼不吉利的話，要遭媽媽的白眼，正月初一，媽是不會罵人的，他頂多是說：「小心呀！別讓我開正。」（開正，正月裡第一次罵人。）

火車一奔出市郊，人好比在額邊多長了眼睛一樣，那綠色的田野、樹木、山丘、河流、鐵橋和隧道，看不完的景物，永遠遼闊的天空。視野裡，不再僅僅是那個狹窄的窮巷，就連夢裡經常出現的城內，總統府，和圓山動物園，這座大城裡，所有最迷人的世界，都一一出現在眼前。

現在，火車天天帶著我，神氣昂昂的往返在臺北和北投之間。火車從城的這一端，穿越到另一端。山、河、樹木、房屋，一一被拋到後頭去了。它以急驟的速度，輾轉奔馳過圓山的鐵橋。我看到樂園裡的空中坐椅在旋轉，地球儀嘩啦嘩啦地滾動著，小飛機的翅膀慢慢地盤旋，那兒時的夢，也隨著那些緩緩地盪漾著。

中山橋，在清晨的霧中安祥地馱負著絡繹不絕的車輪。

在車廂內，我們多半是分秒必爭的。猛啃著英文單字，真是不容易記，尤其是發音不來的字，幾個毫無道理的字母，不是記顛倒了，就是漏了，真氣人。

有時候，上了火車才突然想起第一堂的國文課要考試了。拿起書本，快馬加鞭的背誦道：「子曰：『盍各言爾志。』」恨不能一口氣吞下整篇的課文來。

每一次對自己發誓：以後，無論如何在睡覺前一定要複習好功課的。但考試完了後，什麼都忘了。

車子微微搖晃著。有人做針線，玩沙包袋，唱歌，甚至踢鍵子，一點也不礙事。

我和洪智惠不曾分開車廂坐過。雖然她擅長做針線，玩沙包袋，而我卻愛著窗外那一片藍尉的天空。

我發現，我是這麼緊緊的貼近這座大城，就好比我握住了書本和前程一樣。

三　無聲的吵架

降旗典禮完畢後，值星的同學喊道：「各班排成回家的路隊。」我知道，我所面臨的問題終於來了。

真不知道，該不該和洪智惠排在一起！

我注意了她整整一天的臉色，她顯然有意躲開我。

今早，她拿了兩塊錢放在我的桌上說：「謝謝你，兩塊還你了。」眼睛看著桌面，然後一溜煙地走了。

我的心往下一沉，平常我會說：「算了，那兩塊錢急什麼，我還有的用，你留著吧。」

真的，對於我喜歡的人，當我借給他一點什麼的時候，我心裡的意思，也就等於送給他了。我一向不習慣和人算得一清二楚，尤其是三塊、兩塊、紙張、鉛筆等。我喜歡：我的就是你的，你的也像我的一樣。

早上她那冷漠的表情，使我的喉頭梗住了什麼一樣，一句話也說不出來。

中午，她從籮筐裡拿走自己的便當後，一逕走回她的座位吃起來。

我納悶地坐在自己的位子上，一口一口的囫圇吞著。平常我們是在一塊兒吃便當的。她吃我的醬菜，我吃她的滷肉和蛋。話題從爸媽弟妹，談到代數老師的花襯衫。

她這明明是在生我的氣嘛。我沒有向她借錢不還，也沒有向哪個人說她的壞話。其實，我們下課在一起，坐火車在一起，排隊在一起，兩個人就像一個人一樣，向旁人說她的不是，不就等於說了我自己？那怎麼可能呢？

同學們開始兩人一排，一排的排起來。來了，我最害怕的問題來了。她將排到哪裡？我呢？

我很想和她排在一起，又怕她見怪：你這人丟臉，人家不理你了，還死纏著不放？不和她排一起的話，萬一她沒有意思和我吵架，不就弄巧成拙了？

我走在她的後面，看她到底怎麼辦？

她找到一個空缺，很自然的插進去，形成一排。我所以緊跟著她的後面走，是怕她突然態度緩和了，想和我說話時，可以取得地利的方便。

不要灰心，也許還有好轉的機會。我在心裡鼓勵著自己。真的，我確是寄望於這二十分鐘的路線，希望它有扭轉乾坤的機會。

我不相信，我們那麼深摯，那麼難得的友誼，就這樣平平白白的斷送了。不可能的。天下沒有這麼奇怪的事情。

假如，我們真的決裂了，以後，她找誰在一起玩？我找誰玩？中午還去「世外桃源」？

「喂！你怎麼一個人呢？」有人重重的拍了我一下肩膀，我才驚醒過來。

不想她了。

九月的黃昏，太陽留連在觀音山頂，半露著臉，從路旁的棕梠樹隙問篩通來它金色的光輝，然後灑在每個人紅暈的臉上。

多醉人的黃昏。

從高三到初一，全校排成一列長龍似的，早晚從車站到學校，魚貫地穿越過寂靜的小鎮。

要好的朋友排在一起，說電影劇情，報紙的花邊新聞，家裡的芝麻瑣事，排遣掉這一段硬性的空檔時間。

我們曾經為了逃脫排隊的束縛，故意繞道走在一片田野裡。

遠遠的，稻田像是一泓翠綠的湖水，微風吹過，稻浪一波簇擁著一波地翻騰著，有時一陣勁風狂捲，逼迫得那稻穗劈劈拍拍地颯颯作響，有如狂風兼著細雨打在玻璃窗上。

一朵朵包心菜，裸露在泥土上，那蛋青色的葉片，純潔得叫人忍不住要拔它一個。

當我們匐匍在地上，好奇的伸入土中挖掘甘薯，一股新翻的泥土味猛撲入鼻裡。

新鮮極了，這一片田園氣息。

唉！我真不該拚命地去想這些的。

我提高嗓子，興奮的和旁邊的同學談論著去年中秋節到中興橋去看煙火的情景，想驅除那要命的回憶以外，還希望洪智惠聽到。讓她了解：即使她不和我相好，我照樣快快樂樂的活著。（本來她和我說好，今年再去看煙火的。）

不，不。我當然不希望她真的和我吵架的，我是一百個不願意有這回事情發生。

奇怪，昨天還好好的。哦，我仔細想來，昨天，我們就比往常話說得少，不過，她本來就不是太多話的。有時候我也會這樣，問自己為什麼不高興，說不上來。只是懶得說話，嘻嘻哈哈不起來。所以，昨天我並沒放在心上。

她始終沒有回過頭來，甚至連不打正面的偷看我一眼都沒有，好像她生來就不認得我，生來就不曾和我排在一起過一樣。

這太豈有此理了。好幾次，我衝動得想跑過去問她：「你到底什麼意思？」

算了，你要你的吧！同班同學六十多個，做不做朋友隨你，我沒有虧待你就是。

我終於沒勁的沉默下來。

太陽已經墜入觀音山底，天際只剩一抹亮紅的餘暉。

四　成長

天很黑，雲很低。鉛色，鐵灰色，和混濁不清的濛濛雲霧，整個地籠罩住潔淨的天空。

觀音山的臉龐也顯得迷濛不清，但我仍可以捕捉到那恒常的笑意，不管什麼時間，什麼樣的氣候，她是從不鬧情緒的。總是帶著她屬於聖哲的靜謐、安寧，永遠微笑的望著大地。

好久了，一個人來世外桃源，並不是為了看花。柚子和龍眼，不再吸引我。我已愛上這一片淺綠色的韓國草坪，它像一張綠絨絨的柔細的地毯。躺在這裡，像是對著望遠鏡的鏡頭，這北淡地區的景物，盡入眼底。

就在那組山勢兀偉的山腳下，像條纖細的緞帶，淡水河就那樣彎彎曲曲的流轉出來了。

簡直連想不起來：當三輪車夫，伸直著雙腿，拚盡了力氣踩著踏板，濕淋淋的汗衫貼住了他的背，好不容易從橋的那端拖過來。「臺北市界。」赫然地跑出了這牌子。這樣橫跨兩大縣市的大河——淡水河，此刻看來卻是如此的細微。

孔夫子說得好：「登高自卑，行遠自邇。」那麼這算得上是我在草坪上眺望的心得了。

自從洪智惠不理我了，我開始信賴書本和大自然，我的代數漸有進步，博物也幾乎考得滿分。

老師常說：中學時代就應該開始立志做大事，充實學問，培養品德，和同學吵架，是不應該的。

唉！這件事，我傷透了心，但有什麼辦法？難道要我跑去問她：「求你和我相好」嗎？

突然，身旁的樹葉蟋蟋蟀蟀的響著，接著跳出來一個人影。喔！是洪智惠。

「你！……」我愣住了，尷尬地不知說什麼好。

「從今天起，我們像以前一樣在一起好嗎？」

我簡直不相信自己的耳朵和眼睛。天呀！這會是真的？

一陣氣笛的長鳴驚破了這午寐中的城鎮，我看見那列火車，像是火柴盒拼湊起來的，慢慢的蠕動著……

——本文原刊於《臺灣文藝》第 30 期，1970 年 1 月。

乘風破浪

初夏的早晨，天還沒有亮。

李四獨自走過榆樹叢林，一如往常，他聽見鳥兒清脆的歌聲，聞到百花郁郁的香氣。雖然有些孤單的感覺，但是心胸清爽，精神抖擻的踏上通往碼頭的那條小徑。

他看到模糊的曉月，緊緊的跟在他的頭頂，碼頭還沈睡在晨霧的朦朧裏。他隱約可見到海龍號，那青綠色的船身，鮮紅的桅腳，寶藍色的眼睛，還冒著煙，猶如一隻生氣的游龍，正吞噬了什麼。

自從它陳列在村子裏，日夜不停的吸引著男男女女觀賞，沒有男人參加出海的人家，簡直按耐不住心頭的興奮，巴不得它早早出航。

李四攀著桅繩，跳上在微波中抖動的船板。

「早呀！阿柳，昨天晚上睡得好嗎？」

「女人哭了一整夜。」阿柳怔怔的望著帆頂發呆。

「你應該安慰她，你是香公，保生大帝會特別庇護你，儘管放心。」

「她說，情願來個大水災，大旱災，叫大家一齊死掉算了，也比這樣活生生的離別好。」

「再不另尋天地，這樣的日子就快來了。噢！我娘也鬧了通宵，還是我爹理智，他整夜翻著書，盤算風信水流，又畫了一張水鏡。」李四巡視著羅盤，舵槳，臥舖，水櫃，敲敲每一塊海舶。

「阿四，你走了幾年船熟悉海上，但去臺灣卻還陌生。」

「凡事總得有個開頭，怎麼，你害怕了？」李四拍拍阿柳的肩膀，緊定著語氣又說。

「就憑這隻番木槳，這羅盤，還有保生大帝的庇佑，我們一定可以安全抵達臺灣。」

李四望著汪洋大海中，詭譎的風雲和澎湃的浪潮，一股遠航冒險的豪情，慢慢地被激起。

「走吧！差不多時候了，你看，村子裏的人都來了。」他拉著阿柳跳出船板。

天色已漸開，朵朵皎潔的白雲飄向北方，遠山漸呈清晰的翠綠色。

他們走入人潮裏。

「阿四，他們正在找你。」他爹和他撞了個滿懷。

「不，不准去，不准你去哪！」他娘一把抓住他的手臂，緊緊的握著。

「禱告就要開始了，還拉他做什麼？」

「從盤古開天，李家村就有人活下來，這點饑荒就非鬧得翻山過海，妻離子散不成？」

「再不想辦法，就是眼睜睜的等死。」

「不，說什麼也不讓我的兒子過海過洋，孤伶伶的流落異地，他怎麼受得了？」

「快走啊！時辰到了。」亞班青木從他娘的臂彎裏搶出李四，一齊跑向祭壇。他們聽到嗚嗚的牛角聲，和女人的啜泣交響著。

李四率領出航的人，跪在慈佑宮前禱告：

「保生大帝！我李四等二十三人，為了全村的福祉，在祢的指引庇護下，就要啟程出海，漂向……！保佑我們，一路風平浪靜，無災無難，平安到達，……到了臺灣，我們將重建廟宇供奉祢，使祢的煙火鼎盛，祢的火焰照亮子子孫孫，……」李四唸一句，眾人跟著一句，偶然傳來榕樹上蟬聲吱吱的刮嗓。

禮成後，阿柳雙手捧著保生大帝的雕像，莊嚴肅穆的引領著出海的弟兄，一秒不停地走上了船，婦孺屏著氣，停止哭泣。

驚天動地的炮竹聲中，李四划著舵，把針盤定在子午格上，乘著西北順風巽向而行。舵槳濺起銀色的浪花。

「阿，阿四，……小心行駛！」

「青木……青木，」

「爹！快回來，小龍等你回來！」阿柳聽到兒子的聲音，立刻衝到船舷，人已泣不成聲。

聽不見淒愴的叫喊聲後，李四才又回頭定定的望著陽光裏漸行漸遠的碼頭。

月亮已經掉到山的背後，雲層在山顛上越積越多。送行的人影模糊了，只能看見那些高高舉起揮動的手。「再見吧！我的家鄉！」他很快的拭去淚水，他不想加入同伴的唏噓咽哽裏，也不知道應該說些什麼話。只是輕搖著槳，划向清晨的海洋中。

他看到太陽淡淡地自海中升起。前面是白茫茫的水，天隱垂得很低，那盡頭已分不清是海或天。

「阿四，面對這天茫茫，海茫茫，我們真是孤注一擲呀！」亞班青木點起了水煙。

「要不然，就只能在李家村聽從飢荒和兵亂的擺佈。」

「臺灣可真是天堂？」

「據說一年可以三耕，再種點雜糧養豬捕魚，就足以溫飽。」

「聽說那裏的土著，兇猛強悍，不知怎麼相處。」

「以誠相待。我們要憑雙手自求發展，不是坐享他人所成。」

李四聽到飛魚離開水面時，發出顫抖的聲音，它們低低的飛著，搧動著僵硬的翅膀，嘶嘶響著。

他回頭望望那海岸已離他很遠，有幾雙漁船看去僅是個飄浮的小點：「再見吧！家鄉！」

烏魚群在深藍色的海中奔馳。

那藍色晶瑩的水波，有如翠花的眼睛。

女人，啊！家鄉的女人，他們在田裏，包著頭巾，穿短襖。那厚粗的長褲，沾滿了泥土和水，濕了又乾，乾了又濕，任風吹日曬。斗笠下，翠花卻有一對烏黑晶瑩的眼睛。

我是創造的水手
告別爹娘，離開家鄉
從村莊到海上
從海上到陸地
乘千鈞之風
破萬里浪
光明前景在望

青木唱起水手歌，弟兄們斷續混聲合唱，李四也趕緊跟過去，嘹亮的歌聲，催促著划槳的手。

到了關潼。李四看見太陽已整個地從海面升起，水面上反射著強烈的光芒刺著李四眼睛。他又看見深邃的海裏，映著太陽七彩的倒影，並且向他親切微笑。

夏天在田裏幫忙，他就討厭狠狠照射過來的陽光。穿過笠帽，穿透了頭巾，赤著臂膀，脖子，揮不去，也躲不掉。從不曾感覺這陽光這麼溫暖，給人這樣強烈的生命力和安全感。

總鋪火泉把釣絲筆直的投入水中。

關潼山披著一層薄薄的雲霧，雄偉的矗立著。

「不親眼看見，真想像不出這關潼山有這麼高，不知臺灣的山色也這麼好看？」火泉遞了一塊甜米糖給李四。

「書上記載，我們臺山自福州五虎門後，渡海變成兩座山，就是這關潼和白畎，然後又遁入波濤中，一直伸延到臺灣的雞籠山，整個山系才算完成。」李四說。

「怪不得有人說很早以前，臺灣和大陸是相連在一起。噢，亞班，我們已經過了幾更？總共要走多久？」火泉問。

「廈門到澎湖水程是七更，澎湖到臺灣是五更，總共水陸程是一千幾百公里，現在已過了三更。」青木吐出一串長長的煙。

李四發現這海中漂浮著一大灘紅色的海藻，魚兒在海藻中間游著，顏色和海藻很接近。咖啡色的鳶鷹在水面低低的飛著，長長的嘴巴兇殘又快速的攫捕藻中的五彩神仙。他拿起竹竿狠狠的打在水上，鳶鷹飛回桅桿。他討厭這笨鳥，老喜歡吞噬漂亮的小魚。

李四想像這海藻是海中之樹，卻不知水裏可有山？

太陽晒得李四的背脊發熱，水面發著奇異的光彩。

阿柳接燃水煙後，又跑到船板上理了一下釣絲，發現水裏那頭是綳緊的，釣起了一尾小河魚，它在船板上驚慌失措的滾著、跳著。

午飯後，烏雲漸漸密集。

風速轉變為三、四級，開始時是呼呼響著，接著一聲比一聲緊，吹打帆布，被震撼得叮叮咚咚。

亞班青木很快的收拾布帆。

李四看見那鳶鷹又從船桅上，跳入水面，意猶未盡的啄食棋盤鼠！他又用竹竿敲著水。他希望趕快過紅水溝，過了溝，這笨鳥就絕跡了。

深暗的水裏，藍鸚哥與金蝶魚，閃耀著它們美麗的斑紋，急速的奔流。

「噫！海水怎麼是紅色的？」李四看到近的地方像楓葉的顏色，有時又像泥土黃，再過去就是暗褐色，最遠的地方就是磚紅。

「是不是紅水溝？」

李四對對水鏡，方位差不多。他趕緊定了定針路，握緊舵槳，然後大聲叫：

「各位緊守崗位，不要亂跑亂動，顛簸幾陣就好了！」

他看到海水不是朝著一個方向規矩的流著，它開始變成一股漩轉的浪渦。左捲，右轉，忽高，忽低，把船掀起，放下，掀起，放下，彷彿一隻搖籃，不停地擺動著。

巨浪唏哩嘩啦的猛撲過來，青木領著水手不斷潑水。阿柳跪在神龕前抱緊保生大帝的雕像，臉色蒼白，額頭冒汗，喃喃的禱告著：「大帝呀！賜我們平安渡過這紅水溝，過了溝，我們就剩下半截路了。」

有的人摸摸夾在褲頭的金飾。有的人跑到睡舖抓緊行李，閉著眼睛禱告。嘔吐，呼叫，踉蹌奔跑，亂成一堆。

李四發現雲朝北方散去時，風已停了，浪靜了，船卻停滯不前。「阿彌陀佛，過了紅水溝！」

我是征服的水手。
辭別了愛人，離開了家鄉，
從陸地到海上，
海上到陸上，
不怕風，
不怕浪，
勇敢的追求新希望。

體力好的弟兄又生龍活虎般的操作起來，嘴裏嚼著芝麻糖，一邊又哼著水手歌。李四卻聽見阿柳在船艙裏哭泣。

「怎麼？難過得厲害？再吃藥好了。」

「不，不要吃了。小龍昨天還在發燒，家裏屋角漏水，這樣大的風，他們受不了。」

「村子裏的人會照顧他們，放心！我們一上岸，安定後，立刻接他們來。」

「阿四！我們回家吧！家裏沒有男人他們受不了的！」

「過了這黑夜，我們就快到了。」

「不，還有黑水溝！」

「我們會頂過去！只要我們到臺灣，就可以建立一個富庶的李家村，沒有兵亂、沒有天災。」

「不，我怕撐不過去，也不喜歡這樣妻離子散！」

「阿柳呀！清醒一點，來到海上，就不要哭哭啼啼，你再哭，保生大帝會生氣的，記得你是香公喔！」青木這一提醒真有效果，他拭乾了眼淚，跪著說：「大帝保佑！保佑李家村，保佑我們平安到達。」

幾顆稀疏的星光閃亮了，但投射不到水面上，海是一團漆黑的墨罈子，兩公尺以外，什麼都看不見了。只有舵槳激起水光四濺，像是一串串寶石明珠，傾散在水面上，晶光瑩瑩。

李四擱下羅盤，對著北極星校對航線後，青木接替他的位置。他鬆下手來，靜聽那水聲，有如點點的豆子，被拋散在船板上。叮叮嗒嗒，時遠時近，斷斷續續，像一個被遺棄的妾婦，低低的泣訴。大吼起來，像一個兇神惡煞，一怒而不可收拾排山倒海過來，呼喊咆哮般想把萬物摧毀搗亂成泥，燒成灰燼，或是逼得人跪地求饒，才肯罷手。

他驚懼又崇敬，盡情地窺探這海的神奇奧秘，又思索著冥冥中的造物者。造了山、又造了水，山中有樹、海底有魚。造了男人、又造女人，晚上有月亮、白天有太陽，如此完整又和諧，像一個慈悲的仁者。

可是雨水會氾濫成災，天氣乾燥又變成旱災。正當我們冒險犯難，遠涉重洋，又有這紅水溝、黑水溝，它又是一個暴君。那末，這宇宙是一物剋一物，還是物物相輔相成？正如有了李家村，也就有臺灣？

左思右想，他終於朦朧入睡。

他夢見在家裏，走到灶前，切片硬硬冰冷的蘿蔔糖。年夜飯後，他又從醃菜缸內，排開滿滿的豆腐鹵，撈出薑片。滿餐滿桌的雞鴨魚肉，就抵不上這樣的可口甘美。啊！不，那雞鴨魚肉真好吃，難得呀！幾年難得有一頓豐富的葷菜了。吃著、吃著，他嘔出一大片酸水。去臺灣，我們去臺灣開闢新天地。

傍晚的晒穀場上，青木和火泉又玩起木偶戲，小孩子聽到打鑼打鼓的聲音，丟下手中的飯碗，拿著小凳子，趕到戲臺下。有的人端著碗，筷子扒呀扒的，有一半的飯粒掉在地上。

「該死的，鬧饑荒了，你還糟塌穀粒！」大人狠狠的敲著小腦袋。

「不要老是演孫悟空大鬧天宮，換換鄭國姓駐守金門、廈門、破京口、打江寧。」李四大聲建議。

他終於找到兩條辮子，穿著菊紅色碎花棉襖的翠花，他們攜手走到碼頭。一轉眼翠花消失在人群裏，他慌忙的找著，大聲的叫著：「翠花！翠花！時間到了，我們上船囉！」

「阿四！快醒來，看看杜桅腳掉了！」青木推醒他。

「澎湖過了沒？」

「早就過了！」

「你們看到什麼？」

「好多光禿禿的島嶼大小相錯，黑夜裏，看不清景色！」

補釘好桅腳，李四看到太陽已經露出一角，雲層由黑紅變紅，海水也被染成紅色的。

「阿四，拜託你，乘著天剛亮，我們趕快回家，再不回家，我會暈死在這船上。」阿柳又哀求他。整夜的嘔吐，暈船，原來就瘦削的臉頰，已經塌陷成尖形。

「忍耐撐下去，只要到了陸地，你就會好。」

「如果不暈死，恐怕也逃不掉黑水溝的惡浪。」火泉也附和。

「不要虎頭蛇尾，這樣永遠不會成功。」

「假如沒有命了，還談什麼成功。」

「可是，我們總不能不戰而降呀！」

「好了，阿柳，你這個香公，為什麼老是吵著要回家，為了全村的命運，我們應該奮鬭到底，不可半途而廢。」青木沉著臉說。

「好吧！奮鬭到底，大家吃早飯。」水泉分給每個人一粒鹹粽，一碗綠豆湯。

李四看見那太陽又升高一點，由弧形轉變為半圓形，不久，終於躍出海面，光輝萬道的照射著。

……

乘千鈞風。

破萬里浪。

經過了狂風暴雨。

就是陽光普照。

……

在船艙或甲板。

在船首或船桅。

任風吹浪打。

日晒雨淋。

希望的火，永不熄滅。

歌聲隨著海風，呼呼迴盪開來，像是在山谷裹的回聲一樣變了調。

突然，一陣腥穢撲鼻。

「哎！……手……手……我的手。」阿柳淒厲的叫喊。李四瞥見一條頭部橢圓形遍體花紋的蟒蛇，尾梢向上，在水面上翻躍一下，又潛入水裏。阿柳的手指頭滴著血。

李四立刻找出小刀，擦過消毒粉，以十字形劃破了傷口，用力將血擠出來。

「哦，痛，痛死人，回家，我要回家！」阿柳用腳踢打李四。

「還是回家安全。」

「請示大帝好了，如果三個勝杯，我們立刻回家！」火泉衝入神龕前，尋找杯筊。

「李四，你聽到沒有，我要回家，小龍在家裏等我回家！」阿柳吼叫。

「奇怪！是三個勝杯，大帝不要我們回家！」火泉不相信。

「不要緊，那是水蛇，沒有毒，而且傷口的血液都擠出來了。」

李四嘴裏安慰他，卻又拿起刀子，用力在傷口上割剜，幾個人合力按緊阿柳的手腳。

「你……李四……你這割人肉的，我要喝你的血……剝你的皮……。」阿柳如一頭被割宰的豬，嘶聲力竭的悲嚎。

「可憐的兄弟，只有這樣才能保全你的生命！」李四伏在阿柳的身上飲泣。

服下一點止痛藥，阿柳才安祥的入睡。

……

任風吹浪打。

日晒雨淋。

……

經過狂風暴雨。

就是陽光普照。

歡樂的歌聲又響澈在海面上。

好一陣子，李四先是感覺槳有些不聽使喚，怎麼老是在同一個地方打轉。仔細一看，深藍色的海面，突然低窪下去，像一條谷形的凹溝，又像是一條黑色的帶子，螺旋狀的水流，扭搓滾轉，水裏礁石叢佈。

突然！七級怪風如排山倒海吹襲過來。強烈的波濤猛擊著海龍號。

一股巨浪俯衝上來，船隻的尾端被巨浪高高的掀起，艙內的傢俱已掙破鐵絲往前衝。

有的人飛奔過去，死命的拖回散亂的鋤犁，幸好浪濤再由船頭沖了過來，擺平了顛簸跳躍的海龍號。

大夥匍伏在甲板上，嘗試將被拉斷的鐵絲銜接起來，捆住傢俱。但手在抖動，頭昏目眩，喝醉酒一樣，跌跌撞撞，東滑西倒。木板器物到處飛舞愰動，桅桿掉落下來。飛過青木的頭上。

李四趕緊跑到艙裏照顧阿柳，深怕他從睡舖跌落下來。

一會兒，他覺得天旋地轉，船突然像鬆掉韁繩的野馬，飛快的向前奔。他眼睛冒著火花，手腳發軟，心臟好像停止。

完了，完了，跑到「萬水朝東」去了，船將誤入交趾，呂宋，到不了臺灣，也回不了家。

葬身海底……壯志未酬……不，一回生，二回熟，我還會再來，我不會失敗……我已交代家鄉子弟，如果我們不成功，你們要再接再厲……。

我總算看到關潼山，看到水底微笑的太陽，聽那黑夜裏的海嘯……

啊，翠花，你還要找一個征服黑水溝的好水手……

不知過了多久，船終於安定下來。惡夢初醒的，李四看見海水又呈一片碧綠的顏色，太陽光燦爛的笑著，弟兄們面無人色相對喘著氣。

休息一會後，李四裏裏外外的巡視修護著海襲號，愉快的唱起水手歌：

……

過了海。

就是島。

島上。

風景如畫。

四季常春

……

「到了，到了，我們到了……」亞班青木站在船桅上，欣喜若狂的呼叫。

他們爭先恐後的跑到甲板上瞭望。一群紅嘴鷗輕輕掠過他們的頭頂。船愈走愈快，那海中的島嶼，漸漸清晰明亮。

李四看到那潔白的浪花，輕輕撫吻著婀娜多姿的海岸。

向內縱走的山峰馱著原古帶皺的背脊，驕傲的屹立在這片浩瀚無垠的汪洋裏，彷彿終日與浪濤合奏著生之禮讚。

「神靈的大帝啊！受了你的庇蔭，我們已來到這片美麗的島嶼，這是土，這是地，這是創建我們民族的再生。我們的雙腳踩著這泥土，雙手抓著這綠樹，我們同時看到一片荊棘草莽，等待我們永不懈怠的戰鬪下去……」

李四又領著弟兄們，跪在臨時搭建起的廟前，將這廂起伏澎湃的謝忱與喜悅，盡情地向保生大帝宣洩著。

——本文原刊於《臺灣文藝》第49期，1975年3月。

啊！玫瑰花

小時候，我住在臺北的一條小巷中，是兩排屋前有「亭仔腳」，屋子的後落有一口水井，井邊僅可供洗衣做活的古老建築。也就沒有什麼前院和後院了。

因此，大部份的人家都沒有地方栽種花木樹木，也就難以領會花朵的芳香嬌艷。我的童年就在沒有花的世界裡度過了。

很多年前，有幾個學生闖入我的天地。她們每天從校園裡搞來三色堇、白裡透黃的緬梔、紫紅色長著花苞的九重葛，以及開遍滿山滿園，雪白的，桃紅色的杜鵑。插在我的辦公桌上，甚至用最漂亮的瓷瓶，養了幾株美得令人嘖嘖稱奇的酢漿草。使我那小小的辦公室，日日吐露著郁郁花香，和洋溢著少女天真爛漫的嬉笑聲。

其中有一個人跟我在一起的時候，常常指著路上的花朵告訴我：這是軟枝黃蟬，這是珊瑚刺桐，這是蟹螯水仙，這是大花曼陀羅。如此諄諄教導我。下次再見到這些花時，她就考我了。但我經常張冠李戴，胡說一通，早上剛教過，下午就忘記了，把她氣得橫眉豎眼，搖頭嘆息。那時，我終日忙碌的趕寫論文。什麼花呀！草呀！怎麼樣也裝不進腦袋裡。

她們也曾摘來白色的山茶花、朱槿，紅豔的木棉，羊蹄甲的花和葉子，和各種花草葉片，夾在我的空白簿子裡，等到她們畢業了，有一陣子，我比較清閒，想起那些愛花的少女，找出那幾冊夾花的簿子。在時間的涓滴裡頭，那些乾枯的花朵，已經將它們天然的色澤，玫瑰紅，三色堇的黃色和橙紅，牽牛花的藍色，渲染在一頁頁白色的紙張上。那些被壓扁了乾枯的花朵、枝葉，彷彿溶化了當年少女送花的情懷和笑聲。以一種嚴肅的，美麗的，蛹脫變成蛾後，莊嚴和典雅的姿態面對我，真令人觸目驚心，感動落淚。

我用盡從未有過最細的心思和手藝，用白色的樹脂把這些枯乾的花葉黏好，以免翻動時掉落，並且在空白的地方題上許多詩詞，佳言警句，再送給那個最熱衷教導我的人。她更是如獲至寶，她說：擁有這個簿子，就彷彿尋回當年那些金色年華。

那時候，是上帝賜給我一片花圃，有許多小園丁在辛勤施肥，栽種。並慢慢的培育我這株原來荒蕪無花的心靈。

當時，我只是坐享其成，並不深切了解那些小園丁摘花時的心情，和送花的情意，我只是活在被愛的世界裡。

那些可愛的小園丁，其實就像是春天爭相開放的杜鵑花，她們將熱情奔放流瀉著，燦爛一季，喧嘩一季。花季過後，紛紛凋謝，復歸泥土，而在你的心頭上，留下一片無盡的相思。

後來，又有一位理智又兼感性的學生，也踏入我的天地。她常常買一束花給我。她說：我愛花，但不摘花，當我們看見花兒開著，這世界是多麼美麗呀！

花是買來的，讓人感覺慎重和誠意，所以我破例去參加她的畢業典禮，而且特別選了一束最美麗的紫羅蘭送她。

她捧著花，經常對我說：「情感這種事情，不是你負人，就是人負你，太累了，只有花是這樣單純美麗。當我們種花，看見它發芽、長苞，由一朵小蓓蕾驟然開放，感覺這世界充滿了生生氣息。活著雖然艱辛，但仍然值得珍惜，這世界仍然是美麗的。何必終日為那些已經逝去的情感難過，這世界還有那麼多人值得你愛，還有那麼多的事等待你去做呀！」

那時候，我跌入情感的深淵裡，很羨慕她，既能愛花，又能不為情所困。

其實她那張智慧靈性，白裡透紅的臉頰，就宛如夏天植物園荷花池裡，那朵最美的蓮花。

後來，我的家也養了許多盆景。萬年青、圓葉榕樹、小椰子樹、海棠、茉莉花，還有兩株養在蛇木上的石斛蘭。

澆水的人不是我，但我經常用心觀賞他們，看那些花怎樣開了，落了。看枝葉怎樣一寸一寸的成長，尤其是春末夏初之際，我就日日期待欣賞那每年只有一個月開花的白色石斛蘭花，有這樣幽美的蘭花開著，真是滿室生香，蓬蓽生輝了。

我愈來愈喜歡有花的家庭生活，是多麼現實又美麗呀！

有一天，我邂逅了一個天生麗質，嬌媚感性的人，她是當年我們學校的公主，是歌劇中的女主角，幾乎沒有人能忘記她。

我第一次去看她之前，首先想到送給她的禮物是我床頭櫃裡供奉的小小瓷觀音。這小瓷觀音是我曾在極端痛苦的時候在佛光山買來的，我相信這小瓷觀音有超人的力量可以幫助我們渡過難關。我用發自五臟六腑最深摯的誠意祈求觀音菩薩保佑她的身體迅速康復。

第二件禮物就是花。我想這世上的花朵，尤其是玫瑰花是為她而生長的。什麼「傾國傾城」、「一見傾心」、「我見猶憐」之類的詞兒，也是見到她後才很容易聯想起來。

如果玫瑰花只是開放在花園裡，或者靜靜的躺在花市中，就是白白的糟蹋了。就必須是由我的手，或者是別人的手，不管是男人的手或女人的手，餽贈給她，供養在她家的花瓶中。這樣才是名花有主，這些玫瑰也不算枉然綻開了。

開始的時候，我也選粉紅色的或黃色的玫瑰，後來，我知道暗紅色的玫瑰代表吉祥和幸福。我就專挑十朵暗紅色的玫瑰花。

其實我知道僅僅送這十朵玫瑰花也就對了，玫瑰代表她的嬌貴。但我是個生性貪多的人，我覺得光買玫瑰未免太對不起其他的花朵了，也不足以表達她整個內涵。

於是我也買紫紅色的雛菊。菊花象徵她的超俗氣習，我避免買黃色大菊花，避免想起醫院和死亡，就像我避免想到她的病，或「死亡」那兩個可惡的字眼。

我有時也買修長的劍蘭，蘭是花之貴，就像她是人中之貴。長長的花桿間，開著幾朵粉紅花的花蕊，秀麗嫵媚一如她的臉。

有時，我也買白色的夜來香，夜來香的蓓蕾模樣不美，但我喜歡它誇張的香氣，用來誇張我的情意。

我每次總不忘買兩把滿天星，我要那些白色的小星星，日夜為她歌頌如詩如夢的愛的旋律。

我真感謝上帝創造這個有花的世界，不然，我該用什麼東西來象徵我心中最深的愛意？

我最喜歡看見她捧著花，純熟優雅的手勢，以及那美麗的容顏，盪漾著被愛的滿足的笑靨。我覺得只有她，才有資格讓這些美麗的花朵來陪襯。

我曾經發誓只要我們在一起，我要讓她家的鮮花不斷。

後來，她有意無意的暗示我，不要送花了，這東西這麼貴，又一定會凋謝，多可惜？

難道她真是花的化身，不忍心看見鮮豔的花朵日漸枯萎，日漸凋謝？

對我來說，這應該是世上最划算的事情了。可以用這麼微少的金錢，購買那一大束花卉，用來表達我內心的似海深情。

我覺得她應該是個愛花的人，她應該是懂得惜福的人。

會不會是有誰不許她接受花，不許她插花？

在世俗裡，人要吃喝玩樂，衣食住行，不錯，這些是基本又現實的問題。而當這些問題無法解決的時候，「花」這樣的玩意，有沒有用處？就像以她目前的處境，花，對她有無用處？

但是，我的答案是有用的。

這世間，真有人滿足過自己的物質生活嗎？

不，絕不，我相信大富翁也沒有滿足過。

縱然有人滿足物質生活，那末真有人滿足他整個精神層次嗎？滿足他所有的夢想嗎？

不，絕無人滿足過。

那麼小市民如此，物質生活欠缺，婚姻不如意，精神上極端的空虛與寂寞。她就是一朵豔麗的玫瑰花，被插在一只暗淡的花瓶裡。

此時送花給她，應該是有用的，不管是什麼樣的感情，都可以安慰她，補償她，都表示她的光豔依舊，風采依舊。

我從書本上或電影上，看見人在現實生活愈困頓的時候，精神生活更顯得珍貴的。

因此，我肯定這些花，是可以安慰她的。

雖然，這些花朵未必就是她心目中最期望的花朵，也許她期望的是牡丹或紫羅蘭。

難道她就是一般常人，不敢去接納這些花朵？不敢讚美這些花朵？

但是我仍然深信她是愛花的。

有一天，她終於告訴我，花瓶已經被碰破了，她不能再插花了，我也不能再送她另一隻花瓶了。

是誰砸破了花瓶，是她周圍的人？或是她自己？我沒有問。

是的，在一般世俗的眼光中，以她的身份，男人送花給她不可以，女人送花給她更不可以，「送花」被專橫的指定在未婚男女之間的雅事而已。憑什麼你這個中年女人常常有人送花？

是社會那隻看不見的手打破了那只花瓶。

是她沒有超人的勇氣和智慧去承受和感應這樣超俗美麗的情感？

是她深怕病情不能好轉，讓我承擔不起玫瑰逐漸凋謝的悲哀？

但是真情是擋不住的，任何洪水猛獸也擋不住真情。

我無需去問，也無需去追究這其間的種種原因。

就像是一則美麗短小的故事，很快就講完了，而這故事原來真是這樣清純，不沾一絲人世的灰塵或污泥。這詩情畫意的故事，本來是可以好好的演下去，突然被世間的俗人中止打斷了，成為破簡殘篇了。

這原只是一則花在我的生命中，成長的故事而已，注定是悲劇。有些人一輩子都在扮演悲劇，慶幸的是我演悲劇，也演喜劇。

這不過是一則「曇花一現」的成語故事罷了。

如果曇花常開，那還稀奇可貴嗎？還有個寧可愛花也不去愛人的朋友說：情感這種事情，一刻就是永恆。真的嗎？

又說：曾經愛過，總比沒有好，那也是真的嗎？

我這癡呆又貪婪的人啊！總想抓住永恆，抓住真情，這世間有真情存在嗎？

於是我買了一束緞帶花，也是暗紅色的玫瑰，紫紅色的雛菊，粉紅色的劍蘭，白色的七里香，以及好些似像非像的滿天星。當然，全是些似像非像的假花了。

我說：隨便你插在哪裡了，反正這樣的花，不需要空氣，不需要水，只要你有心欣賞，它們永遠默默的為你綻放，暗暗的為你吐露著芳香。

我在家裡也不看花了。

但是我並沒有想到應該把那些盆景全部砸毀，它們仍然得生存在我的天地間，與我共生共死。

當我不能詩意盎然，興沖沖的去買花給她的時候，它們是我生命中僅存的一座花園，我不能在沒有花的陪伴下孤獨的死去。

現在，當我走過沅陵街的花店，我彷彿看見那些玫瑰，雛菊，和滿天星，對我哭訴著：「為什麼你不再來眷顧我們，我們仍然像以前一樣的美麗啊！唉！唉！你們人的世界！真是反覆無情呀！」

——本文原刊於《中華日報・副刊》，1985 年 7 月 3 日。

風雨

曉玲頹喪的回到房間，又從薪水袋中，抽出一張五十元大鈔。她的手微微抖著，耳根通紅了。

克強狠狠的盯住她，彷彿是一頭兇猛的野獸，正醞釀著脾氣。

我想曉玲是在焦急，憤怒，與挑逗的情緒下賭博的。

「算了吧！適可而止。」我試著勸她。

「秀芷，你說憑什麼我該放手？就因為他不高興？」她睨了克強一眼。「哼，剛才在客廳裏，當著眾人還說想摑我的耳光。笑話，我們只不過是朋友。」她悻悻地離去，帶著挑逗的意味。

我相信，如果不是為了維持自尊心，她絕不會這樣故意和克強作對的。

客廳裏傳來一陣嘩啦嘩啦的洗牌，我雖然不像克強燃燒著揍人的慾望，委實也討厭那玩意。

「克強，你不妨出去走走，散散心，反正輸錢嘛，總是想撈點回來。」

「撈個屁啦！她從昨天下午到現在，一張五十一張五十的輸出去，你說她一個月九百的薪水，夠她輸幾次？」

我料到一場風暴就要來臨，就像不久前，我們三人同在這房間，曉玲習慣地燃上一支烟，克強就板起臉和他鬧了一陣。我一時搞不清，克強為什麼生氣。其實不光是我，我們這群朋友，哪個不清楚曉玲這兩樣毛病？而我和曉玲熟到可以同穿一條褲子，克強是知道的，那麼他大可不必在我面前保持他的尊嚴。

我記得以前也有那樣的場合，而克強並沒生氣。

「他呀！最近全憑他一時的情緒，要我乖乖的順從他，我一輩子也不想順從任何一個男人。」那晚她這麼說。

「現在我說話她不聽，將來不是要翻天覆地隨她去？哈哈！那成什麼體統嘛，你說！」克強也曾向我提起。

我想這就是他們衝突的癥結所在，想不到，我們公認的天生的一對，正面臨這麼嚴重的考驗。

曉玲在一次戰亂中失去了雙親，所幸留下一幢位於鬧區的樓房，僅靠樓下店面出租，已足以維持她姊妹們的生活。也許是從小失去父母的管教，也許是他們姊妹的骨子裏，天然流有一股浪漫樂天的血液。在他們家裏，只要不放下正業，打牌、抽烟、跳舞、吃喝玩樂，一切各隨所好，反正也沒人管。

曉玲喜歡搓麻將，玩紙牌、吸煙、跳舞，樣樣來、樣樣精，好在還想吊兒郎當的唸點書。

她平日風趣豪爽，使人一接近她會覺得煩惱是多餘的。

以前我們常猜測這匹無羈之馬，將來有誰可以駕馭她？

那年，克強在大夥的郊遊中出現了，高鼻子和一張女人似的小嘴，在男人中，說得上「漂亮」。使大夥們羡慕加上忌妒說：

「死鬼，算你厲害！」

我們圍坐在一片草地上，說說笑笑，戲弄的對象，當然是他倆。

克強自然不是靜默呆板那型的人。他一切應付自如，風趣，灑脫，更勝於曉玲。

有人吹起口琴，要他們當眾起舞，作為他們正式拜見我們的大禮。他們大大方方的跳了，從華爾滋，倫巴，到最快板的恰恰。有一處坡度傾斜，不當心的兩人滾落到坡下，大家全笑彎了腰，讚嘆道：「真是天生的一對。」

這天生的一對，也像所有的一對，沒能免去衝突，且正受嚴厲的考驗。

「我們常為抽煙，鬧得不愉快。」早幾年前，曉玲就和我說過，真沒料到克強竟會在意這些。

老實說，煙酒一上癮，想戒掉並非易事。幾年來，曉玲的煙癮硬是戒不掉，可能在克強面前少抽幾根罷了。至於打牌，克強是好手，他們經常和那些牌友，湊在一起摸幾圈，有時兩人來個接龍或者過關，或者那是克強所謂情緒好的時候。

曉玲也有過念頭，想改掉這些習慣，然而，她說她不想在結婚前就失去這些娛樂的自由，她說克強以前並不限制她，將來也不讓他來限制，現在呢，更不要。

房門被推開了，不出我所料，她沒敢耽得太久。

「心甘情願了？」我希望驅散房間的火藥味。

「倒楣，手氣一直不好轉。」她甩掉毛衣，躺下來。

「喂，鬧鐘撥了嗎？明天可不能再遲到囉。」她若無其事的說著，始終沒望一眼沙發上怒潮澎湃的克強，她怕衝著我和克強吵起。

我也希望風暴不至發生，雖然我們已經這麼熟。

「起來，你別想逃過這場災難的，」克強一把抓起被窩中的曉玲，兩眼閃灼著憤怒的火光。

「放開吧，我求你別這樣不講理。」她像一隻受驚的小鳥，尷尬的望望我，不斷的想要掙脫被抓緊的手。

「我不信你目中無人。」

「我問你，你自己賭不賭？己不正何以正人！你有資格管別人？」僵局是無法挽回，她發狠了。

「我不許你和那些不三不四的男人賭。」

「你想現在就要我在眾人面前唯命是聽。王克強，我老實告訴你，我愛賭。你看不慣，走路，非常簡單的事。」

「虧你說得輕鬆，六年了，如果不是相當……也不會拖到現在！」

我一時也想不出來，克強說：「相當……」後面該接什麼字眼。他倆以前情投意合，蠻恩愛的，偶然也像這樣吵吵鬧鬧，不過最近是吵得激烈些，我想就像曉玲說的：「他以前待我好，可以忍受我那些毛病，現在不能了。」或許是六年來，他們之間不曾努力去克服衝突。

「秀芷，你說我怎麼辦，我這輩子完了嘛？」碰上這麼蠻橫的人，一串委曲的淚水，爬滿她瘦嶙嶙的面龐。

我真沒想到，克強的脾氣這麼大，一點不給人面子。

「你們息息怒吧，看在我的面上。曉玲，我早勸過你，打牌除了殺時間，一無所獲，我們年青人碰不得的。克強你真笨，大庭廣眾間，如何叫她聽你的？」

「我不敢要她聽我的，只要她有個分寸。」克強稍為平靜下來。

「總該有個分寸是對的。你想想她平時無不盡量順從你的意思，相當不容易啦！她是好強的人，凡事總要互相容忍互相體諒，像這樣鬧著不是枉費了六年來你們的認識？」

一時我們都靜下來，曉玲仍在啜泣，克強猛吸著煙，我隨手拿起曉玲愛看的武俠小說翻弄著。

「秀芷，我抱歉，我失禮了。」突然，克強低啞的說。

「早知道，就得了。」我忙笑著說。

「不要臉的男人！」曉玲破涕為笑。

「曉玲，我走前和你說句話。」克強溫柔多了。

「沒什麼好說的，你儘管去罷。」

「去吧！聽聽他說什麼！」我慫恿她。

一陣暴風雨終於過去，我知道克強是要向她道歉，說些罪該萬死，悔不當初等等的話兒。

到底是六年的感情，客廳裏，有他們低低的談話聲，就這樣，他們就會言歸於好的。

然而，他們是受著嚴重的考驗，那結果，正是日後他們共同生活與否的關鍵呢！

——本文原刊於《新文藝》第 134 期，1967 年 4 月。

嘲笑的山

這是一片森巖巖的林海，密密的枝葉，遮蔽了整個天空，就連從葉縫中篩過來的陽光的碎片也看不到。除了我們身子擦過樹枝的聲音，以及偶然一兩聲喘息以外，沈鬱鬱的森林裏，真沒有一絲人氣。

彷彿有一把溫火在喉嚨裏燃燒著，乾渴得真像要裂開了，腿更是酸軟無力。走呀，走呀，我們就一直在這片林海中穿行，我發現這地上的草，全是挺直直的站著，根本就不像是經常有人走過的路。

「朱仔，前面有路嗎？」

我不知道朱仔到底走在哪裏，走在這一段時，根本看不到，也料想不出前面是個什麼樣子。一路上盡是爬上爬下，路又不像路，使人禁不住地懷疑永遠走不出這鬼森森的林子。

「有的，你只管一直走過來。」

「這怎麼是路？」我浮躁地喊了。

走了老半天，高聳而陌生的山谷，緊緊地圍住我們。其實剛才我就發現朱的那古銅色的臉上，浮現著一層陰影，雖然他一直地嘴硬，堅持前面有路的。

我真氣惱，剛才為什麼要脫離夥伴，緊跟著他的背後跑。而這個傢伙，居然一個人盡往前衝，連停下來等我一下也不肯。

如果我是英琴、陳靜、或麗文，他一定不是這樣的，他一定會走一步，關照一句，就像一個護花使者什麼的。

我不由得有些埋怨老天爺，為什麼他造人這樣偏？不給我一張漂亮的臉，也該給我好的身材，就算他給了我較好的內涵吧，也難叫人在短時期內認識出來的。

當然，我隨即想起張哲三。張哲三那兩個鏡片後，吐露出來一對愛慕的眼神，以及見到熟人時，總是堆著一臉屬於習慣性的誠摯的微笑。

就是那樣一個淡淡的，習慣性的笑臉吧！所以他會放棄補習費，兩年在山上，兩年在海邊的小學教書。還說這只是一個過渡時期，等畢業以後，希望到圖書館編書、看書，靜靜的過日子。

好像就是少了那樣一種野心，一種轟轟烈烈的事業心；少了一些夢幻，一些屬於年輕人的憧憬。幾個月來，他很欣賞我的畫，並且輕易地把握了我的創作觀、人生觀。就像今天一早我們碰面時，他向我說：「恭喜你得獎了。」我說：「沒有什麼，還差得遠呢。」我覺得這是一樁很尷尬的事情，他一定要向我說出這樣的話。我雖然深深的感到知音難遇的喜悅，但總是判斷不了，他能不能成為我最好的伴侶？

在這樣險峻的山谷裏，我並不希望自己就像英琴、陳靜、麗文她們，步步要人跟著，扶持著，好像突然犯了軟骨症一樣。不，我壓根兒也不要那樣，但是我希望朱仔偶爾停下來問問：「走得過來嗎？」「要不要我幫忙？」對於女孩子來說，這似乎也是頂起碼的要求。

在一片滿是榕樹的鬍鬚低垂的地方，我停下來四處望望，發現實在無法辨別方向，也不像是往山坡下面走的路。

「路是人走出來的，我們自己可以開路，不一定要走別人走過的。」朱仔突然用他低沈而粗大的嗓子說道。

我想他是不肯承認有所謂絕望這回事情？

「好一個硬漢！」

我終於沈住氣。我知道我的血管裏，也有一股開路的血液在奔騰著。

剛上山時，聽說朱仔、高仔、和國松，都帶來了繩子，預備拉人用的，我總認為未免小題大作了。

但是從中午，在皇帝殿前那塊平坦的草地上吃過便餐以後，開始往山頂爬。一節節陡聳的峭坡，坡上大都是光禿禿的，不長一根草木。一定是經常有些爬山的劣手，就像我們這夥人，用不聽使喚的腳，死踩活踩，還是踩不上去，把坡上的草，連根踐踏死了。所以如果我們想抓住地上的什麼東西，借以攀援上去，是行不通的。

在女孩子中，我也沒有例外，只能抓住朱仔他們綁在樹幹間的繩子，死命的泅上去，否則就只有插翅而飛了。

山，總是要被征服的，有了男孩子的幫助，就是像蝸牛般的蠕行，終究會到達山頂。

山嵐瀰漫著，在山谷和田疇間，悠閒地飄呀，蕩呀，雲煙蒸騰，一片天地蒼蒼茫茫。

我們在山巔上，帶著人的尊貴和傲氣，俯視著有如掌心裏的世界，那時即使是陳靜，那個被拖手曳腳，硬給推上來的人物，也夠資格發出征服者的微笑。

「看哪，那邊是宜蘭縣，這邊是臺北縣，我們坐的這兒正是個分水嶺。」僅有的幾塊骨嶙嶙的岩石，就是山尖上整個立足之地，屁股被戳痛好幾處，大夥兒還是在一起指手劃腳地喊。

就像發現了什麼奇聞趣事，沒處可講，竟沒有一塊廣大的草地，讓我們歡呼大叫，憋著那股興沖沖的熱忱，無處發洩，難過死了。

「喏！原來這分水嶺，是這幾個山脊連接起來的，你們看，那頭有些人正向我們這兒走來。呆會兒，我們是不是也要過去？」朱仔注視著分水嶺的一端，那人走路的神態頗有山中老道那種飄逸的味兒。

「只要可以過去，當然要過去。」一向拿主意的高仔堅決地說。

國松拿起望眼鏡來看看，沒說什麼，又放下。

我想起英琴在皇帝殿時問他：

「國松，你說說看，日本的女孩子什麼樣子的？」一整天，英琴都在注意他對麗文的態度。

「大抵上說來，日本的女孩子比中國女孩子『聽嘴』。我們常常看到報上寫為中國女孩子加油的趣事，因為很奇怪，我們的女孩子一到日本，看到她們那樣柔順體貼男人，不但不學人家，反而愈愛保持原來的個性，所以許多留日的男孩子，到了日本以後，就喜歡討日本太太，而留日的女孩子，在日本很不容易找到對象，哈！哈！」他好像談論著一樁很滑稽的事情。

「你再說說看，她們是怎樣聽嘴的？」

「譬如你邀她幾點幾分在什麼地方等，她就幾點幾分在那裏等，絕不遲到。你說看電影無聊，還是打網球去好，她就贊成打網球去，不像我們這兒，女孩子總是支配一切，像個女王似的。」

英琴悄悄地對著我的耳朵說：「我看他和麗文是完蛋了，早知道他要去日本，我就不要給他們拉啦。」

要這樣一路上捧著、拖著這群女孩子爬這種山，還想走到對面那一串山去，我猜他是興趣不高的。

張哲三只是靜靜的笑著，他總是以笑來代替言語，代替各種感覺。

他和高仔一樣，是屬於瘦瘦小小的男人，但是他尖削的兩肩，特別顯得單薄。老實人是應該有福相的。

爬了一整天的山，他沒有朱仔、高仔他們那樣吃力，他只是適時的幫助他們，托我們一下、拉一把，替人拿拿水壺、背包等。沒興趣顯什麼男人的威風，只是經常向我投射那一對熱切關注的目光。

我們順著朱仔視線望去，發現一個山頂連著一個山頂，十幾座山，匯合成一組曲褶嶙峋的大山。分水嶺，就是這群山的峰背，像是一條彎曲的帶子。

我們開始走過一個個駝起的峰頂，踏著刀刃一樣尖峭的巉岩，就像佛說壞人死後走刀山的滋味吧。滿地蒼蠅一樣大的黑螞蟻，倒掛在枝頭上有斑紋的蛇蠍，把它長長的觸鬚左右擺動著，這樣驚心動魄地在這脊峰上，一山翻過一山。

而下了一座山峰，又登上另一座山坡，上坡、下坡，下坡、上坡。就那樣兜了許久，沒有盡頭似的，走都走不完，更怪的是根本看不到一條下山的路。

這是可怕的，我們找不到路，我們不能向前，我們趕路的人……

我就認定這是一座刁滑的山。

我們要下山囉，不管它有多狡猾，有多陰險，總該有條下山的路，這是屬於幾何學上的公理，死不可改的定理。

而現在，層層的枝葉擋去視線，荊棘在人臉上兇狠的劃著，連戴手套的手也感覺被刺的疼痛。老天爺，我真不能想像落在老遠後面那幾個嬌裏嬌氣的小姐，該怎麼度過這一程？

就像是陳靜，我們之中最軟弱的一個，在家排行老大，就憑小時候家境寬裕些，養成一身娘娘氣。看到一隻小蚯蚓，「媽」的一樣尖叫起來，好好的斜坡，人家一步步爬上去了，就是他一直站著不敢舉步，非得兩個人前拉後推才行，真白長了兩隻長長的腿。

又像麗文，她和陳靜是一對，明明長得一身結結實實的，看起來就應該是塊爬山的料，可是她仁姊，偏偏就像重心失調，踩都踩不穩。走在寬寬的岩脊上，兩腿直抖個不停，害得那些保鑣們，一刻不得鬆懈，想不出什麼道理會有那麼笨重。

還有英琴，人長得挺漂亮的，是個富家千金。平常倒沒有什麼大小姐派頭，最喜歡遊山玩水的，可是她那雙手和腳，怎麼玩也靈活不起來。

每次她抓住朱仔繩索時，那兩隻手懸空似的，抓呀，抓的，腳在坡上，上上下下的亂踏著，活像是落水的人，在生死的邊緣，想抓一點甚麼。

有時朱仔以他粗壯的胳膊，讓她的手臂搭上，然後使勁的推她上去。遠遠的看去，很像兩個表演角力的人，手臂與手臂糾纏不清。

那時候高仔那個只夠資格殿後的傢伙，就會緊張兮兮的拿起照相機，一邊按住快門，一邊喊著：「嗨，精彩，精彩的特寫鏡頭。」樂得他們幾個蠢蛋男孩子，嘻嘻哈哈的狂笑起來。

高仔雖然長得瘦小，但是好像在他自己的意識裏，他是這夥人的主腦人物。他經常和英琴保持聯繫，那個禮拜天大家都有空，野餐？露營？或者爬山去？全是他們兩人策劃的。當然，如果要爬山，就少不了朱仔。這回聽說是朱仔建議要爬山，很多人說，爬皇帝殿才過癮呢。

而這個時候，朱仔甩掉他們，他和國松，一定是一個在前一個在後，一推一拉的護衛著那些小姐。當汗珠從頷邊滴入胸襟，手臂酸得發麻時，他必定愈走愈光火的，這時候，他的領袖慾，還會鼓舞他說些俏皮話嗎？像：

「英琴，走不動嗎？」

「大塊人太笨嘛！」

「既然是笨牛走路，怎麼沒有聽到『地動』的聲音？」

「路是人走出來的。」我的心裏又響起了朱仔那鏗鏘的回聲。

朱仔，這個山中揮刀斬將的英雄，是高仔得力的助手。在陡削的崖坡上，他能伸出腳背，墊在濕潤潤的泥沙上，讓她們蹬住他的腳背爬上去。

他懂得在什麼地點，如何繫住繩索，然後用臂彎勾住樹幹，一手抓住繩結，就憑另一隻手，硬是把我們拖上去，當我們這些娘子軍的腿，全失去登山能力的時候。

他可以站在坑下，雙手托住我們的手臂，一下子就接住我們下去，免得那幾個軟腿的小姐，遲遲不敢抬起玉腿。

他確是爬山的好夥伴，高仔不能沒有他。

真的，要不是急著找水喝，要不是萬萬沒有料到下山又不是現成的路，而且比任何一段都要難走，他絕不會拋下同伴，一個人往前衝。

我跟在他的背後跑，真希望一口氣跑到溪邊，痛痛快快的喝一陣，也看實在膩了那幾個小姐像螞蟻般的蠕行。

我並伸著兩腿，小心翼翼的從一塊大石滑落下去，站直身子後，一眼瞧見朱仔坐在一枝橫長的樹幹上，嘴裏啣著一根菸。一頂便帽斜戴著，那一襲花格尼的襯衫，和卡其褲，看來那樣的落拓不羈。

很奇怪，以前，我總覺得像高仔那樣的男子，白淨淨的臉上，沒有一絲蚊子爬過的痕跡。小巧的嘴巴和眼睛，非常得當的配著尖峭而短短的臉龐，和瘦小的身材。那分梳的頭髮，永遠那麼筆直，烏亮亮的一絲不亂，很討人喜歡。

可是自從畢業了，到達很自然要想起結婚那回事的年齡，我突然又很欣賞朱仔那個樣子：寬闊的肩膀，黝黑而稍微凸出的寬寬的額頭下，罩著一對深邃的眸子。那粗獷的體格，叫人很有理由相信，會有豐富而熾烈的情感蘊藏著。

而張哲三小小的嘴，失血的臉上，有兩片厚厚的，翹起的嘴唇，我最不喜歡翹嘴唇。

「李小姐，你是像爬過玉山的人，我不過點上一根烟的時間你就趕上了。」他淡淡的說著，一絲不算頂認真的欽佩，在他的嘴角盪漾。

「我是希望趕緊趕到山下喝水去。」我漫應著，躲開他的恭維。

一縷縷煙絲，在晦暗的林間繚繞。

幾聲清脆的鳥聲，響徹了雲霄。

為什麼直到現在，只有他？直到現在，他才肯不吝嗇這麼一句讚美的話。

是因為現在沒有英琴、陳靜、麗文，他才有興趣恭維我？是真的需要經過這麼一程艱苦的爬涉，他才注意到我？

然而，那是赤裸裸的事實，老早就擺在那兒。

我一直恪守本份，走我自己的路，自己爬、自己跳，只要是能力所及，不矯揉造作，不以不敢走險為榮。

我在想，也許那些傻呵呵的男孩子，他們欣賞的就是那一類軟軟的，貓一樣的女人。

我不知道，這是不是和我欣賞朱仔那類型的男孩子的心理是一樣的。

「你看過前天報上高檢考試及格名單了沒有？」朱仔問我。

「誰去參加了？」

「張哲三考上圖書館人員，而且還得優等呢！他說夏天將繼續參加高考。」

「怎麼他事先一點也沒讓人知道。」

「他大概怕失敗吧！」

「為什麼他突然想起參加這些痛苦又無聊的考試？」

「他告訴我，不知道為什麼，最近他感到，創業、成功，力爭上游等這類事情的重要性。我說他是在為愛情舖路吧！」朱仔意味深長地笑起來。

我側過頭，覺得耳根在發熱，想到這個張哲三也真是太敏感了。

「前面有三條路，都像是往山坡下去的，不知該走哪條路才對，奇怪，高仔他們怎麼還不來？」樹梢顫動著，微風輕拂過來，他用力踩熄煙蒂，伸了個懶腰站起來。

「還早呢！」我說。

我靠著背包，在茸茸的草地上半躺著，一股幽蘭的清香撲鼻，在沈寂的山谷裏，花兒更顯得出它的靈氣了。

突然，有一陣強烈的慾望衝擊著，我很想看到張哲三透過鏡片以後流瀉出來的目光，以及他淡淡的誠摯的笑臉。

「喂，李小姐，我們一定要在日落之前，從那條路走出去，然後翻過對面那一座山，再步行兩小時，才能到達公路局車站，我跑到那兒一家莊稼人家打聽來的。」朱仔踏著沈重的步履興沖沖的跑來。

「真的？」聽到翻過一個山，步行兩小時，心裏抖了，但只要是有路可走，只要不走冤枉路，我們都不在乎的。

「給我們生活，以及掙扎、凱旋、失敗、憎恨、和它深沉的意義，以及未知的目標。」在我想起英國作家Ｅ・Ｍ・否斯特〈籬笆之外〉中所說的，但是我們要有路可走！

「三郎喔！你們在哪裏？」朱仔叫著高仔小名，矯作得很悽慘的腔調。

「三郎、英琴、哲三，你們快來，這兒有橘子、有番石榴、有冰、有水，快快來。」

「你們到底有沒有聽到？氣死人啦！」

我忍不住的笑起來，山谷裏傳來一串串他的叫吼聲。

他真是爬山的好夥伴。

彷彿隔了一世紀之久，那群人踉踉蹌蹌的托過來了，英琴的褲管刮破了一條長長的橫溝，麗文的屁股被泥水浸濕了一大片，朱仔握緊了高仔和國松的手，就像禮待凱旋歸來的英雄，我們都有劫後餘生復又相聚的感覺。

「謝天謝地，我們終於找到下山的路！」高仔合掌說。

我們翻過了最後一座山後，天色漸暗，好長的一段路，藉著遠遠的，茅屋裏露出來昏暗的燈光，和一點點流螢的閃亮。走著，走著，到達小鎮，一輛車子在寂靜的車亭裏打盹，也不管是不是開往臺北，大家一股碌的搶上去，整個身子癱瘓在椅子上。

「今天實在夠瞧了，如果沒有男孩子一起來，我看我們是爬不了。」休息一會後，英琴對我說。

「嗯，是真的爬不來。」

「哪一天再去爬好嗎？」

「我自從玉山回來以後，膩了，就不想再爬山。我看我們還是選個水邊玩去吧，倒真沒有料到今天這些山，實在比玉山還可怕。」

「我想你們一生中，難得再有一次，像今天一樣，一天內爬了十幾座山。」高仔得意洋洋的頂我一句。

「下個禮拜再去爬怎麼樣？」高仔嗓子提得很高，有意思叫大家都聽見。

「到哪裏？」英琴居然興致不淺。

「你們先定了再說吧！」朱仔說。

我回頭想搜索張哲三臉上的笑意時，發現他正凝望著我。那一剎那，我們的視線交接在一起，是一種永恆，一種永恆的感應！

我的頭探出窗外，回顧那一群聳立在黑暗中的山巒，看到它們正露出詭譎的嘲笑。

讓他們去吧！我是不想再去啦！

——本文原刊於《臺灣文藝》第 20 期，1967 年。

東京組曲

春的迷茫

大概是天皇下了一道敕召，告訴他的子民們，在這麼柔和的陽光下，正是中國人所說的：「吹面不禁寒柳風」的季節裏，應該多多走動走動。看看公園裏櫻花盛開的笑靨，像不像你愛人的臉頰，多呼吸花兒的香氣，就可以免去嚼口香糖的習慣，好歹那總是洋人的玩意。順便伸展一下愈見修長的身軀（二十年來，努力品種改良的結果），以免終年盤踞在榻榻米上。四肢雖然早已具備了傳統的適應力，但總是有礙視野，心胸可要加緊涵養成大國的氣度。

新宿公園前的馬路，只有十來尺寬，兩三部和臺灣同一個模子製造出來的計程車相錯過後，人行道窄得可憐。人潮卻老遠老遠的列隊而來，默默的排門票，進鐵欄門，神情愉快而悠閒，不像平常坐電車那副鬼趕勁兒。

綠蔭底下，圍聚成一堆一堆的小天地，就把那身外銷到全世界，印有 mand in Japan 的衣飾，毫不疼惜的坐在草地上。孩子們笑嘻嘻的吃著海苔餅、魷魚、蘋果。紅暈圓胖的臉上泛著野宴的歡欣。

柳樹下，僻靜的一角，男女談著他們的戀愛，他們不耐煩等到黃昏或夜半，才跑到皇宮前那片芳草上享受黑暗中的情愛。

他們終於找到一塊面向櫻花林的草地。

「真快，來東京已經半年了，珠珠自從到機場接我時，臉上那層冰，一直沒有融掉。」張大昌悻悻然的說。

「我當時就暗示你，最好不要趕在她脾氣壞的時候碰釘子。」蘭蘭說。

「你說，一個人不高興，發發脾氣，也總有完的時候，怎麼會這麼無限期的呢？」

「這是她富家千金的專利。她可以生你的氣，一個月，兩個月，甚至一年。到了最後，生氣的理由忘了，但無法收拾，只好將錯就錯，堅持到底了。」蘭蘭是珠珠的密友，也是軍師。

「我會落得這樣的結果。」看情形張大昌已經失去信心了。

「希望不會吧！」楊仙洲說。

楊仙洲和張大昌兩人住在一起，一高一矮，七爺八爺似的，同進同出。

「依你說，我該怎麼辦？放棄？」張大昌好像是瀕臨最後關頭了。

「這倒不必，只要在她情緒沒有顯著好轉以前，少惹她，然後伺機行動。」

「我就是想不通，暑假她回到臺北的時候，你知道，我們一起看電影，上摘星樓、到藍天吃草餐，三五天見一次面，有時候甚至她主動打電話來。怎麼會突然在她臨走前兩天，避不見面了，連飛機班次都沒讓我知道，一直不對勁到現在？」張大昌如果去追一般條件的女孩子，絕對是手到擒來，易如反掌。絕對不會像現在坐困愁城，一籌莫展。

「算了，別去想那些了，等等看吧，等待風向回轉。」蘭蘭安慰他。

「她父母對我印象還好吧？」

「不錯，尤其這兩天，他們在這兒時，你給他們的印象太好了。」

「她父母主宰她的婚姻嗎？」

「那要看看她是不是聽話的女兒了。」

「為什麼到現在珠珠還不來呢？是不是去陪那個王力山，還是找不到我們？我們進公園都快一個鐘頭了，約好半小時碰面的。」楊仙洲有些狐疑起來。

「對，有可能，我好像聽她說要打電話找他來。」張大昌說。

「假如王力山來了，找不到我們，我們也會看到他的，那麼高出一個頭的，最顯眼了。」

「誰是王力山？」蘭蘭問。

「她以前大學同班的，常常愛和她抬槓的人。」

張大昌可是很清楚。

「沒見過。」

「他是該讓你看看，也許你這個參謀到了美國後，她要你出出主意，你沒見過就很遺憾了。」楊仙洲很認真的說。

「我來東京一個多星期了，還沒見過誰盡找他抬槓的。」蘭蘭話一出後，卻突然想起來，珠珠曾經寫信告訴她，有個晚上，四個人到了一個通宵營業的咖啡館，談到深夜。桂花和她的另一半迷糊的睡著了，就剩下王力山和她兩人東南西北聊一通，扯來扯去。王力山突然很認真的說出對她的愛意，說希望他們從此認真的做朋友，不要老是亂抬槓了。她說他們就談到了天亮，而不知為什麼，竟莫名其妙的，產生一種異樣的感情來。

「大昌，什麼時候，我們像旁邊那一對日本人，一個彈吉他，一個唱，在公園裏享受東京的留學生活。」楊仙洲很羨慕的說。

「你耐心等吧！我不敢巴望。」張大昌淡淡的說。

珠珠和桂花，還帶了一個日本女孩，手提麵包、冰淇淋、水果，大袋小袋，聲勢浩蕩的來了。他們嘻嘻哈哈的吃了一陣。桂花提議說：「何不在草地上，打著赤腳玩捉迷藏？」珠珠說：「我不贊成。」然後趴在蘭蘭的耳邊說：「萬一我捉到了張大昌怎麼辦？」過了好些時候，桂花停下吱吱喳喳的嘴，大家沈悶的看看周圍嘻戲的日本人，無所事事。珠珠站起來說，照照相吧，蘭蘭就要走了，不要一直呆在草地上不動。張和楊站在一邊玩猜拳遊戲。

桂花悄悄的對蘭蘭說，可憐，張大昌這回討好了珠珠的父母，卻更惹火了珠珠。你沒看到，他那副阿諛巴結的本事，真叫人佩服。對了，有一件事，我也不了解，他們在臺灣時，不是好好的，怎麼張大昌追到日本來，反而坐了冷板凳？蘭蘭說，珠珠暑假臨來日本前，得到了張大昌的壞情報，從此對他連降三級，大打折扣。那末張大昌沒有希望了？不，她父母倒愈看愈中意呢！

冬之陷阱

天色驟然暗了，嗚——嗚——尖哨的怪風，如颱風來臨前呼嘯而起，漸漸的，風夾著雪花飄落到小木窗。

珠珠一邊飲茶，望著飛絮，突然興致勃勃的叫道：

「喂！我們溜冰去怎麼樣？」

「小姐，我的膝蓋可離不開你這桌巾。」蘭蘭再抓起一根魷魚，一手抬高膝上的桌巾。

日本矮桌底裝有電爐，桌巾四角的垂邊，正好把電燈發散的暖氣團團圍住。人們一進屋內坐到桌邊，就拉起桌巾的垂邊覆蓋在膝上。

「是，不錯，這天氣溜冰很有味道。」楊看看珠珠慫恿地說。

「這點風雪，就縮成一團，好像沒見識過的人，等回到臺灣，你想看雪，就得老遠的跑到橫斷公路去了。」珠珠氣呼呼地說。

「少瞧不起人，蒙他那州的冬天都熬過來了，還怕這點小風小雪？」碰到珠珠興致好的時候，為了使氣氛和樂，蘭蘭就喜歡頂撞她，她討厭看珠珠生氣時繃緊的臉。

「我看你們猜拳決定好了。」張大昌笑道。

「算了，去就去，倒是想起在小雪中撐傘蠻有意思的。」

「誰那麼詩意，雪中撐傘？」有人在玄關外叫道。

「喔！王力山，你來得正好，我們去溜冰正少個護花使者，來得正好。」珠珠打開房門就說。

「真的？」王力山站在屋內榻榻米上，頭彷彿就要碰到頂。

「蒸的？難道還是煮的！小姐的意思，連你也不會違背。」桂花偷看看張和楊一眼。

「走呀！捨命陪小姐。」王力山率先走出了房間。

「你說，這像不像小時候，常聽大人說，壞人死後走刀山的滋味？」珠珠穿好冰鞋後，抓著欄杆試走。

「是啊！是誰想出這主意，裹著一隻刀，往冰上插？對了，你想踩高蹺的人，踩著幾尺高的木杆，遊街示眾，不知是不是和穿這種冰刀鞋一樣難過？」珠珠反問道。

「剛開始不習慣，下場就會好一點。」楊扶著珠珠，語調輕柔。

「是的，下場表演不倒翁最精彩了。」王力山說。

「不准說風涼話。」

「怪事，你學多久了，我怎麼站都站不穩？」蘭蘭看桂花輕鬆的踏著刀鞋，發出喀喀的金屬聲。

「不急，我這才是第二次下場溜。」

「你不會有問題吧，向來是運動健將呢！」張大昌走過來扶蘭蘭，一邊回頭看看珠珠。

「我們下場吧！看來我頂輕鬆，桂花已有自治的能力。」王力山叫道。

「沒那麼方便，今天蘭蘭和我如果學不會，你們休想回家。」珠珠瞪著大眼睛。

「好，好，我認命了。今晚我們都打算睡在這裏，陪小姐們直到溜會為止。」

皇帝圓舞曲，夾著陣陣大人和小孩歡笑的浪聲，流洩在這銀色的冰宮。

片片滑動的身影，像許多飛旋自如的海燕，在白茫茫的海天中，踩著悠美的旋律，滑過來，溜過去。

「你們以前來過嗎？這玩意對健康，美化身材，很有幫助的。」蘭蘭先是被張大昌抓著，一步一步滑。

「我和楊自己來過，珠珠是不是來過，我就不知道了。你去美國一年，我們的情況一直沒有好轉哩。」

「真糟糕，怎麼始終打不開這局面？」

「每個星期天晚上，我去她那裏參加例行聚會以前總是感慨著，哪一天我才能單獨和她享受週末，而不必和這群角逐者共同圍繞著她的裙裾。於是我下定決心，發誓今天晚上我一定找個機會。最好是等她一個人在廚房泡茶準備點心的時候，我溜進去悄悄的對她說幾句心裏的話，約她到什麼地方玩去。可是每次見到她就是那副冰冷的面孔，她和別人倒是有說有笑的，來以前的決心和勇氣就被一掃而空了。」

「真糟糕！」

「有時候一氣之下，真想飛回臺灣不看她的臉色，只是不甘心。想起去年暑假，我們明明不是這樣的，不甘心！」

「喂！成績如何？看來不如你爬山時得意。」珠珠不知什麼時候闖到他們旁邊來，楊緊抓著她的臂膀。

「別囂張，我再差也不至於輸給你！」蘭蘭不甘示弱的靠緊兩腿，想重新滑出一個像樣的步式。

「王和桂花呢？」珠珠問。

「他們會滑幾步，哪裏安分得了呢！」蘭蘭跟著四處張望。

「小人在背後說人壞話！」王咯嚓一聲在珠珠和蘭蘭之間煞住了。

「王力山，輪到你來扶，看你還那麼逍遙不！」珠珠一反在張和楊面前的忸怩之態。

「先說好，要我扶可不能叫苦，叫苦的話，會把你摔到冰上不管哩！」

「不怕！」

「好，一言為定。」王一把將珠珠托得好遠。

「近來情況可好？有什麼豔遇？」楊有幾分尷尬，蘭蘭很快的解圍道，張大昌自己滑開。

「有沒有豔遇，你應該知道，昨天替珠珠趕報告，直到深夜，有些睏呢。」

「珠珠說你書唸得好，英日文程度也好。」

「她在乎這些嗎？」

「當然不是在不在乎的問題，學問這東西，至少算得上是人的價值之一。」

「請問你，張大昌到底有沒有希望？這麼一大堆人圍著她，到底有沒有她中意的？什麼條件才是最好的？」楊目光灼灼的逼視著蘭蘭，好像不給他一個滿意的答覆，就不饒人的樣子。雖然他一向很和氣。

「坦白說一句，你放手追就是，其他的不必管，其實哪一類型的人適合她，珠珠自己都不清楚。」

「不行，快累死人啦，讓你這麼死推活拖下去，受不了！」珠珠氣喘喘的叫道。

「就這樣滑下去，再一個鐘頭包管你自己可以放手溜。」王認真的說。

「再一個鐘頭，我的骨頭都跌碎了。」

「算了，放你逃生。」

「喂！你信上說，心裏異樣的騷動起來，大概正預告著即將演出一場轟轟烈烈的戀愛，正是你一直渴望的所謂真正的戀愛。」他們已經上了看臺休息，蘭蘭說。

「不錯，我可以保證，時間就快到了。」桂花說。

「你知道，王力山既不學商，來日本後，才剛從大一重新爬起，我老爸怎麼會答應？在臺灣同學了四年，從來也沒留意看他一眼，直到現在還不曾把他列入候選名單內。」珠珠困惑的說。

「你名單內的人，不是看上你老爸的錢，就是看到你那張漂亮的臉，你沒有談過真正的戀愛。」桂花說。

「什麼才是真正的戀愛？蘭蘭你說。」

「愛以外，不夾雜一絲一毫的客觀因素，閉著眼睛就嫁給他，才是真正的戀愛，如果你老把那批所謂候選人放在天秤上稱，這個缺一點什麼，那個哪裏有毛病，毫無感情在內，真不知道你要挑到什麼時候。」

「就是這樣糟糕，除了我老爸訂的標準以外，我再也沒有別的主意了。」珠珠感嘆道。

「沒有想到楊仙洲對你用情那麼深。」蘭蘭想起剛才楊的話。

「最近我真怕見他，怕他眼中閃出那種光芒表現出的愛意。」

「真好！楊和張同住一個地方，看起來他總是跟著張的屁股走，怎麼也偷偷的追起來呢？」蘭蘭不解地說。

「說真的，假如不是我已經訂了，楊要我的話，我會嫁給他。」桂花說。

「平心而論，張大昌釣大魚的追求動機叫人反感，楊仙洲人品學識都好，嫁給他是有福的。」

「別提了，我知道他好，但我一看見他每天跟在張大昌的後面，和他一個樣子的獻媚巴結，講起話來，慢條斯理的，我就不喜歡。」

「對一個女人來說，與其嫁給一個會打會罵的，不如嫁給一個疼你的人。」蘭蘭說。

「但總不能嫁個一看就討厭的人！」

「反正你這隻惡馬需要惡人來騎！」講到惡馬惡人騎時，蘭蘭故意一個字一個字放重語氣。

「我老爸說，如果到年底還找不到比張更合適的人，就要硬把我配給張大昌。」

「是的，我料到，假如張真能堅持到底，你終要做他的太太。」桂花說。

「你曾不曾向你父親提起，張大昌追你的目的是什麼。」

「他說一個男孩子，為前途而找對象，不是什麼不可原諒的。張的個性正是做生意的人材，我正急需這樣的女婿。你們年青人開口閉口講感情，其實感情是可以培養的。」

「喔！這就難怪他那麼喜歡他了。」

「怎麼啦！你們是來聊天的，還是溜冰？」王力山在冰場上，雙手捲成喇叭喊道，張和楊站在旁邊笑著。

「走吧！下去，對，我提議我們都不要讓人扶，自己滑，要不然，像學游泳用救生圈一樣，永遠也學不會。」他們扶著看臺的欄杆，慢慢走下來，珠珠說。

「有本事自己滑最好了。」王力山回答道。

「唉唷！」珠珠下了最後一階梯子，一鬆開扶手後，人就四腳朝天地滑過去，把從她正面滑過來的人闖倒，兩個人跌在一起。張大昌就近跑到她的旁邊，驚惶失措的想扶她起來，珠珠始終站不起，楊也趕過去，王力山回頭一看就奔來，他獨力一把將珠珠抱起。「沒有關係，大概是筋扭到了，揉揉就好了。」他安慰著說。

他們收拾起冰鞋，辦好退租手續，坐上計程車回到珠珠的住處，大家忙著把臺灣帶來的中藥泡酒後，替珠珠推揉按摩了好一陣子，看她可以站穩了，各自回家去。張和楊和桂花先後上了電車，王力山一個人又繞回到珠珠那裏陪她。

鬱金香夜色

一條一條的巷子，搭起了半圓形的天蓬，天蓬的頂端，張燈結彩的掛滿了各色褶紋的紙花，好像是小學生遊藝會場上的裝備。霓虹燈亮起了各家招牌的字樣和圖片，遠遠地點燃著這些烏衣巷裏的夜色。

彈珠店裏的彈打聲，人們爆發的驚嘆與歡笑，酒吧、咖啡店門前色情的廣告，成人電影院的裸體劇照，在在都能滿足地提供給男人們消魂忘懷的夜世界。

七拐八彎的，蘭蘭正被這耀眼的光色昏眩的眨不開眼睛時，張和楊扶她進入名叫鬱金香的酒吧。

蛇般彎曲的酒櫃臺，在黑暗中閃著暗紫色的光芒，櫃臺的盡頭裝著一面鏡壁，把這彎曲的弧形櫃臺映得好深好遠，彷彿走入無底魔宮。

他們坐到櫃臺前的高腳凳上，喝生啤酒，一小撮海蜇皮盛在瑪瑙樣的碟子裏。

「蘭蘭，你快離開東京了，應該看看這些更具有代表性的一面。」

「是！值得看的地方。」

「我常希望有一天能夠和珠珠來這裏見識見識，她只知道逛百貨店。」

「算了，我們連普通咖啡廳都請不動她了，還提這種地方。」楊仙洲啜飲一口生啤酒，有些感慨了。

「有些人生來就不好奇，他永遠也不想去了解他不了解的地方。」蘭蘭好像在講珠珠，又好像是在說某些人。

「今天除了談點正經事，我們這就算是給你餞行了。真不知道回臺灣大家再見面時是什麼樣子了！我們認識已有兩年，看在這份情上，請你坦白的說，我寫那封信給珠珠錯了沒有？」張大昌攤牌似的對著蘭蘭說。

「原則上是沒有錯的，如果我是你，也許早一年前就寫了，也只有這樣，事情才能解決。」

「那麼你說我是接受公司的續約留在東京？還是時間一到提起行李回臺灣去？你知道，要是又留在東京坐冷板凳，那會逼得叫人發瘋的。我寫這封信，自然是乘你在東京方便。我知道我們可以當面談，像平常那麼彆彆扭扭的一點辦法也沒有。」張大昌真不知該喜還是悲，好像他的命運就決定在這千鈞一髮的時間了。

「你的心情我了解，很抱歉，枉費了你兩年的時間，而我居然都沒幫上忙。」蘭蘭放下酒杯，神色黯然的說。

「為什麼？你不是說原則上沒有錯嗎？」張大昌一口氣喝完杯裏的酒後，重重的摔在櫃臺上。

「她剛接到你的信時，苦思了幾夜，後來接到她家裏的信，證實你信上說的，你母親正在張羅你和別人訂婚的事情。」蘭蘭想起。

「那天晚上，珠珠說：『為了我父親的事業，還是叫他再給我半年的時間考慮，我實在無法想像兩個見面沒好臉相看的怎麼站在禮堂上相對鞠躬。』我說：『半年後，你能保證喜歡他嗎？』她說：『那怎麼辦？我寫信問爸爸好了！』今早信來了，她父親說：『張大昌的母親真豈有此理，珠珠，他既然等你這麼久了，你就答應他呀！我不信他母親多厲害！』後來她姊姊說：『如果有人以和別人結婚來威脅我的話，再好的，我也不會答應嫁給他！』」做為珠珠十幾年的好朋友，無論如何蘭蘭都得保留這些話的。

「不，不！不要誤會了，我母親還在等我答覆的——」

「老實說，已經這麼了，珠珠他們家人是怪不得你們的。我以前也說過，有機會你可以另做打算的。」

「不！我說過，我是預備今天晚上等珠珠的答覆後，做最後的決定的！」

「不是安慰你，我以為如果你和你們公司那個女孩感情比較好，不要再看珠珠的臉色了，你們以前有來往嗎？」

「根本也不認識，這門親事是董事長親自說下來的。也可以這樣說，這女孩子對我將來前途算是很有影響力。我母親早就料到我和珠珠不會有結果的，只是我死不肯承認這個事實，總希望有重新和好的一天。沒想到我還是落得這樣的結果。」

「算了，老實說一句，塞翁失馬焉知非福，就怪你們沒有緣分。」蘭蘭認為事情總該有個結論了。

「請問，如果我現在快馬攻過去，有沒有希望？」楊仙洲把音調提得很高，彷彿有幾分醉意。

「你們真勇敢，前仆後繼的，一個倒了，一個立刻想撲上來。誠懇的奉勸你，憑你楊仙洲這塊料還怕找不到女孩子？珠珠的個性，彷彿只有王力山可以駕御得了。」蘭蘭覺得有必要讓這個老實人早點清醒。

「他……他，那個姓王的？」楊仙洲硬是不服氣。

「假如她選上楊，選上一橋大學那個博士，留美的，或留德的那個，我都服。就是姓王的叫我不服。」張大昌狠狠的往自己的膝蓋上拍擊，恨不得死去才好的樣子。

「這又不是考試，這是緣分。愛情這回事，沒什麼道理可論的。」

「對了，到現在我才敢問：『你們兩人同住在一起，同時都追珠珠，不會感到不方便？』」

「我告訴他珠珠是個好女孩，如果我追不到，最好給你，千萬不要落到他人手裏。」張大昌說。

「是，我們情報互通，但各顯身手，結果命運也相同。」

「哈……哈……在情場上居然也有君子之爭，真是件好事！」

一陣哀怨的歌聲，在吉他的伴奏下咚咚響起，蘭蘭正在分辨歌聲來自哪個方向時，看到這酒櫃的下層，正是沙發雅座。壁燈亮起了，中間的活動舞臺正緩緩的上昇。一個穿黑色大領露肩晚禮服的女人，胸上別了一朵鬱金香，當她唱完那支幽怨的曲子後，接著是瘋狂的快板。這時座上的男女多半已經攜手步入舞池，跟著音樂扭著屁股，轉轉腰，伸頭舞手，大跳起隨意創造的現代舞。高懸在中央的水晶燈亮起五彩的琉璃光芒，和女人身上那朵鬱金香交錯地閃著它烏黑及琥珀的色彩，給人一種如入夢境的感覺。

楊：「我們保留這個祕密讓你自己發現。」

蘭：「花樣可真多，氣氛確實很特別。」

他們步出酒吧的大門，刺骨的冷風，猛然把他們吹醒，這才看到原來招牌的霓虹燈裏一朵鬱金香忽明忽滅的流轉著。當它由燦開到熄滅時，那黑色的花瓣，霎時，被捲入夜的漩渦裏，身骨粉碎以後，不留半點遺痕。

觀音廟的下下籤

透明的玻璃天蓬，像是葡萄花架子，垂掛著一串串花卉，就像是一朵朵剛被摘下來鮮活的紅花綠葉，在金色的斜陽裏，更顯得嬌媚豔麗。

「仲見世商店街」打著它大幅的藍底白字的旗幟，迎風展著，並且頻頻的向遠來的遊客，點頭含笑，稱讚你懂得到淺草來看的遊客真是內行。

他們看到賣真珠寶石、雕刻、刺繡等手工藝品、普通成衣、和服、各地風景照、紀念旗幟，看到有人吃蚵裏脊，油淋子雞、壽喜雞，甚至活的小烏龜。

「會看看門道，其實淺草才是最具有日本風味的地方。」

王力山向蘭蘭說道。

「算了，這還不是學我們來的！你們看，那像不像咱們萬華的龍山寺？」蘭蘭指著街盡頭的那座廟。

「那就是觀音廟，是的，淺草可以說等於臺北的萬華！」

王力山說道。他們已經走到廟裏喝神水的地方，珠珠盛起一瓢水喝。（日本神社或寺廟前，均有一貯水，以供市者飲用，叫神水。）

「來日本這麼久了，到廟裏就不曾抽過籤，蘭蘭我們抽一枝玩玩吧！」

「你抽吧！」

「喏！這是一……什麼？下下籤？」珠珠臉色凝重，老瞧著手裏那枝籤。

「力山！你看看這是說什麼？」

「我的日文沒你好，呀唉！什麼世紀了，還來那一套？」

「是呀！別管它胡扯？」蘭蘭說。

「抽到壞籤心裏總是不舒服！」珠珠撕碎了那籤條。

離開觀音廟後，他們就逛電氣行去，電視、唱機、錄音機，此起彼落的吼聲，叫得他們誰都忘了觀音廟那個籤語……

——本文原刊於《新文藝》第 189 期，1971 年 12 月。

被吞噬的泥鰍

一陣啐，啐，啐，急促而又笨重的腳步聲響自樓梯後面，辦公室的兩扇小屏門喀啦一聲地被撞開。

「梁主任，小何被開除了，從今天起，資料館的事由我代替。」小潘拽著小何的衣袖，有點氣喘不上來。

「為什麼開除？是誰決定的？」梁主任摘下溜到鼻頭的眼鏡站起來。

「魏先生要我來說的，說他懶惰不做事。」

「懶惰不做事？他來三個月，沒見過比他勤快的。」

「喂，總務處嗎？請魏先生聽電話。」梁主任拿起對講機說。

「魏先生下班吃中飯去了。」對方回答。

梁主任狠狠的放下對講機說：「這就奇怪了，從來也不曾這樣不聲不響的開除人。」

「小何，你到底做了什麼事？你自己想想。梁主任點燃一根香煙，望著小何。

「沒做什麼事。」小何低沉的說，那原來就顯得失血的臉色，加上一層沮喪，像一隻受驚的鳥。

梁主任想起小何剛到那天，小屏門外，露出四條腿。

工友領班魏先生推開兩扇並立的小門，背後跟著一個十七八歲的孩子。

「梁主任，這是新來的，姓何，派到你這兒幫忙。噢，聽說你們最近新書增加很多？」魏先生笑著臉說。

「哦，是新來的，你唸過什麼書？」

「初中畢業。」小何生得一張白白的臉，衣著很乾淨，眉宇間有些書卷氣，讓人覺得他應該是穿著卡其裝的高中學生。

「不錯，不錯，資料館的工友，不能是文盲，最好還識英文字母。」

「好吧，我這就算交差了。」魏先生對著他說，然後拍拍小何的肩膀：「你好好聽梁主任的話，就在這兒做吧。」

魏先生走後，他告訴小何，在資料館工作不如一般人想像那麼輕鬆，以為除了借書還書以外，什麼事也沒有。他說新書到時，職員，工友，整天都得蹲在書庫裏，對書，排書，蓋蓋章，相當辛苦的。

「沒有關係，我做做看，我就喜歡這種工作，沒事時可以看看書。」小何說話時，眼睛始終在笑的。

就這樣，他開始在資料館工作，打掃內外清潔，送公文，整理報紙雜誌。不管什麼事情，只要稍為向他點明，都做得令人滿意。

工作時，常露出一張笑臉，做再多的事，他也不感覺疲倦似的，不僅資料館的事如此，就連魏先生交待他的私事，他也不會敷衍。

魏先生說工友雖然有各自的服務單位，但必要時是集中使用的，因此他隨時可以調用人。

剛找到事的人，總是老實點。起初梁主任是這麼想的。一個月，兩個月，過去了，他才發現小何一直保持著他初來時那種工作態度，沒有任何地方改變。

「梁主任，有人說我在這裏整天不做事。」有一天，辦公室只剩下他一個人時，小何低著頭向他說。

「誰說的？」

「小潘。」

「你讓他說好了，只要我們不說你不好，不管旁人說什麼。」他微笑地看著他女孩子一樣嘟起小嘴。

到底是孩子，怎麼在乎一個和他同等身份的小潘的褒貶呢？

他想道：這兒的工友，經常是三個月一走，五個月一換，小潘恐怕是資格最老的。

小潘喜歡穿著花襯衫和西裝褲，逍逍遙遙的好像他是不需要做什麼粗重的工作，就連掃掃地也不要的樣子。

不曉得他憑什麼指責別人不做事。

「小潘，你知不知道他到底為什麼被開除？」梁主任噴出一口濃濃的煙霧，望著小潘。

「他有一件不可告人的事情。」小潘別過頭去。

「什麼不可告人的事情？你說出來好了。」小何氣唬唬的說。

「你自己知道。」小潘的嘴角泛起狡猾的笑意。

「我不知道。」

「你自己才是有很多不可告人的事情，整天找人打架，甚至帶刀鬧事，一定是你這傢伙怕我翻開底牌故意在魏先生面前造謠。」小何沒敢說出這些話，只拿眼睛瞪著小潘，那眼光冒著憤怒的火星，恨不能一口氣揍癟他才好。

梁主任望著窗外，細細的雨絲，在沙沙起舞的竹葉上飛著。那竹葉像是被蒸過了，翠綠的顏色，有了些微的斑黃。

每當他放下手中一本看了半天也歸不進去哪一類別的書時，他總是習慣的望望窗外那一片茂密的竹林，讓眼睛和腦筋休息一會。

竹林邊有一座茅草與竹枝搭成的福利社，他常看到魏先生坐在麵食部裏聊天，不到吃飯的時間，麵食部就只有煮麵的高個子男人，和端麵的女孩子。

「小潘，他有什麼事情，你就說出來吧。」梁主任溫和地說。

「說不出來的。」

「他是不是偷了館裏的東西？」梁主任真怕小何偷了東西，不真偷了，誰也不敢包庇的。

「他還沒有那個膽。」

「那是什麼？」

「是見不得人事情，小何是我介紹來的，今天早上，我挨魏先生罵了整整一早上。」小潘兩手抱叉在胸前，神情很嚴重。

「你先出去，等一會我問問魏先生再說吧。」梁主任邊說邊推著小潘。

問了半天，支支吾吾的不說也罷。梁主任沒興趣再問下去了。

小何告訴他，可能是最近人事處在調查小潘的行為，小潘怕他說出來，故意造他謠，希望他走路。

「單為這事他是攆不走你的。」梁主任有把握的說。

下午上班的鈴聲剛響，梁主任已經來到總務處灰色的門前。

「魏先生，到底怎麼回事要開除小何？是誰決定的？」

「是，是我決定的。」魏先生尷尬的笑了笑，臉色泛起一陣鐵青。

「為什麼？」

「他工作不力。」

很新鮮的名詞，梁主任弄不清他所說的不力的「力」字，是不是利益的利？

「我去查過好幾次，發現閱覽室桌子底下，沒掃乾淨，經常坐在出納臺上不做事。這也不是我個人偏見，他們都看過的。」魏先生望望周圍的人，想取得別人贊同。

「他到資料館三個月，工作情形人人滿意，以剛才小潘的態度看來，這其間恐怕有什麼事情。」

「我們派出去的工友，能夠讓各單位滿意，不光是你們高興，我更高興。現在梁主任既然這麼誇獎他嘛，就暫時留他下來，考驗考驗幾天再說吧。」

「老魏，問題不在開除不開除上，我看那孩子平時規規矩矩的，小潘說他有什麼不可告人的事情，你知不知道？」

「哦，是——是有一件事情，現在證據不全，我們正在調查，留他幾天再說吧。」魏先生突然一陣臉紅，有點結結巴巴的。

這樣看來，恐怕不是小潘和小何之間的關係。離開總務處後，梁主任腦筋在打轉。

「小何，你和魏先生有沒有什麼事情？」梁主任回到資料館就問。

「和魏先生？」

「是的。」

剛才梁主任到總務處去，小何就開始想了，難道會是那些事情？

有個禮拜天，他和一個朋友逛西門町，正好魏先生攙著一個女孩子過來，面對著面走近了，不好再躲開，一看清那女的，就是福利社端麵的女孩子，事後魏先生提醒他不可以對旁人提起。

資料館三樓的陳列室，晚上並不開放，魏先生常常向他拿鑰匙，和那個女孩子進去。

有的晚上，那女孩子下山買點東西，魏先生就派他或小潘護送她下去，有一回，魏先生把他和小潘叫到跟前，問那女的說：「你要誰陪去？」

「小何。」女的說。

他接過魏先生的五百塊錢，到了一家婦產科醫院，他才知道是陪來簽名蓋章的。

以後他到福利社去，那個女孩子總是有話沒話的找他搭訕幾句，甚至跑到資料館來找他，說是想借本書看看。

他還記得小潘說過他很喜歡那個女孩子。小何不曉得這女孩子哪些地方使他們著迷。

他一直把這件事情當作一種任務，魏先生是頭頂上司，討好他，容易混點，粗重的活兒可以少做。他這樣想。

不曉得是否就是那些事情？其實那都是魏先生命令的，他遵照命令做事，犯法了不成？

小何向梁主任從頭述說一遍。

「哎喲！傻孩子，你當魏先生是什麼了不起的人？這等事情你也去做了？」梁主任皺眉頭苦笑的說。

上五十歲的人啦，這類大魚吃小魚的事情，雖然屢見不鮮，但是像魏先生膽子這麼大的，倒是不常見。

「這是他命令我做的嘛。」

「嗨，魏先生和小潘都吃醋了。」

「從今天起，你不管那些事情，只要把資料館的工作做好就對了。」

魏先生坐在辦公室裏，眼睛望著公文，可是一個字也看不進去。

想不到姓梁的那麼大的興致管閒事，現在先下手為強，時間耽誤了，事情怕就要被揭發。

第三天早上，梁主任踏進資料館的大門，就看到一隻旅行袋擱在出納臺上，小何低著頭整理抽屜。

「怎麼回事啦？小何。」

「魏先生還是開除我了。」

「混蛋！」他脫口罵出來。

「你上樓來，這欺人太甚了，真該給他點顏色看。」梁主任邊走邊詛咒。

他坐下來望著窗外支頭沈思。

同事間公事公辦，清清爽爽的，扯上這些私人恩怨怎麼辦好？

說出來嘛，大家都不好看，並且我就得罪了魏先生，而且這種私人機構說解雇就解雇，沒什麼商量的餘地，他魏先生老婆孩子幾張嘴巴吃什麼？這種人一旦被解雇了，什麼事情也做得出來的。要是不說嘛，把這批純潔的孩子帶壞了，人人安不下心來工作也不行。梁主任托著下巴，左想右想不知怎麼辦才好。

「小何，你自己的意思如何？」

「我不想做了，我在這裏，他們一天到晚找麻煩，怎麼做下去？」

「這樣好了，既然你不想幹了，你自己去見社長一面，不做了，什麼顧慮也沒有，全部說出來好了。」梁主任終於想出兩全的辦法。

小何來到社長室時，擋門的正好不在，他頭一伸，看到裏面有客人。

「有什麼事嗎？」他正想退回時，社長喊他，那社長的眼睛，一向是閃著逼人的鋒芒，讓人不敢直視，彷彿一抬眼望他，什麼錯兒，他全都找出來了。

「我在資料館做事，魏先生開除我了……我有……重要的事情報告你。」小何一口氣說不下去。

「在資料館做事，你找梁主任來好了，怎麼你自己找我來？」社長轉過頭去繼續和客人談起來。

「梁主任，社長要你親自去一趟。」小何回到梁主任的辦公室說。

「他怎麼說呢？」

「我去時裏面有人，社長一聽說資料館就說：『找梁主任來，怎麼你自己來？』」

梁主任穿上西裝的上身，把領帶扯好，心居然砰砰的跳起來，哪能這樣不經事？他責怪自己。

「去了怎麼說好呢？」他實在有些著急而不知所措了。

「梁主任，資料館那個工友怎麼搞的，你曉得嗎？」社長問了。

「這工友來了三個月，工作認真，我們都很滿意，好像過去沒有一個比他好的。現在魏先生開除他，為了什麼，我不知道。」梁主任倒希望社長立刻叫魏先生上來，讓魏先生自己說去。

「這工友要不得的，和福利社的女孩子亂來，怎麼行呢？我們這裏一向注重員工的品德，你說這種孩子怎麼可以留在此地？」社長說到「品德」兩字時，語氣是長而重的。

「社長，這其間恐怕……有……有什麼搞不清楚的。」反正你知道了，梁主任心一狠，預備一五一十的說出來。

「哦，那是你被蒙騙了，魏先生是世家，魏先生的人格我可以保證，這個人我從小看大的，他怎麼可能去和那種端麵的女孩子胡搞？」這回他黑亮亮的眼珠，放出來的是一種絕對壓服人的光芒，叫人一時不敢把握自己的立場，尤其不是自己親身見過的事情。

「嗯。」他不想再辯了，除非手頭抓穩了什麼證據給社長看。

魏先生的人格，我可以保證，這個人我從小看大的。那還有什麼好說的？梁主任心疲力乏的走出社長室。

在資料館的長廊上，他看到小何背著旅行袋，從福利社旁邊的小徑往山下走，彎在路上的竹枝，拂打著他瘦小的背脊。

鉛色的天空，沈纍纍的馱著許多暗紫色的雲，彷彿一個人胸中憋著好多的委曲，發洩不出來……

——本文原刊於《中國時報・副刊》，1968 年 3 月 4 日。

大中公司

應約到大中公司面談之前，我就曾偷偷的跑到它的對面，仔細端詳它幾次。

白色的大廈，在那麼多街屋的頂上，巍巍地露出一大截來，待我走到斜對面的十字街口，被它亮起的紅燈瞪住時，「大中公司」那鮮紅顯赫的大字，是盛氣凌人的漆在它高人一截的牆上，很不講理的要人看看它。

有兩架代表人定勝天的冷氣機，裝置在二樓的玄關，那一派雯雯發亮的落地長窗，在這塊新興社區，情不自禁的炫耀著。

含蓄，最容易叫人咀嚼出深度來。大中公司，那四個空洞單純的字眼，乍看之下，使人分辨不出它是經營些什麼貨色，食品罐頭，成衣布料？還是娛樂官能的奢侈品：電視、電冰箱、電唱機？

就算它是進出口商吧！是買空賣空的純中間商？是自家有加工廠，兼營外銷的實業行？還是一家獨霸的頂舒服的代理商？

我想如果它也像一般公司名稱，冠上那堆貿易有限，企業有限，XXXX廠股份有限公司等等的字樣，一定不如這四個大字。給人印象深刻，給人一種莫測高深的信賴感。

「喔：駱仔、諾特、諾特，（日本語，請。）這位是林小姐吧！」看來五十開外的許先生，笑嘻嘻的，笑眼中，有意無意的打量我。他不是我印象中一般光頭凸肚的老板型，那不瘦不胖的身材，配上一對矍鑠的目光，格外洋溢出一股蓬勃的幹勁，是屬於老當益壯，窮且愈堅那一型。

像姊夫那樣莊嚴的人物，平常只有人喊他，駱先生，他們是幾十年的結拜兄弟。駱仔，是再自然不過的喊法，我第一次聽到，有些不順耳就是。

「許先生您好！」我搶著回答，並且向他深深一鞠躬。

「好！林小姐是今年剛畢業的，學的是國際貿易，對吧！我從樓下那位實習小姐，姓黃的，喔！她是跟你同校，知道你在校成績相當優秀。」

「嗯，學校本來是要留她的。」姊夫忙插嘴說。

「喔！那末如果妳愛聽人叫妳：老師，老師，應當回學校教書的。」我不知道他是出於真心的建議？還是揶揄？

「不，我對於貿易很感興趣。」

「那末說來，妳對於貿易這套文件，L／C等，都很熟悉吧？」我看過所有坐在旋轉椅裏的老板，都是那個樣子。雙手擱在扶手上，輕搖著椅子，不管他們的身軀是斜倚在厚厚板墊的靠背裏，或是正襟直坐在哪裏，總是帶著一種發號施令的威嚴，一種掌握乾坤的神態。

「我們在學校，學貿易，除了理論性的政策，方法，還做過一年的外銷實務，就是針對L／C，P，B，P，C，Form，實際去做。所以，現在拿起來，不至於太生手。」壁上掛了幾隻工商考察團代表的錦旗，幾幅許先生在開會中致詞的照片，一隻兀鷹立在牆角，不知是哪兒帶來的標本，振翅欲飛的姿態。

我想起哥哥說過，許先生曾兩次分別帶兩個太太環遊過世界，我很想從他的臉上，讀出深廣的閱歷來，但是他一定是和姊夫一樣，都能明哲保身。不抽烟，不喝酒，他們的世界，無需靠烟和酒來麻醉，所以看不出飽經風厢的皺紋。

哥哥又說，許先生是一隻生意虎，不管任何場合，姊夫都不是他的對手。

「還有，一般商業上的英文書信，你可以看懂？也能寫？」他的語調是緩慢的。顯然地，他要我覺得這僅僅是禮貌上的試探，是純粹的面談，而不是口試。

「商用英文嘛，我們修過兩年，我們學校特別注重英文，不管英語會話，英文讀本，都比別的學校多唸。我自己平常也較偏好英文，如果是一般商用英文，我可以看懂，也寫得出去。」我雖然不必像應徵一般公司那樣，沒有人事關係，就得拚命在主考官面前，大吹自己的能力，但起碼我要叫他對我有信心。

「啊！好！很好！」接著又說：

「我這兒生意很忙，去年一年，光只尼龍圍巾，就銷了美金一百多萬，我想要個人，幫我看看信，哈！哈！有時候一封信，大概知道它說些什麼意思，不過，有幾個字，就要翻了老半天的字典，」他隨手翻翻桌上的英文字典，望著姊夫苦笑。

「是！有時候，真是查死了，還弄不清楚。」姊夫感慨的附合。

在他們那一輩的人，我知道的，大都是連自己的大名都不認得的，不要說查什麼英文字典，他們是那時代的貴族書生。就像姊夫，他就是留過日本帝大的。

但是姊夫是個很笨的讀書人，不說他不會做生意，幾十年來，雖然他是混出一大塊地盤來，這兒掛個理事，那兒掛個總幹事，又是董事，常務董事，一大堆頭銜，卻始終不懂得牽親引戚來庇蔭我們。我要不是事先不能報考他所任常務董事的一個商業機構，（我和別人一樣，礙於大專畢業的女生，不得報考，居然沒有例外，）此刻，我們也不會在這兒面談。

真是那樣。據說，有時候，人家就敢不買他駱老的面子，就像哥哥說：「忠厚也該有個程度。」像姊夫，人家拿他當什麼看待嘛！

「我的姪兒，在這兒當總經理，他呀，忙得驚人，我想要個人，幫忙他和我看信、寫信，打打出口文件，等於是祕書的性質。林小姐，可能是很適合的人選。」

「只要許先生不嫌棄，我很高興來學習的。」我激動地說道。

「好吧！我們就這樣決定用你。來，阿明，你來一下。」許先生招招手。

那個被喚做阿明的年青人，三十剛出頭的樣子，蓄著一個平頭，胖得結結實實。如果遠遠望去，一定叫人看出，只是高頭大馬些而已，他單穿著一件背心汗衫，露出多肉的項頸和胳膊。

「阿明，這是駱先生的姨仔！林小姐，我要她給你幫幫忙。」然後，許先生簡單的向他介紹我的學歷。

「許總經理！請多多指教！」我也向他點頭微笑地說。

「嗯！」他的眼睛始終望著桌上的玻璃墊，臉上沒有絲毫表情，彷彿很不感興趣。

姊夫向他說些請他照顧，指教的話。

「對了，關於薪水你有什麼意見？」許先生對著我問。

「我剛畢業的，一切得從頭學起，只要有這麼好的機會，錢的事，全由您決定。」在學校時，老師就告訴我們，應徵時，當老板問到這個問題，這樣的答法，是最中聽的。

姊夫頷首微笑，然後用日語和他交談。我猜想是告訴他，我是個苦讀出來的孩子，機會第一，不計較金錢。

「我和你姊夫，是多年的兄弟，以後一切你就像自己人一樣，不要生疏。」

我的第一雙高跟鞋，踩在光滑的地板，真害怕不小心，滑倒在地上出洋相呢。

我們告辭出來，七月的陽光，在彩色的玻璃窗前跳躍，機遇是成功的踏腳石，我這樣想。

我正式上班了。

「請多多指教！」我樓上樓下拜見二十幾個老職員，嘴裏不停的說著這樣老氣橫秋的客套。

然後，我用我所能走出來最端莊優雅的姿態，來到我的頂頭上司——那個仍穿著一件背心汗衫的許總經理面前。

「總經理，以後全跟著您學，有什麼事，我會做的，全給我做吧。」

他在一張便條上，書著我們公司，在非洲的貿易市場。

「我們在奈及利亞，尼克等非洲國家，有很廣很穩的市場，以後，你幫我撰寫書信、打字。另外再注意新舊顧客購買的變動情形，我們想辦法開拓重大的市場。」他一臉誠懇，不同於面談那天的冷漠態度。

我告訴他，我是事業心很重的女孩子，有什麼事，我會做的，儘量給我做。

我打了一份長達三張的價格表。新型的打字機，擱在鋁製裝有輪子的桌上，可以自由推動，想起學校那些打字機真該擺到博物院去。

退後鍵，表格跳棒，過度控制鍵，全不知所在。問到旁邊的會計小姐，「莫知影，」我才發現，這裏面的女孩子，全是搞會計的，沒有人做貿易。

在整齊、美觀的原則下，我打完去吃午飯時，已經是一點鐘了。

下午，回覆兩封信，總經理說，還有一封可以慢點回，我說甘脆讓我把那家的來往信件帶回家仔細研究研究。

下班回到家裏，全身骨頭彷彿鬆散了一樣，瞪久了長長數字的眼睛，累得真不能再張開看任何東西。

但是，我被一種負荷的快樂，重重包圍住。

公司下班的時間是六點半，許先生說：夏天嘛，日頭長，可以工作久一點，時針指在六點三十五分，沒有人離開座位。

早上，時間還沒有到，人差不多就來齊了。尤其是出口課那幾個剛出校門的男孩子，家在南部，禮拜天沒事也往公司跑。他們經常一早就到，啃兩副燒餅油條，馬上：嗒！嗒！嗒！打字鍵發出急湊的音響，有時，我要用打字機：「不行，今天出貨，早上不能給你用，你下午打好了，」他們趕工廠申請出口聯，水險單，船單，一大疊文件，忙得喝口茶的時間都沒有。

掛在壁上的小黑板寫滿了歪歪斜斜的外出記事：

「陳，海關！」

「張，臺銀，」

「志雄，市工藝中心，」

大家飛車一騎，跑了。

電話鈴常是交錯的響著，右手正拿著聽筒講，左旁的也急促的響起，只好向右邊的說：「請稍等一下，」向左邊的說：「喂，您找哪一位？」這頭正交談得難解難分，那頭有人喊：「陳仔，電話！」

高雄報關的長途電話，蘇澳大理石廠自動殺價來了，香港鄭先生決定下午飛來臺北。有時候，總經理拿起電話筒，直接向日本「喊」過去，信用狀截止日期就在眼前，不容等電報往返再作商議。

商場的世界，縮得真小。

在這裏，除了我以外，找不到閒人，和我相對而坐的小女孩，初中畢業的。她管信件收發，包裝樣品，到銀行領錢寄錢（閩南語存錢之意），影印文件，倒茶，忙得成天團團轉。

每天九點半左右，許先生帶著他頭家的風采，姍姍的從三樓下來，他圈點過所有的卷宗後，立刻召來手下幾名主管級的人物，就像開什麼緊急會議。那氣氛是緊張而嚴肅的，他們用日語商討各項政策，然後大家分頭併進。

我認為，許先生很夠資格寫一本現代企業管理學。

有一天，十點多鐘，仍不見許先生下來。

「頭家今天怎麼沒下來？」我問對面的小女孩。

「八信有事，頭家是理事之一，他一早就出去了。」

我的工作，漸漸輕鬆得不像話了，有時整整一天，只打一套出口文件，或只翻譯一封簡短的公文，只算一張估價表。也有過一天，總經理要我用打字機，在一疊支票上背書，後來，甚至整個下午，一整天，什麼事也沒有。

真希望有誰找我去幫忙，只要不這麼閒著沒事幹就行。

但是貿易業務，從報價到結匯是整套的，幾乎是很不好分割出任何工作讓別人做，他們分組負責，各有自己的工作範圍，至於英文書信，這兒搞貿易工作的人，全是大專畢業的，寫封英文信是駕輕就熟的事情，用不著別人代勞。

我實在憋不住氣，跑到總經理面前問他：「請問有事讓我做嗎？」

「有事我會喊你。」我看他鎖緊眉頭，核對著會計報表，很想分擔他所有的工作，不限於貿易。

漸漸的，我看出來，他是不愛敷衍搪塞的人，說一是一，說不是不。

有一回，那小女孩從銀行回來，告訴他，她去領錢時，銀行的職員，拉長臉老大不高興，他馬上拿起電話筒：

「喂！聽說你剛才不高興？」

「……」

「你以為孩子不會看你的臉色？銀行怎麼能寄錢笑嘻嘻的，領錢就生氣！」

也許一個人得志的時候，並不就是完全快樂的時候。就像他，每天被那些業務，逼得皺眉蹙額，好像有一千個不如意。

可是一到中午，大家就在辦公桌上吃便當，他會和我們天南地北的亂聊著，不曉得，他自己是不是很珍惜那些時候。我很想問他，為什麼我一直沒什麼事做？但始終不敢問出來。

我去請教一些做過事的朋友，他們都教我：沒事找事做吧！東摸摸西摸摸也好，總不能癡癡的坐在那裡看人忙。

以後沒事幹時我就到鐵櫃前，翻閱一家家往來信件，凡是和我有關係的，每一封信的內容我幾乎都可以背出來。

最損人自尊心的是，出口課那些男孩子，貼郵票，稱稱樣品，都得繞過我的旁邊找那小女孩子，真怕讓他們看到我老是閒著沒事幹。貿易是我們的本行，我情願和他們一樣，騎著摩托車到處闖去，即使經常和人爭得臉紅脖子粗也無所謂，做生意嘛，就避免不了麻煩。

死也不要這個什麼祕書的職位，顯得如此無足輕重，可有可無的職位。

姊姊說：許先生也許是故意安排個領乾薪的位置。

我真火大了，我說她簡直在說鬼話嘛！許先生的事業，又不是我們祖宗八代傳給他的，哪有平平白白要人領乾薪的差事。

去年，許先生曾把一家化工廠三十萬元的股權讓給姊夫，姊夫接了半年，發現那工廠的總經理始終拿不出帳簿來，拆夥不幹後只拿回八萬塊錢，但無論如何許先生絕不至於因此買這筆糊塗帳。

這怎麼會是領乾薪的年紀？差得遠哩！

有兩三天下午，工廠裏的日籍職員到公司來，（我們有個加工廠）總經理拿出幾封信讓他寫，起先我有些納悶，後來一想，一定是些特殊機要的文件，我不能處理的。

八信停業的消息，造成一片很大的浪潮。

報紙上刊出理監事借款的黑名單，裏面有許先生的名字，我真不相信，自己的眼睛，但是姊夫說，報上借款數字並不符實際，許先生實際上是借了一千多萬。

我開始和許多朋友討論：我們公司會倒閉嗎？

我們的結論是：即使倒閉，也得等法院審判後，清償債務，公司才需解散。

三十幾年來的慘澹經營，大中公司才有今日，說什麼許先生也會想盡辦法不讓公司瓦解。

那是中秋節的晚上，我正好輪到值夜。總經理向我說：「林小姐，你要有事可以先走，我們對調，明天你來守，今晚反正我是不能走的。」那一陣子，許先生就整天在外面開會，總經理常常留下來，整裝待命，照顧裏裏外外。

我認為總經理是一個愛講究實際的年青人。我說我一點事也沒有，但是我卻暗暗的放棄了朋友們買好石門水庫當日的票，就是愛人等著和我賞月去，我也不想和總經理對調。一個人在職一天，就應該守著一天。

以後，許先生開的會，沒日沒夜的。據他說，有時候會開到半夜，有些身體較差的理監事，暈過去了，醫生打過針後，再開。

「我勸你們大家，千萬別當什麼理事監事，倒了三代的楣。」

經常有些親戚朋友來看他，他總是慷慨激昂的談到：「主席無能，經理成天吃喝玩樂不管事，貸款不經理監事同意胡亂借出去。」談到我們去晉見某某財政主管：「昏庸無能，一派官僚作風，這個樣子，中國怎麼會強。」

論說話做事，許先生的確是一個有條有理，腦筋清晰的人。

有一個傍晚，一個帶黑鏡的人，偏著頭，跨著江湖的八字步子，大搖大擺的走上來：

「尚武兄你好！」他朝許先生的辦公室喊道，一手摘下墨鏡，顯然他是沒看清楚就喊了。

辦公室原來許先生的位置，改成林副理的，許先生換到三樓辦公。

「哦！哦！是你！」不知怎麼回事，林副理有些木訥。

「別再耍那一套花錢啦，這回我看許尚武是躲不了了，嘿！嘿！抓得好，抓得好！」他的冷笑叫人聽了有些膽寒。

「喂！你們的許大經理呢？也躲了是不是？那個小子呀，那一年還敢告我一狀，哼！一個婊子！這筆帳我是非清不可。你們以為可以再假藉惡勢力，騙取別人血汗錢？」他愈吼愈大聲，我們全低著頭，沒有人敢吭聲。

「八信如果不是這批人為非做歹，怎麼會垮？騙子！騙子！你們大中公司每一個人都是騙子！如果不是搶了八信的錢，我看連個樓房也蓋不起來，」他拿起電話狠狠的往地上摔，用卷宗墊著手，「嘎……」玻璃墊破裂了。

「那是你和我們總經理的事情，你應該當面和他扯清，不能這樣擾亂別人。」平日血氣方剛的林副理，緩慢的說著，他常說他年輕時最好打架。

「混蛋，你這個幫兇！你們有種喊警察來吧！」頭家娘本來站在三樓梯的扶手。當那個鬧事的人話說一半後，她悄悄溜上樓去！我們全嚇白了臉，只有林副理細聲細氣的頂著場面。

不知道如果總經理在場，或是許先生在場，是不是會打得頭破血流？白刀子進紅刀子出來？

「老林，那是誰呢？」帶黑鏡的人走後有人問林副理。

「土霸王，以前人稱他陳將軍，一個地痞流氓。以前和公司打過官司，他敗訴了。現在不知仗哪門子的勢力逞兇一番。」林副理滿臉憂戚的說。

「英雄好漢呀！就應該平時來論理。趕現在，明知人家有事，才敢過來放屁，（閩南語：諷刺說大話者），以後晚上把鐵門關上。」頭家娘不知什麼時候又下來了。

我想起：平日不做虧心事，半夜哪怕鬼敲門。

至於我們公司，我看到是老老實實在做生意，我不懂許先生借那麼多錢擺哪裏？他以前老做些騙人的事？

就在陳將軍鬧事的隔天，姊姊跑來告訴我：

「許先生已經辭掉你了，明天就別去了。」

「那怎麼可能？我不能相信！」我的喉嚨梗塞著，眼淚奪眶而出。

「昨天你姊夫到旅社看他（那些他已被軟禁），他說公司看情形要關門。」

我走後，大中公司始終沒有關門，那些忙忙碌碌的職員一個也沒人走。

只是董事長，許先生的名字，改成總經理的大名，一切人事依舊。

有一陣子我被失業打擊得幾乎挺不起腰桿來。

朋友告訴我，在一個大公司裏，你是否被器重，完全決定在你的頂頭上司手裏，不是老板。老板只看到主管級的人物，不直接和小職員接觸。

不說頂頭上司一直不給我事做，我真的再差，也得試用三個月，那是公司用人頂起碼的規矩。

就憑姊夫和許先生的交情，我不能了解，是總經理？還是許先生？怎麼有膽量藉八信停業，就敢決定讓我敷衍一個月？

——本文原刊於《新文藝》第 138 期，1967 年 9 月。

散文

假如有那樣的一天

假如有那樣的一天，
我下山了，
那麼我們很可能住在淡水附近，
離淡水約十里路的濱海小鎮，
淺水灣，
住在一座幾乎是
全島上濱海最近的樓房。
——李秋鳳

假如有那樣的一天，我離開了銘傳，下山了，下了福山，大概也不會長住在雙溪的山上。雖然我也喜歡雙溪，喜歡從故宮進入中央社區的那條路。沿著潺潺而流的溪水，雖不是浩浩江流，氣勢磅礴，卻有琮琮琤琤，細水長流之美。兩岸山巒疊翠，綠意盎然，使人有離塵脫俗，清明恬靜的感覺。我當然也喜歡中央社區夏日清晨晴空萬里，雲彩繽紛的美景，喜歡清晨從輕脆的鳥聲，咕嚕，咕嚕中甦醒過來的詩情，喜歡在夜晚數著天上閃閃發亮的星星。可惜住宅非獨棟建築，又非依山而立，也不是住在一樓，不能時時刻刻腳踏在泥土上，眼望群山，感覺山居的幽靜與恬美。

所以，假如有那樣的一天，我下山了。那麼我們很可能住在淡水附近，離淡水的十里路的濱海小鎮，淺水灣，住在一座幾乎是全島上濱海最近的樓房。在一樓，雙腳踏著青翠的韓國草地，嗅著泥土的芬芳，瞭望滔滔大海，白色的沙灘，磷磷的礁石，和曲折蜿蜒的海灣。

我可能會像現在，什麼事也不做，坐在花園裏，或是在這僅有十來坪的屋內，透過落地長窗，痴痴的望著大海。看它如何在藍色與綠色之間，巧妙的調配成深藍、淺藍、孔雀藍，或是翠綠、墨綠、蘋果綠等各種顏色。即使是此刻年裏最壞的季節，淅淅瀝瀝的小雨，從屋簷滴滴答答的打在迴廊的天然石面上，濕潤的草地，更顯得青翠欲滴了。

強烈的東北季風，從海面上呼嘯而來，和沙石、樹梢的迴響合奏著大海的交響曲，這自然的樂章盡情的演奏著，伴著我們從清醒到睡夢中，永不停止。

那海的顏色，最遠處是紫藍色的，近處是深灰，但是一波又一波雪白優美的浪花浮蕊推捲著，使海面看來有了幾種清明的層次，仍然有它屬於較為深沉陰暗裏的優美和魅力。即使是冬天裏的淺水灣我仍然是喜歡的。

如果是在夏天，望著那一片碧綠的海水，我當然要勤快一點，走出屋外下了小山坡，走過馬路，這寶島西北角端和臺灣海峽僅僅相隔著的一條小小的馬路。然後就是沙灘，在白色的沙灘上漫步，或者是躺在沙灘上，背部浸沉在海水裏，或者是躺在橡皮圈上載沉載浮。我來告訴大海，我已經來到你的身邊，投入你的懷抱，傾聽你的呼喚，感受到你溫暖的體溫，凝視著你的容顏，體會你的神奇和偉大。這人世間的一切，悲哀與歡樂，偉大與渺小，不過是你這大海中的滄海一粟而已，一切都不算什麼。

我也許會在沙灘上，數著潮水的漲落，分享漁人豐收的快樂，我要用這枝拙筆來描繪大海的各種風情面貌，我要用蘆葦沾著海水來寫詩，寄給我喜歡的人，但是我僅僅寫景不寫情。我還要告訴她，如果你不能體會這稀世的美景，你實在不配來到這屋子，你也不是我的朋友。

那時候，我也不去思想來過我這屋子裏的學生、朋友、愛人、親人，如今和我是親了，遠了，他們是發了、沉了、好了、壞了。所有這些人的人生道路，也不過像這大海的一波又一波，後浪推著前浪。隨波逐流，或中流砥柱，那就是個人的德性了。

有時候，我要走到後山去散步，這時候我將面對美麗的大屯山的背面緩緩而行。我要告訴它，咱們真有緣，這幾十年來，我幾乎天天面對你，平常是看到你的正面，現在來欣賞你的背面。你雖然不像大海，風情種種，氣象萬千，但是你的宏偉、秀麗、嫵媚，一樣叫我著迷。今生今世，如果我不離開北部，大概也不會離開你。

走在後山那條林間小道，路邊是茶園，白色的山茶花盛開著，累累的茶籽，結滿了短短的樹枝。我實在做不到像他那樣的聖人，看花不摘花，我忍不住要摘它一枝供養在屋內，我要仔細來欣賞這花瓣的色澤與紋路，我要很近的來品嘗它的芳香。

茶園再過去就是梯田和農舍，我們也經常設想在萬頃稻浪中，蓋起一片紅瓦磚舍，在北部，這個希望似乎很渺茫，只好等回到白河他的老家去圓這個夢了。

我們最終的目的是要走到坡頂上藝蘭別墅那裏，站在那兒的高地上，前面是汪洋大海，後面是群山環繞。人好像被這山山海海包圍起來，逃不出這自然的掌心了。視野成了三百六十度的寬廣遼闊。產生一種天圓地彎，地老天荒，宇宙無窮無盡的感覺。

你也許要問我，你真的成天看風景吃海水就飽了嗎？

我當然也得勞動筋骨，設法生產。靠山吃山，靠海吃海，我可能有時去捕魚，有時去種菜，有時賣點文稿，如是而已……

假如有那麼一天，我覺得這天地間剩下我一個人孤零零的，我就到深山古剎去，剃髮為尼，誦經吃素，參禪拜佛。但是我要特別請求住持，由於我的心臟神經衰弱，請准許我免去清晨五時的早課。其他的工作、掃地、挑水、種菜、晚課，我一概照規矩來。

假如有那麼一天，我的腦筋不能思想了，心死了，情感麻痺了只剩下四肢，我就去開一個桌球俱樂中心。我不但要訓練那些球友的球技，也要磨練他們的心智，最主要是教他們忘情，除了打球還是打球，世界上只有球不會欺騙你……

假如有那麼一天，我們要回到白河他的老家，去做農夫農婦。耕田、種菜、餵豬、養雞，和讀書，口吟著陶淵明的詩：「歸去來兮，田園將蕪胡不歸？既自以心為形役，奚惆悵而獨悲？」……

假如有那麼一天……

也許我還是天天坐在這裏。圖書館、文學、唸英文、寫草卡、唸一些莫名其妙的書，和一堆莫名其妙的人吵架、加班搞《銘傳校友》，做半個文人，做半個妻子，直到死去……

——本文原刊於《銘傳校友刊》第 32 期，1988 年 3 月 25 日。

清風樓隨筆

殉情乎？苟活乎？

中秋節的下午，一反往常，沒有呼朋引伴到淺水灣去觀賞海上明月。因為昔日的玩伴已經飛出故林，從此不返。一個人無情時，往往不如一條狗，愚蠢時，不如一頭牛，殘酷時，甚於老虎。這也是我最近去參觀頭份金仁靜校友的牧場的心得。

兩人過活，特別清涼甘脆，可以天天是中秋，也可以天天不是中秋，就看在情感的境界是什麼，就是什麼罷了。

別人往我家山區擠著看月亮，我們往士林街上擠看人潮，奢侈呀！在「住」的地方，我比別人奢侈。其實士林鬧街的人潮對我來說，並沒有什麼新奇好看，因為自己常常就是這人流潮水中的一滴水，一片浪。此時到士林是目的是到立峰戲院看三大導演，胡、李、白合導的《大輪迴》。不知是三大導演的名氣大，還是中秋節和我們一樣不拜拜、不送禮、不上山下海看月亮的清閒人也很多，戲院賣了個滿座。站了幾分鐘，終於摸黑找到兩個位子，得以安靜下來觀賞。

片子已經放映二十分鐘，看見驚人的剪輯技巧，詩情的構圖——在深山飛瀑間，優美的打鬥鏡頭。聽到演員含蓄雋永的對話，看到石雋，看到演員的服飾，就可以猜到這片段是誰拍的，當然是胡金銓。第一段不久就結束了，不必明瞭故事的頭尾本末，光看這些片段，已經過癮。看「胡」片的好處是讓你回復到古老的中國，你看見人間的俠義，你聽到文質彬彬的對話，你喜歡生長在一個禮儀之邦的國度，在一個溫厚的社會裏頭。而今人多半語言無味，面目可憎。趨炎附勢，根本無「俠」、「義」可言。

第一段是李行拍的，叫第二世，也就是說第一世裏頭的三個人（其中有兩個人應該是夫妻，有一人是關係人）又同時投胎轉世，又糾纏在一起了。

故事的大意是說有一個戲班創始人，在臨死前把自己的女兒託孤給他指定的繼承人，並且囑咐他好歹得把這戲班支撐下去，發揚光大。幾年後，時運不濟，這戲班演的戲無人看，已經到了典當過日無以維持的地步。正當這繼承人張生宣佈解散戲團時，他們所投宿的旅店店主告訴他們不妨去找當地的富人慈善家馬少爺幫助。當張生帶著旦角華玲等人登門造訪馬少爺時，兩人都覺得好面熟，似乎在那裏看過，從此一見鍾情，私訂終身。馬少爺不顧寡母的反對，拒絕辭退原訂的親，遭受毒打，被掃地出門在所不惜。而當華玲告訴班主張生決定不跟戲班走，要跟馬少爺時，張生告訴她：「不全是為了戲班，也為了我自己的感情，我覺得這世界上只有我有資格得到你。」勸華玲不要離開他。華玲當然不理會，也無心思去想張生對她的什麼感情、資格之類的事，此時已經是對「豬」彈琴。隔天在最後一場戲中，張生用情敵——馬少爺所送的一把傳家寶——魚藏劍（馬少爺說要用這把劍來補償張生，妙哉！愛情的創痛居然可以用物質來補償）假戲真做的把所愛的人——華玲刺死，這高潮戲令所有的觀眾都震撼起來。

這場戲之前，張生一直以班主和監護人——哥哥的身份對待華玲，看不出隱藏在他內心的愛情。古代中國男子，確有很多情感含蓄的人，所以當他用那把魚藏劍刺死她的時候，分外叫人感到悲愴、肅穆、和震驚。那份強烈的愛情，和無力感，真是驚天動地而泣鬼神了。

愛人離異後，刺死她，然後自殺？還是原諒他，不生不死，苟延殘喘的活下去？當然是該原諒他，活著，好好的活著，不要讓生活打倒（抽象畫大師趙無極之言），天涯何處無芳草？這是一般人的處理方式。偶然也有像張生那樣死心眼，想不開的人，不成功便殉情，這種人不是常人，是弱者，是強者，也是情聖。

電影和小說，為了戲劇效果，經常描寫一些比較奇異獨特的人，言人所不敢言，行人所不敢行。這樣才叫觀眾覺得刺激有趣。如果太平實了，也就是你我大眾的人生，也就沒有什麼看頭了。這也是心理學上所謂「補償原理」。

——本文原刊於《銘傳校友刊》第 25 期，1983 年 12 月。

清風樓隨筆

奇文共欣賞

——讀唐德剛撰「胡適雜憶」

以前只知道胡適是哲學家，是文學家，是推行「白話文學」的第一人，是學術界的大師，泰斗。卻弄不清胡適在中國政治界到底算老幾？影響力有多大？記得有一次他和先總統搭檔競選？又有一次，他召見黨外人士，李萬居、高玉樹等人準備籌組新黨，抗日期間他曾任駐美大使多年，這些背景又說明他曾經也是政治人物。

最近讀唐德剛撰《胡適雜憶》一書，對於一代宗師的胡適先生，才有了比較完整的認識。

《胡適雜憶》事實上是一本胡適評傳。唐德剛是胡適的忘年之交，夏志清說，以唐德剛的「職業」、「訓練」和「娛樂」，他是為胡適作評傳最理想的人選。

在本書裏，對於胡適整理中國哲學史、文學史、推動文學革命，提倡科學、民主、自由之得失功過，面面俱到，把胡適寫得生龍活虎。但又不是公式般裝飾什麼英雄人，對於胡適的思想，為學做人，私生活等，無所不提，無所不寫。是「既同情，而又客觀，敬愛其人，而不袒護其短」，將胡適的優點與缺點，毫無隱諱的全部公諸於世人。唐德剛本人國學史學的根基深厚，個性詼諧，所以文字優美生動，行文如行雲流水，明珠走盤，直驅鬼神（周策縱序）。使這本書，成為一部難得一見的優美的傳記文學。

我的興趣特別是在胡適與中國政界的因緣關係。在——〈不要兒子，兒子來了〉的政治這一章裏頭，撰者開章明義的說：

「胡適之先生既然基本上是一位恂恂儒雅，有為有守的白面書生，他是不能搞政治的，因為他缺乏搞中國政治主觀和客觀的一切條件。

在主觀條件上胡先生所缺乏的是：他沒有大政治家的肩膀，中上級官僚的臉皮和政客或外交家的手腕；他甚至沒有足夠做政論家的眼光。

做個大政治家，在主觀條件上像胡先生所具有那種『信道不移』的精神，只是最起碼的條件。更重要的是還要有鐵一般的肩膀，如此他才能頂住政治上的驚濤駭浪，泰山崩於前而色不變地負起天降大任。然後任勞任怨，為國為民，死而後已。但是胡先生的個性是沒有這種擔當和魄力的。

……胡先生在盛名之下是十分『愛惜羽毛』的，愛惜羽毛就必然畏首畏尾。畏首畏尾的白面書生，則生也不能五鼎食，死也不夠資格受五鼎烹，那還能做什麼大政治家呢？

胡先生也沒有作官僚的臉皮。民國以後有清望的學者們下海從政是需要相當臉皮的。因為這些名學者出山之前一個個都是以帝王之師自命的，認為『吾曹不出，如蒼生何？！』這樣才能應徵辟，乘安車，入朝為官的。但是官場亦另有官場的一套啊！一旦做了官，這些高人隱士，對上就不得不搞逢迎，對中層就不得不結黨羽，對下也難免不作威作福……

胡適之先生本人，倒的確是個例外，他老人家雖然也曾下海，他卻仍能保持了他的清譽，而沒有淪為官僚。『看他風裏儘低昂，這樣腰枝我沒有！』最大的原因，就是他缺少那種『終始參差，蒼黃反覆』的臉皮，所以胡先生縱想做官，也只能做過『泛舟於赤壁之下』，吟風弄月的閒太守，做個太平盛世的點綴罷了。」

看了以上這一段，真有如醍醐灌頂，使我了解中國官場的惡習和陋規，了解我國兩千年來自上而下的單線官僚體系，了解胡適之先生為什麼曾經在政界的邊緣徘徊，而始終成不了氣候。因此結論：胡適之先生只是一位學者，他只能清談政治，做不了大官，更成不了政界的領袖。

我抄錄上面那一大段，是發現立論高超，文章的氣勢，遣詞用字，都是典型的「唐」文，看來非常過癮。「奇文共欣賞」，因此破例做一次「文抄姐」，尚請原諒，如果你有興趣，不妨買一本或借一本來看，慢慢欣賞，仔細咀嚼，真是其味無窮。

——本文原刊載於《銘傳校友刊》第 25 期，1983 年 12 月。

清風樓隨筆

說無常——給瑟芬

十年前，有一個好朋友很壞，一定要拉我到她的班上去對學生講話。有時候和他們談文學，有時候介紹如何利用圖書館，有時候談修養。記得有一次，我以「無我」和「無常」和他們共勉。

那個時候，我一定也認識到「無我」這個境界實在太高了。一般凡人很難辦到，只有少數的英雄豪傑、革命家、教育家、企業家，那些胸懷偉大、目光如炬的人才能辦到。而一般人一輩子大抵在一己的功名富貴裏頭浮沉，很難能跳出「我」這個範圍。當時，我所以特別呼籲大家努力修持，是發現這個社會「唯我」「唯利」的人太多了，因此妨害進步，你爭我奪，互相殘殺。

再說「無常」，那個時候我談論到「無常」觀，似乎也像頭頭是道。其實，當時我對「無常」觀的認識是從知識得來的，是一個寫作者對生活較具敏銳性領悟出來的。事實上，當年我在現實生活中並沒有失去什麼，一切都很好，我的熱情可以媲美那些不大不小的五專二學生，我幾乎和他們一樣天真。我的書桌除了文學書籍以外還有四書和聖經。我確信仁義禮智，師生、君臣、中庸之道，是做為一個中國人的生命哲學、基本生活教條，所以我當時非常反對五專學生不唸《論語》，（現在已經規定要唸了）。有位文藝界的先進告訴我，基督教的《舊約》是世界上十大最美的散文，而「《新約》裏頭的道理，又是如何寬容偉大。至於佛經，那是何其深奧呀，我是一頁也沒有翻過，一天也沒有聽過。

我在課堂上夸夸其詞，告訴他們一個人應該有「人生無常」的認識，這樣才能承受挫折，承受生命中困頓、離失的打擊。而當時，我哪裏知道一個人要接受什麼打擊，生命中又會失去什麼東西，我說過當時我的「無常觀」的智識是從書本上得來的。

十年來，忽忽已入哀樂之年。我在這世界上最親愛的兩個人之一——我的母親，我看見她在半年中因為食道癌，從米飯難嚥，到滴水不入。生命一天一天的枯萎，終於消失了，不管我實在不能失去她。

你一定要說，你這人也未免太呆痴了，自古人生誰無死。不過，你可能不了解，天底下就有一種人的情感是不能割捨的。

在我們的周圍，有一位常常來鼓勵你，主動來提攜你一把的文藝界師長，生氣虎虎的，突然在三兩天中病逝了。

有一位同事的先生，苦學有成，壯年得志。突然，二十年前的肝疾復發，在一個月中，撒手西歸，留下他的妻子，終日悲淒渡日。為了兩個小孩，也不能乾脆跟著他死去。因為此時她已經覺得活著不如死去好。

有一個充滿了正義感，抱持理想主義，善良但悲觀的年青人，只有二十一歲，在服役半年後自殺了，讓他的父母親、兄姊，幾乎挺不過這場打擊，久久不能恢復正常生活。

此外，還親歷兩次情感的騙局：

有一個同事，新來乍到，和人形影不離公私均好，水乳交融，讓你把心肝肺腑都掏出來。三個月過去了，不需要你了，突然在一兩個星期中，翻臉不認人，似乎根本沒有過去那回事情。

有一個小孩子，七、八年來，天天跟著、黏著，一天都不能沒有你。有一天，交到一個新朋友，新朋友比老朋友有用，於是說：「對不起，忘記過去吧，明天起我就要和新朋友去玩了。」

這兩種人的感情是收放自如，境界是太上忘情，是超人，或者是太空人。

無常！世事無常！人生無常！不該死的人要死，真情為什麼會變？只好去問觀音菩薩，去問釋迦牟尼。現在，我的書桌多了彌勒佛，床前供著觀音。願我佛大慈大悲，普渡眾生。此時《四書》似乎太理性，而「基督」是在西方，是在教堂裏，有些遙遠。

一個月以前，有一位夜間部大傳科電視組的同學，為了「畢業製作」題目是「本校圖書館面面觀」，一定要來採訪。我向來最怕透過麥克風講話，更怕上鏡頭，但是本份職責又無法推諉，談完圖書館的剪報，圖書採訪的方針後，她的話題突然一轉：「請你就你的從業心得，說幾句勉勵學生的話。」我的腦筋也突然一轉說：「因為人生無常，一個人不要把全部精神寄托在人的情感上，因為人是善變的。應該多和書做朋友。書籍不但是謀生的工具，也是我們精神上最忠實可靠的朋友，只要你需要它，它永遠在你的身邊。何況莊老夫子，還會告訴你：『大知觀於遠近，故小而不寡，大而不多，知量無窮……察乎盈虛，故得而不喜，失而不憂，知分之無常也……』」

上面這段話最開頭的兩句，是以前瑟芬常常勸我的，現在我反芻出來，寫在這裏，瑟芬一定很高興。

——本文原刊於《銘傳校友刊》第26期，1984年3月25日。

清風樓隨筆

我去打桌球

瑟芬：

校慶過後，經過好長一陣梅雨季節，人是陰陰沈沈的活過來了，然後慢慢進入盛夏。生命就跟著時間的序列輪轉著，既無法操縱它的快慢，就只能期待它散發光彩。這個暑假，在運動場上，我終於看見了生命有如在冰山裏慢慢的起伏躍動了。你一定很高興聽到這樣的訊息，對嗎？

暑假，我去唸英文，又去打乒乓，啊！真希罕，這是十幾年來第一次有機會在上班時間娛樂。英文是八月起開始唸的，你一定要說，你編書都來不及了，怎麼能去唸書呢？這是語言中心所做的好事，利用暑假來為我們教職員服務。也有日文班，有些好命的教書人，既唸英文，又唸日文，雙管齊下，來日一定前途有望。其次是因為「她」也去唸日文，所以嘛，上行下效，圖書館讀書風氣蓬勃，妙哉！

至於我又去打乒乓球，這也是因為「她」又去打籃球，所以我順便又撿到便宜了。這當然也是體育組所做的好事，體育組在楊瑞蓮主任的領導下，迭有創舉，尤其熱心推動教職員的運動風氣。從去年起，暑假就鼓勵教職員去參加各種球類運動，今年有籃球、桌球、羽毛球，和韻律操。先是練習一段時間，然後各科組隊比賽。練習的時候，體育組的老師先來教練，楊主任每日還到球場視察進度。這種認真的態度，你就可以知道我們不是隨便去跑跑跳跳罷了。據說今年人口最多，場面最大的要算韻律舞，參加者達七十多人，還包括兩位最忙碌的林主任，稀奇不？也有那些好命的教書人，一早跳韻律，等一下又打羽球，下午又參加打桌球。暑假他們難得悠閒，活動筋骨，有益健康，又可以保護身材，何樂不為！

我接著要告訴你的是我不但去練習打桌球，而且還參加了比賽。你知道，我本來只會一點點，怎麼敢去比賽？這都怪我的老朋友企管科的秘書了。你一定會說，慢著，請先告訴我，你怎麼想起來去打球了？你這個向來標榜智能重於體能的人，又怎麼參加了比賽，你少胡鬧吧！

是的，我以前是一個跟時間賽跑的人，公餘之暇，寫和讀都來不及了，從來沒有想到運動，從來忽視體能的重要性。在這樣酷熱的七月天，發了什麼瘋去打桌球？首先我料想，如果去打球，起碼在那個鐘頭裏，可以忘憂解愁，可以快樂的，而「快樂」對我來說，已經是個奢侈品了。所以我不惜用很昂貴的時間去下賭注，希望買來「快樂」這個奢侈品。其次我當時認為很難克服的是「炎熱」這個困難。你知道每當溽暑，我只要離開電風扇就汗流浹背，現在又怎能忍受在沒有通風設備的室內球場打球？

真沒想到我賭贏了，我所得到的快樂是超乎想像的，這快樂居然打倒了炎熱（其實運動過後，擦擦身體，把運動衣換下，也就不覺得什麼難過）打倒了時間，最厲害的是把「不快樂」那隻惡魔擊斃了。真的在那樣快樂的時光中，一切都顯得無足輕重了。

其次我就要談到比賽。你知道，開始練習的時候，我只會一點，沒想到每天打一個小時，每天就進步很多。人到了這個年紀，難得在自己身上發現進步這麼快，所以激發起我的興趣，愈打愈有味道。後來，我居然會用旋轉的球發球，使得對方接不住，真是妙極了。然後我就想辦法要打敗對手，而對手能難為我的地方，諸如發球太強勁，我就愈發要他使出來，俾努力予以克服。你說，這樣專注，努力的學習，「不快樂」那魔鬼有什麼機會襲擊你？它當然被剁殺的精光了，被趕入地獄了。

我真該談到比賽了。比賽是這個活動的高潮，前陣子練習打的時候如果是體育組的播種時間，那麼比賽就是收穫季節。聰明的人不但喜歡觀賞花開，也喜歡拾擷果實。至於我的朋友企管科的秘書，為什麼強拉我這個不到水準的人去參加比賽？這原來也是體育組的招數。體育組為了特別鼓勵女老師參加運動，規定每隊必須有四位以上的女生才能組隊。而我那位野心家朋友，不但組織羽球隊、籃球隊，也組織了桌球隊參加比賽，人從那裏來？只好亂抓了，管你會不會打，管你答不答應，擅自把你的名字寫上去再說，所以也就趕鴨子上架了。反正大家都是好玩，同樂性質而已，犯不著認真。可是你知道我的個性，因為自知不行，就只好格外努力，以求減少出醜。八月份早上去唸英文，下午不上班就趕緊努力練習，時間一到就只好濫竽充數了。由於生平第一次參加桌球比賽，未免緊張刺激，贏了球，就手舞足蹈，興奮雀躍。或者權充裁判，呼叫對方死了、輸了。輸球就捶胸頓足。也不知為什麼行年這麼大了，還這樣真情流露。看得觀眾捧腹大笑，大家戲言體育組應該頒一個最佳表演獎給我。你說，這樣的歡樂是多麼珍貴，其實這是垂手可得的事情，不過捨此以外，實在很難尋覓了。

但是這朵運動的花朵，並沒有因此而凋謝。現在，經常可以看見運動場上有人打羽球、打桌球，他們正磨槍擦劍、窮兵黷武，期待明年會有更好的表現，可以擊敗別人、征服別人。當一個人有了再衝刺的念頭，有了征服別人的野心的時候，他的日子一定是充滿了希望，他一定是勇敢而快樂的。此時，生命已經散發光彩了。他不會坐在那裏低首垂淚，作繭自縛，他已經燃起了戰鬥的意志。我說這是「復活」，你說這是「再生」，來，讓我們為此而舉杯慶賀吧！

——本文原刊於《銘傳校友刊》第 27 期，1984 年 11 月 13 日。

清風樓隨筆

閃光一號的週末及其他

話說自從我把星期六下午，交給我的「閃光一號」——桌球拍後，我已經不再期待，不再奢望這世界還會有什麼事比這閃光一號更快樂了。

因為淺水灣的海灘失去了魅力（原來一個人看山看水的時候，心境還必需是有情的），小說已不迷人，至於圖書館學那幾本硬磚頭，和那惱人的電腦課本——BASIC，還是等我結束這快樂的遊戲以後，才回辦公室啃吧！

一個人不可以讓你的血液經常在凝固點的邊緣盤旋，這樣自然是病懨懨的，走路比螞蟻還慢，思考的能力連豬都不如。也不可以讓你的思想永遠停留在垃圾（Garbage）中，我的電腦老師說：「電腦這個東西就是 Garbage in，Garbage out.」實在有趣，而我說：「人腦這個玩意是不可以叫 Garbage in ，只能叫 Garbage out.」，否則你怎能控制電腦？又怎麼稱得上是萬物之靈？唉！還是少談電腦，少漏氣。

而現在，只有閃光一號有能力叫我不去思考那堆垃圾是怎樣形成的，形成的前因後果。既然造成了，而我沒有能力去剷除它，好，現在就用這隻拍子把他們揮出去！

一個人活著，必需是真正的活著，是真活人，而不是活死人，所以你必須披荊斬棘，勇往前進，永不回顧。生命的列車達達的向前跑了，怎麼容許你停在那裏躑躅不前？

那個閃光一號的週末，是個晴朗的好日子，沒有冬天裏經常有的陰暗與灰白。山茶花開了，畫眉鳥在枝頭上輕脆地唱著。大地好像突然從隆冬裏頭甦醒過來了。當十二點的音樂聲唱起來以後，我也就活過來了。我趕緊吃飯，吃水果，刷牙，換運動衣，裝水壺，一件也不可省。然後提著我那只全校最名貴的桌球拍子——閃光一號，往體育館跑，開始第一個階段——陪打。所謂陪打，當然是陪某人打，這時候我當然不是學生。過了兩點，我的對手——蔡美麗、莊美蘭、溫淑英就來了。經過一陣廝殺以後，有時贏得志得意滿，興高采烈，有時輸得不甘心，期待下個禮拜還以顏色。

三點鐘，我的教練就來了。那天，教練是我的外甥。他教我拉球，他說：你以前打的是切球，這樣的球沒有力氣。你必須先把腰部旋轉過去，然後伸手用力一拍，就像拍打小孩子的臉一樣的打過去。真鮮，打球的方法居然跟打人一樣。假如能把他抓來，拍、拍、拍的打幾下，那才過癮呢！唉，打幾下又怎麼樣？垃圾、垃圾。

四點鐘，我跟著外甥的車子衝下山，我要到他們的新居去看看格局，以便買一張字畫賀喬遷。我還要到他們家去梳洗，晚上還要趕去三個地方。

車子經過天母東路拐向行義路，走的是那年我和妙綿他們一起徒步旅行的小路。那時候此地還是一片稻田郊野之區，哪裏是這樣的高樓聳立，不見天日了。

紅磚砌成的五層樓大廈矗立在行義路的山坡間，頗有鄉村別墅的氣派和風味，這就是姊姊的新居。他買的房子是兩棟同一層合併成六、七十坪的空間，真寬敞，想到有錢的好處。鄭清文曾說：我們一輩子寫文章，自以為勝利，其實賺錢也是一種勝利呀！物質也可以帶來精神的快樂，只是當精神不快樂時，物質也就顯得廉價了。

為了逼迫他們早點結束和裝潢師漫無止境的談話，我一個人先跳下來，走出他們的屋外。山嵐飄來薄薄的硫磺味道，眺望天母山區那一片翁鬱的樹林，以及潺潺的溪流，那不就是土雞城的舊址嗎？不就是那年生日我們所去的山間庭院餐廳嗎？唉！垃圾！垃圾就應該 out。

再回到姊姊的石牌家梳洗，吃了便當，時針已指著六點十五分，我跳上計程車趕往延平北路。我必須先到銀樓買金子，此刻不去，再也沒有時間去買了。那人要結婚了，星期一我就要送給她，塵埃落定了，即使不是落到地面，起碼也落到桌面上了。我要買一份紀念性的禮物。我告訴司機愈快愈好。去了銀樓以後我還要去天廚開小學同學會，然後還要趕七點半國父紀念館的演唱會，簡直是寸陰如金了。車子在百齡橋上奔馳，我喜歡這樣狂奔的感覺，這是真正活人的感覺，這樣不是腦筋停在垃圾，人也就是垃圾的感覺。記得去年在花旗學開車，有時也搭計程車搶時間，車子就從這百齡橋上奔馳過去，五十分鐘的教練費是兩百元。如果遲到二十分鐘，就消磨掉八十元，足夠坐計程車了，所以每分鐘值四元，我喜歡這寸陰如金的感覺。時間是有價的，人也就是一個活人。

此外，我還要買一兩金子，你可不要以為我是擅長積金貯銀的賢妻。這輩子，今天，我還是第一次，用我自己的錢，自己的手，去買金子。這是因為曾經為了買房子，我們變現了僅有的金飾。現在，我要用我自己的手，一點一點的買回來，失去的東西才是珍貴的。

我站在銀樓的櫥窗前指著一個刻有「吉祥如意」的核桃形狀的金墜子說，這個多少錢？老闆秤了秤說：「兩千多。」不行，有沒有更大的？果然找到大一倍的。我說：「行，就是這個了。」然後老闆又遞給我一個半個食指大的金塊，這就是一兩。如果這點不起眼的東西掉在地上，我懷疑有幾個人知道它的價值。就這樣連填保證書，前後不到二十分鐘，兩萬多塊錢的交易就成了。一反平常我在士林街上買個兩百元的小東西，經常為了紅色或綠色磨菇老半天。假如不是這老闆和我相識，一定以為這人大概是小偷，搶來的錢，或者是撿來的錢，才會這樣行色匆匆的鬼趕。

接著趕去天廚，這是小學同學會，已經有十幾年沒開了。我喜歡看十幾年來，歲月在人臉上刻劃的痕跡，這是殘忍的，也是無可奈何的。我知道假如去了同學會，再要趕國父紀念館七點半的演唱會，唯一的辦法是把人劈成兩半，可是兩者我都要。我經常是一個貪心的人，吃魚又要吃肉，吃飯時又想著吃麵。對了，人不能劈成兩半，事情卻可以分成兩段。那我何不去趕演唱會的下半場，這樣不就兩全其美了？其實也不是我這人的藝術修養有多高深，不聽演唱會就會寢食難安。而是今晚是陳秉尤校友的演唱會，送來兩張貴賓證，清志已經先去了。他說：那些俗人俗事全不要管了，沒有什麼事比聽演唱會更重要。我哪裏是他那種一個人躲在清風樓，躲在淺水灣，讀書自娛六根清淨的人。我說：這世上確有某些俗人俗事比聽演唱會更重要。何況他一定不喜歡他身旁的位置是空的。因為是校友，自然應該去捧場，去欣賞。好吧，看我有什麼本事再趕去吧！

我蹣跚的走過去，這會六點就開始了，遲到一個多鐘頭，實在失禮，這會是因為有位同學害病，大家特地聚會來看看她，這是個有人情味的事情，所以我要參加。

「趕完場沒有？」同學很憐惜的問我。

「還沒有。」我怯怯地說。

「你是不是每天都這麼忙？」這是因為和我在銘傳又第二次同學的于榕生已經先向他們吹噓我有多忙。假如他們知道我是在學校玩那閃光一號的遊戲時，一定會笑掉大牙。

「三十年不見了！」是那位生病的同學對我說。

「三十年？」我真霍然一跳，這數字真嚇人。

三十年？人生有幾個三十年？最多兩次吧？真像是小說上用的字眼，怎麼會發生在自己的身上？最近我老是以「十年」做為計算單位，都已經是很可怕的數字了。

她是這樣一個溫柔、智慧，令人憐愛的女人，從小她就是班上最可愛的人，直到現在我還記得她那美妙婉轉的歌聲。很自私的說，不幸的事情，不該發生在我的同學的身上，更不該發生在她的身上。

我的老師，當年教學成績享譽全校，但頗為嚴厲的陳阿甜老師，現在，居然為了尋找一位同學的下落，一再去打電話。散會後不甘心的帶著我們一群人，從天廚一路尋找到民權東路去，皇天不負苦心人，我們終於找到她。

這又是一件感人的事情，我自然把國父紀念館那演唱會的事拋到九霄雲外了，一個人不能經常吃魚又吃肉。

散會時，我握著那位同學的手說：

「你要保重呀！」

她的臉色黯然。

啊！麗美！生命的價值不在長短，而是在有無意義，是在你是否真誠的走過。讓一切的缺憾還諸天地吧！

假如這是命定，讓我們慨然接受，讓我們躺在灰燼中嘲笑！讓我們寄望來生！

願天賜福！

——本文原刊於《銘傳校友刊》第 28 期，1985 年 3 月 25 日。

基隆之美

十幾年來，一直陶醉在淡水淺水灣嫵媚的彎岬，天藍色的海景，和大屯，陽明山系巍峨翠綠的山嶺中，覺得它已是世間難得的好風好景。如果能夠終日悠遊徜徉其間，詠詩作文，應是人生一大樂事。

最近因在基隆八斗子山坡上，購屋一間。為了觀看工程進度、裝潢、設備，經常往返奔波基隆，遂能有機會欣賞基隆之美，和飽覽八斗子望幽谷之絕妙好景。

基隆之美在於它是古都

基隆之美在於它是古都，是歷史之城。每年中元普渡節「放水燈」的活動吸引各鄉鎮來的遊客。天橋上掛滿了寫著「雞籠」的紅色小燈籠，當你看到「雞籠」兩個字，它是懷古和溫馨的。它令人想到中法戰役，劉銘傳在大沙灣海濱「海門天險」的砲口，打垮了法國海軍的英勇事蹟。想到日本人由基隆上岸，辜顯榮指引日軍南下，開府臺北，從此佔領臺灣五十年。想到民國三十八年，國軍撤退來臺，從基隆上岸，由於長期抗戰，未獲喘息的機會，衣衫襤褸，紀律很差，令歡迎他們臺胞，印象惡劣，後來有過不幸的二二八事件，也有了今日的榮景。歷史一頁一頁的從這裡開始寫也在這裡換章換頁。

因此基隆是古都，是臺灣的「北門鎖鑰」，是歷經兵變的城市。

基隆之美，在於它尚保有一些原始風味和淳樸的民性。

當你走在街上，詢問路上的男女老幼：「請問李仔鵠餅店在哪裡？」他們會和顏悅色的指引你。

你可以在廟口的小攤上吃天婦羅、炸魚、油粿和魚丸。你可以在八斗子山居社區的小街道邊，坐在小板凳上吃臭豆腐和豆花。

你可以在湖邊看見白鷺鷥靜靜的佇立在岩石上。

這裡的社區全是兩層有院子樓房，院子裡種滿了紅花綠葉，低低的圍牆，形式的隔離著自家的範圍。你可以站在院子裡，蒔花植草，和左鄰右舍談天說笑。

所以，基隆是一個淳樸的都市，是尚未被高度物質文明所洗劫的城市。

基隆之美在於是港都

基隆之美在於是港都。一下火車，你就可以坐在愛三路口麥當勞臨窗的坐位上觀望煙雲嬝嬝的海港。欣賞在濛濛細雪中，那些船桅高高插入雲霄的貨櫃輪。在夜晚你也可以欣賞岸邊一盞一盞的燈光反射在水面上，與水波相映成輝，粼粼躍動的美景。

你會看見一艘艘的巨輪，停泊在港內，漂亮的客輪，或是巨大的貨櫃輪，好整以暇的等待著。或是「嗚！」一聲汽笛響了，船緩緩的揚帆而去了。它們來自何方？又將前往何處？從此岸到彼岸，船載著各色各樣的人。每個人都過著不相同的日子，每個人都圍繞著悲歡離合，生老病死，相同的主題，走完他的一生。

這就是港都的氣息，是冷風中夾帶著魚腥味的氣息，是匆匆過客，漂泊不定的氣息。這是港都，當然很多委託行，很多咖啡廳，很多船員和遊客。巨大的霓虹燈終夜旋轉閃亮著，這是不夜城的氣息。

所以港都是活動性的，是有時間性的，是浪漫的，是懷古的，也是前瞻性的，是一個迷人的都市。

八斗子、望幽谷之美

接著我就要談到八斗子、望幽谷之美。八斗子位在基隆市和平島的東側，三面環海，是一個半島形狀的突鼻，島的西側是漁舟環列的八斗子漁港。半島鄰近海的北側，有一座海拔百餘尺的小丘，山頂有兩個V形的谷，谷地寬敞清幽，碧草連綿起伏有致，此即著名的望幽谷。

當我們由石板道，迂迴蜿蜒上至嶺頂，眼前豁然開朗。只見一片青翠連綿的岡陵，像是一片嫩綠色的草原，優美極了。我們坐在山谷北側盡頭的一處斷崖懸壁上眺望，真被眼前這片一望無垠、天藍色及孔雀藍色的浩瀚大海的氣勢懾服住了。這時候真希望我也是畫家，能夠立即在畫布上揮毫，稱職的描繪這海的氣勢與顏色。我雖然下定決心要用筆來描述它的壯觀和美麗，但惟恐不能表達得淋漓盡致，損傷了它的風貌。

就是這一水之隔，隔開了此岸和彼岸，界定了我們的足跡和命運。這時候，很自然的想到最好化作一隻鳥，必可展翅飛翔於這大海中，可以盡情的享受在海上的光明與黑暗，溫暖和酷冷。如果是一隻鳥，真可以享受天涯海角，無遠弗屆，為所欲為的自在與快樂嗎？而無人類的悲歡離合、陰晴圓缺嗎？

在面對這樣滄浪大海，面對這海的壯麗與遼闊，感覺這望幽谷的意境是宿命的，是哲學的，是一個才貌雙美的情人。

當我回到外雙溪，或八斗子的新居，一直無法忘懷望幽谷鮮草嫩綠，海水青藍。那波濤洶湧，浪花拍岸的天籟，經常在我的耳畔呼喚著。望幽谷，真是一個美麗的海濱。

——本文原載於《銘傳校友刊》第 34 期，1990 年 3 月 25 日。

有樹・有土・有木・有石

年過四十，既無兒女之累，也無須追逐赫赫功名。每逢週末，兩人各搭公路、鐵路回到八斗子，享受山居鄉間生活。

星期六中午，我拎著旅行袋，和所有人一樣，排隊打卡後，匆忙跳上交通車，趕到臺北車站搭自強號或復興號。又一次排隊買票，但見旅客歸心似箭，恨不得立即一票到手，返鄉會見親人故友，或是集團出遊，吃喝玩樂，豈不快哉！而我回到基隆八斗子，所見者不是父母朋友，而是樸實善良的鄰人；不是什麼兒時故鄉的草木，卻是我心境中的一方樂土。是離開科技文明富庶的臺北，邁向我心中的淨土。

車到基隆，先在陸橋上俯瞰海港的盛景，看看海水是綠色是灰色的，觀看停泊在碼頭上形形色色的巨輪吞雲吐霧的氣勢。然後沿著港邊的商店街走，走到骨董店，看看有無刻工、質料與價格皆合適的佛陀木雕。因為已經有了白瓷觀音，現在想要釋迦佛木雕。有無大陸來的一種類似釉陶的瓷器，白底繪著青色的花紋，看來樸拙可愛，勝過一般瓷器的亮麗與奢華。我在士林東坡居，已買了十幾個這樣碗、盤、小茶杯，每餐享用，兼具食慾與美感。

走到喬迪畫廊，欣賞新近裱成的西畫或國畫，最稀奇的是居然找到大陸來的拓碑，又叫石刻線畫。最近讀到《中國美術全集》，才知道，石刻線畫是集繪、劇、拓三種技藝，是我國藝術寶庫中的一顆明珠。買到鄭板橋詩畫四聯，和張繼的〈楓橋夜泊〉，真覺如獲至寶。走過鐘錶店，看看那隻有著羅馬字和阿拉伯數字的錶還在不在？等有錢再買。

再拐彎走過委託行，走向市場。走過李鵠餅店，芝麻元宵店，走過城隍廟口肉丸魚丸湯的攤子前，走過聞名遐邇的夜市，張羅好一天半的主食，搭車上山了。

車子過了海洋學院，才算開始飛駛在較寬闊的濱海公路上。左面是浩瀚大海，浪花拍打著海岸，基隆嶼神秘的佇立在海上，與人車競相賽跑似的。再過去就是八斗子海邊，昔日遊水看海的地方，已被開闢成新的海港，此時計程車赫赫不可一世的拋棄了與大海追逐的遊戲，逕自往右邊山坡奔馳而上。一路是一些較新的山坡社區，不是什麼豪華別墅，是二十幾年前臺北人所蓋兩層樓叫有天有地的房子。經過一片草原綠地，一脈低矮的青山環列，很親切的揮手招呼著。

再拐入一片新建的樓房，車子戛然停在我家那兩棵椰子樹前，總算回到家了，回到八斗子這個家。

我首先在院子裏和這十幾棵小樹、韓國草打招呼。一個星期以來，看它們長多高，是否開花結果了，有無受到動物的傷害（人或飛禽走獸）？除去紙屑果皮，立即澆水。我喜歡花木長在地裏，得雨水朝露的灌溉與滋潤，不必被困在可憐的花盆裏，不得自由成長。

打開大門，一陣樟木香味撲鼻而來，這是小樟樹原木茶几散發出來的味道，木料既美且香，實在難得。放下皮包，上樓更衣後，第一件事是清洗擺在餐桌上繪著青龍花紋釉陶似的瓷壺和瓷杯，小心捧著景德鎮出廠的瓷器、宜興的陶壺，似乎擁抱著古老中國的歷史文化。再清洗常用的碗筷，擦拭沙發，然後我就坐下來，拿起佛經或詩詞來。在這裏，我不唸平日在臺北唸的書，尤其拒絕唸電腦書。

我經常凝視壁上的字畫，桌上的陶壺、瓷器，和緞帶花，以及這一塊狀似臺灣地形的樟樹原木茶几。每過一個時辰，就會丟下書本走到小院子裏，仔細觀賞那些花木和韓國草。和我從海中辛苦搬來的老古石、鵝卵石。黃昏的時候，就走到屋外去看海。

的確很慶幸擁有這樣一個，有樹、有土、有木、有石、有畫的屋子。但是我手上的《六祖壇經》說：「一個學佛的人，要使心境寂然清靜，了無一物。對於一切境界，沒有什麼想和求，不論是佛，或是人，或是畜生，並不分別他的形相。一個人如果能了悟真性，心就不會為境界所住，因為一無所住，心境是自由自在，沒有什麼掛礙和煩惱。這是所謂以『無念為宗，無相為體，無住為本』。」

也許有一天，我真能修持到「心無所住」，逍遙自在。那個時候，我就可以不必寄情這些花草木石，名山大海。不以物喜，不以己悲。

——本文原刊於《銘傳校友刊》改，1990 年 10 月 1 日。

記述李創辦人的人文思想精神及風範

民國五十三年，我在參加大專聯考時，因為少繳一系（藝術系）的報名費，所以被分發到母校。我進入銘傳以後，仍然不能忘情於文學，藝術。上課或下課之間，經常在閱讀此類書籍。有一次寫了一篇介紹沙特的存在主義的文章，投給校刊，不料，有一天，卻被通知李創辦人召見。我到他的辦公室時，看到他滿臉笑容，和藹可親的樣子，心裡已經去除畏懼感。他先是對我的文章表示欣賞和鼓勵，然後指示我一些寫作、讀書的方法。接著，我們就從哲學、文學、詩詞等天南地北的談論著，大約有一，兩個鐘頭的時間。我忘了他是創辦人，一位高高在上的長官，一位飽讀詩書的財經學者，而他似乎也忘了我只不過是一個剛進學校的學生。以後，我每寫一篇文章，或在任何時間有任何事情，均可以進入他的辦公室。（不被秘書擋駕）向他請益，研談各種學術、政治，甚至生活上的各種論題。他總是極有耐心，興致勃勃，引經據典的談論著，很有五四時代師生之間一種追求學術自由，開明民主的風範。

畢業以後，他希望我留校，在圖書館學習做一個專業人（當時難得請來圖書館系畢業的人，總是任職幾個月就出國而離職），我因此留下來。二十幾年來，在圖書館的業務，以及承辦《銘傳校友刊》，都是他親自批示指導，因此有幸追隨他學習二十幾年。在此僅記他在人文思想上的精神及風範。

一、重視文藝，鼓勵人人寫文章。他雖然是一位財經學者，但是國學造詣很深，他自幼飽讀詩書，記憶力奇佳，經常出口成章，文筆深刻典雅。除了大部頭的財經論著〈國外匯兌〉〈財政政策概述〉等四部外，經常撰寫各種財經或時局論著，在報刊上發表。每一篇文章均是字字推敲斟酌，再三易稿，不到付印之前絕不輕易成章。因此他親自審核校內各種刊物，每一篇文章，均親自審核潤飾。他認為一個會寫文章的人，是一種人才，除了天賦的作文能力以外，必須要多讀書，道德修養要好，所以他經常鼓勵學生，教職員多寫文章。他說：「當你在寫文章時，你才會把理論研究深刻，你的思想才會更成熟，文筆愈練愈佳。」

民國六十年，他指示我主編《銘傳校友刊》，開始時，每半年出版一期。他要求這本刊物，除了報導母校的發展動態，校友的消息，還要有學術論著、文藝作品。他對於稿件的審核及要求都很高，使這本刊物，成為國內少見的校友綜合性刊物。他希望校友們畢業以後，仍然養成唸書寫作的習慣，藉以吸取新知，進德修業。每次出刊前，當他看到好的文章，不禁擊節稱讚。出版後，甚至一再閱讀欣賞，確是「興於詩，游於藝」的境界。二十年來，不管我的工作有多忙，我的單位主管對於我旁涉他務迭有怨言，他也置之不理，不准我辭卸編務。我只好以夜間加班來投桃報李。

二、每日讀書，從不放棄學術研究。基本上李創辦人是一位學者，他對於學術研究的興趣，甚於行政工作。他喜歡教書，唸書，寫書。不論校務工作有多繁忙，他每日讀書，在學校閱讀，在家裡閱讀。他讀中外財經論著，中英文期刊雜誌，他的中英文造詣皆有很深的學養。他常說：「以前古人說，『一日不讀書，面目可憎』，這句話很有道理。」他認為學問是一切的基礎，只有充實學問，才能充實自己的能力，貢獻國家社會。所以他才能在民國二十五年（一九三六年），以一個二十幾歲的年輕學者，撰寫〈最近世界銀價的跌落與中國新幣制之將來〉發表在當時最有權威的《東方雜誌》上。可見他年輕時立志以學問報國。

三、創立剪報制度，成為本校圖書館的一項館藏特色。前面談過，李創辦人每日閱讀各種中外期刊報紙，經常撰寫各種論著。他發現報紙上有些很有價值的學術論著，這些篇章，如果剪下來，分類保存，有益於隨時檢閱研究及應用。

報紙上的文章，通常是專家學者對於某一個問題所發表的論述，時效上最新，如果分類剪貼，保存，很方便師生閱讀研究。開始時，他自己選擇請一位助教剪貼，從民國五十七年以來，本館承辦此項業務，直到現在已保存一一〇餘萬件原始資料，並分類成冊，共有五千多冊。成為全國大專院校，唯一選擇類別最廣，最具規模的剪報資料，也是本校圖書館的一項特色。

四、重視圖書館。圖書館是一種服務性的工作，如果創辦人不重視學術，沒有教育良心，這學校的圖書館一定是藏書很少，工作人員很少。本校圖書館以前在李創辦人的領導下，對於中西文圖書、用品的購買從來不吝嗇，使本校圖書館的藏書量（目前中西文圖書，已逾十九萬冊）在專科時代為各校之冠，現在在學院中亦急起直追，不甘落後，早已超越若干大學院校。

五、重視校友會，重視校友團結的精神力量。創辦人平日溫文儒雅，和藹可親，最喜歡與學生話家常。如有校友自國外或遠地來拜訪，他更是喜上眉梢，很親切的詢問他們的工作，生活狀況，並且與校長一齊到餐館款待他們。他常鼓勵校友，畢業以後除了相夫教子，更應該積極的參與校友會的工作，參與社會服務工作，讓銘傳校友，大家團結起來，發揮一股堅強的力量，為社會或家有所貢獻。

綜合以上所述，我們認識李創辦人是一位學者，一位人文教育家。現在哲人其萎，令人浩歎！然而，年歲有時而盡，榮辱止乎一身，唯有文章與典範將永存。

昔鍾子期與余伯牙的故事成為千古美談，而今，我應銜哀守喪，僻琴絕絃。我之所以記述恩師李創辦人的人文精神思想及風範，是希望大家都來效法他的精神，以慰創辦人在天之靈。

——本文原刊於四開報紙型《銘傳校友》第 15 期，1992 年 3 月 15 日。

烏來森林之戀

烏來是新北市唯一的原住民原鄉。

烏來位於新北市最南端，北連新店市、石碇鄉。東南鄰宜蘭縣。西南毗鄰桃園縣復興鄉，西北與三峽市為界。此處為古老泰雅族傳統獵場。泰雅族語「烏來」就是「冒煙的熱水」，所以烏來也就是溫泉之鄉。

烏來境內南勢溪、桶後溪交會後，溪水淙淙往北流至雙溪口後，再與北勢溪交滙。水流往東，流經翡翠谷，爾後滙聚成翡翠水庫，水流往西北即為新店溪。所以烏來的南勢溪是翡翠水庫和新店溪的活水源頭。因此烏來這個山城，是水資源的保護區，屬於限建地區。沿途沒有許多新式建築，摩天大廈，是一個原始森林和水資源的生態保護區。

從臺北新店的新屋公路驅車前往，沿著新店溪，經過碧潭、屈尺、燕子湖等風景名勝區。一路蒼山翠嶺、鳥語花香、溪水潺潺，逐漸遠離臺北市的水泥森林、人車雜遝。感覺空氣清新，神清氣爽。

最特殊的景致是：沿途群山環繞，而且是一座小山接連一座小山。每一座山的樹木，是一簇簇在岩石上矗立著，根附著在穹石中，顯得抖擻有勁。因為是一山環繞著一山，山腳縱橫交錯，過了一山，以為走到盡頭，卻是柳暗花明又有一山。而非常見的群山連亙成一系列，這是要行人聚精會神，存細觀賞每一座山脈的姿勢與韻味。一路微風徐來，蒼翠的榕樹、樟樹，掩苒搖颺，飛舞生動，令人爽悅心目。

到達烏來客運總站後，走入熙熙攘攘的老街。老街是鄉鎮的老靈魂，是古老先民生存，奮鬥的痕跡。在此住宿、泡湯、品嚐原住民山野美味如石板燒肉、小麻糬、蛋香蕉。購買土產、參觀泰雅族博物館，都可以各取所需，滿載而歸。

也可以從環山路往上走，僻靜的山區，溫泉旅館林立，登高可以望遠，視野較佳。很快就到達芙倫養生會館，是烏來美景最佳視野的溫泉旅館。

坐在芙倫會館的庭園中，高大蒼翠的相思樹、楓香樹挺拔矗立著，背後就是最豔麗明媚的藍色山脈。上面是藍天與白雲，有時如綿絮的浮雲，緊緊襯托在山峰後，有時那雲海仿若浮萍，晦明變化著山間朝暮的景色。

環視這烏來山城，在群山環抱中，蒼翠撲人面。視野所見，仍然是一山接著一山，山腳踵趾錯互，卻是井然有序。山景雖有雄秀、幽麗、渺遠之不同境界，但皆自然、嫵媚，盡在一片翠綠與墨綠之間。野花盛開而幽香，佳木挺秀而茂密，南勢溪在林壑間淙淙流著，溪色碧綠澄然。這烏來確是風物閑美，景觀幽邃秀麗，無不盡現天籟之美。

在旅館裏，當你享受由花崗碎石砌成豪華浪漫的溫泉浴池，弱酸性之碳酸溫泉，輕撫著你的肌膚。如此的滑嫩與芳香，使你通體舒暢，很自然地背誦白居易的長恨歌：「春寒賜浴華清池，溫泉水滑洗凝脂……從此君王不早朝……翡翠衾寒誰與共……」美麗的代價不應該是哀愁或死亡，可憐楊貴妃死於「六軍不發無奈何，宛轉蛾眉馬前死。」

夜晚的天空，星子煜煜閃耀，一輪明月高掛在山頭，似乎垂手可得。大地寂靜無聲，萬籟俱寂，此時仿如舊詩云：「只恐夜深花睡去」。夜半醒來，忽見窗簾空隙有璀燦亮光，疑為路燈。下床探望，只見一輪滿月在窗前的天空照耀，驚喜萬分，窗簾全開，捧書展讀，真不忍辜負這月光之邀宴。

在晨熹微亮中趕赴內洞國家公園的森林浴場，是最令人心曠神怡的活動。遊人皆昂首闊步，踏著曙光，喜孜孜地欣賞沿途的大葉海棠，綻開著一朵朵粉紅色的花，飽含著濕潤的芬多精。知名的五色鳥、樹鵲和台灣藍鵲，在樹間鶯鶯語語，蝶飛、蟬鳴，共構一幅臻藏的山水。如果是春天，這山路上，滿樹嫵媚的緋紅櫻花，妝點著青翠山頭，十分典雅秀麗。陶醉之餘，一層又一層地邁向有人間仙瀑之稱的三層內洞瀑布，掇拾這森林之瑰寶，芬多精與負離子。

站在最高的上層瀑布，這是信賢村內洞瀑布之濫觴。只見懸泉瀑布飛漱在深山絕壑間，兩旁石壁竦峭，石色蒼潤。雪白的飛瀑，如萬匹絲縞，在林寒澗肅流瀉下來。多層式的特殊瀑布地形，導致水花衝擊，產生陰離子的含量為全臺灣第一。內洞溪流兩岸是闊葉林、柳、杉、松、柏等原始森林密布。樹林和山澗清寒寂靜，只聞飛瀑之聲，如交響曲中各種樂器之多重合奏。遊人紛紛架起攝影機、或用手機抓住最美的影像拍攝，或施展氣功深呼吸，極力吸取負離子。感謝造物主賜予吾人醇美的甘泉和芳香的空氣，而我們默默禮讚。

臺車、纜車、瀑布、溫泉，也就是烏來四大著名觀光地標。這是上天賜給烏來居民的寶藏。這座森林王國，座落在新北市的南端，讓北部的居民便於親近。除了陽明山、淡水以外，還有一處森林樂園，不亦樂乎。

董仲舒的五行論謂人的五臟，也就是五行之數。五行乃天地之氣布列而成，順序是：木、火、土、金、水。所以我常臆想：我是屬於海洋，從海上而來，這是水。我也常臆想：我是屬於森林，這是木。親近海洋，親近森林，就彷彿回到母親的懷抱。海浪滔滔是生之躍動，森林的靜默是生命的內涵，是生活的智慧。山林啟示我們生存是憂喜相伴，死亡是自然物化的過程，死亡是回到了海上或泥土。人與自然是合為一體的，是相互依賴的。

在烏來山城欣賞青山、綠水、白雲、溫泉、瀑布、屋宇、飲食等，使人澹然忘情，真如歐陽修所言：「樂其地僻而事簡，又愛其俗而安閒。」而有僧人「修真棲隱，出纏結室」的嚮往。

——本文原刊於《銘傳校友刊》第 80 期，2011 年 11 月。

文化生活叢書・藝文采風 1306037

X 先生在橋上

作　　者　李秋鳳

責任編輯　蔡佳倫

發 行 人　林慶彰
總 經 理　梁錦興
總 編 輯　張晏瑞
編 輯 所　萬卷樓圖書(股)公司
臺北市羅斯福路二段 41 號 6 樓之 3
電話 (02)23216565
傳真 (02)23218698

發　　行　萬卷樓圖書(股)公司
臺北市羅斯福路二段 41 號 6 樓之 3
電話 (02)23216565
傳真 (02)23218698
電郵 SERVICE@WANJUAN.COM.TW

香港經銷
香港聯合書刊物流有限公司
電話 (852)21502100
傳真 (852)23560735

ISBN 978-986-478-763-0

2022 年 10 月初版

定價：新臺幣 420 元

如何購買本書：

1. 劃撥購書，請透過以下帳號
   帳號：15624015
   戶名：萬卷樓圖書股份有限公司
2. 轉帳購書，請透過以下帳戶
   合作金庫銀行 古亭分行
   戶名：萬卷樓圖書股份有限公司
   帳號：0877717092596
3. 網路購書，請透過萬卷樓網站
   網址 WWW.WANJUAN.COM.TW

大量購書，請直接聯繫，將有專人為您服務。(02)23216565 分機 610

國家圖書館出版品預行編目資料

X 先生在橋上/李秋鳳著. -- 初版. – 臺北市 : 萬卷樓圖書股份有限公司, 2022.10
　面 ;　公分. -- (文化生活叢書. 藝文采風 ; 1306307)
ISBN 978-986-478-763-0 (平裝)
1.CST:　2.CST:

863.4　　111016179